종합적 사고력과 창의력을 길러주는—

중학생이 알아야 할

동서양 고전

한 국 문 학

성낙수(한국교원대학교 교수)
김영현(신일중학교 교사)
오영애(대천여자중학교 교사)
김희영(중리중학교 교사)
엄명식(수성여자중학교 교사)

좋은 책 좋은 독자를 만드는—
㈜신원문화사

책 머리에

《중학생이 알아야 할 동서양 고전》은 동양과 서양의 훌륭한 사람들이 써 놓은 문학·사상·철학·교육·역사·문화 전반에 관한 빛나는 저서와 작품들을 소개하고 있다.

인류가 발견하고 발전시켜 온 업적 중에는 헤아릴 수 없을 정도로 많은 것들이 있으나, 그 중에 문자와 또 그것을 토대로 기록해 놓은 학문과 예술에 관한 저술들이야말로 무엇과도 비견할 수 없는, 시간과 공간을 초월하는 뛰어난 가치가 있다.

요즘 세계의 많은 나라들이 젊은이들에 대한 교육에서 가장 중요시하는 것이 독서다. 많은 책을 읽어 다양한 지식과 정보를 갖추는 것보다 더 좋은 학습은 없기 때문이다. 그러나 막상 어떤 책을 읽을까를 제시해 주거나, 효율적인 방법을 가르쳐 주기는 쉽지 않다.

2002년이 되면 대학입시가 달라져 수능시험과 기타 대학에서 치르던 시험이 없어진다고 한다. 이는 과열된 입시경쟁을 지양하여, 중등교육을 징상화하자는 시도로 환영할 만하다. 학교 교육은 시험 준비를 위한 것이 아니며, 교양과 지식을 갖추어 주고, 올바른 품성을 기르게 하며, 바른 사회인으로 키워 주자는 데 목적이 있다. 그러므로 중·고등학교에서는 학생들에게 더욱 많은 책을 읽혀야 할 것이며, 특히 동·서양의 고전을 두루 섭렵시킬 필요가 있다고 생각한다.

그런 어려움을 덜어 주려고 기획한 것이 바로 《중학생이 알아야할 동서양 고전》이다. 이 책에서는 중학생들이 어떤 책을 골라 읽어야 하며, 또 어떤 방법으로 읽어야 할지를 다음과 같이 제시해 주고있다.

첫째, 작품에 들어가기 전에 작품의 개략적인 소개를 하여 흥미를 북돋워 주고 있다.

둘째, 작품 내용을 요약해 놓음으로써 전체적인 작품의 이해를도와주도록 하였다.

셋째, '읽기 전에'를 두어 제시된 본문의 구성 단계와 내용을 알수 있도록 하였다.

넷째, 그 작품에서 가장 중요하거나 흥미 있는 부분을 일부 발췌하여, 그것만 읽어도 작품 전체를 조망할 수 있도록 하였다.

다섯째, '작품 이해'에서는 '저자 소개', '작품 감상', '문제 제기'를 두었다. '저자 소개'를 통하여 저자의 일생, 작품의 사상적기초, 시대적 배경 등을 알 수 있게 했으며, '작품 감상'을 통해서는 작품이 성립되기까지의 과정이라든가 특성·교훈 등을 이해할수 있게끔 하였다. 그리고 '문제 제기'에서는 작품과 관련된 논술 문제를 제시하고 그 '길라잡이'를 두어 글쓰기에 도움이 되도록 하였다.

독서는 짧은 시간에 이루어지는 것이 아니다. 오랜 기간 혹은 일생에 걸쳐 이루어져야 하는, 우리의 피와 살이 되는 마음의 양식이다. 그러나 입시를 앞둔 청소년들에게는 그러한 여유가 주어지지 않는다. 짧은 시간 내에 많은 책을 읽으려면, 좋은 책을 선정하여 효과적으로 읽는 수밖에 없다. 《중학생이 알아야 할 동서양 고전》은 그런 의미에서 중학생들에게 큰 도움이 되리라고 믿는다.

이 책의 발간에 힘쓰신 신원문화사 신원영 사장님과 윤석원 이사님을 비롯한 사원 제위께 심심한 사의를 표하며, 다방면으로 도와주신 여러분께도 깊은 감사를 드린다.

1998. 12.
엮은이 일동

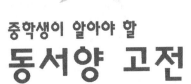

중학생이 알아야 할
동서양 고전

한국 문학

한국 문학

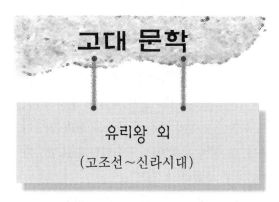

고대 문학

유리왕 외

(고조선~신라시대)

우리 민족은
고대로부터 예술을 좋아하였다.
초기에는 시 · 무용 · 음악 등 원시적인
종합예술로 표출되었고, 제사 때 또는 농사의
시작이나 추수 때는 가무를 즐겼다. 이는 구비
문학(口碑文學) 즉 민요 · 민담 · 신화 · 설화 · 전설
등으로 전해지다가, 문자가 들어온 후 문자화됐다.
삼국시대의 문학은 단편적으로 전해지기는
하나, 우리의 가장 오래 된 문학으로서
우리 민족의 삶과 얼의 뿌리가
되고 있다.

고대 문학은 시대적으로는 상당히 긴 기
간이지만, 남아 있는 기록 문학 자료는 많지 않다. 남겨진 자료
도 표기 수단이 없었기 때문에 중국의 한자를 빌려 표기한 것들
이 많거나 또 구비 문학으로 전승되다가 조선시대에 와서 한글
로 정착되기도 하였다.

이러한 이유에서 고대 문학은 표현하는 문자나 성격에 있어
다양한 모습을 보여 준다. 고대 사회의 집단적 의식이나 풍요를
지향하는 작품이 있고, 개인의 서정을 자연물에 의탁하여 표현
한 작품도 있다. 이러한 모색과 자기 성찰의 과정을 거쳐서 우
리 문학의 독자성이나 특성은 대체로 이 시기에 이루어졌다.

이 시기의 중요한 문학은 건국 신화이고 이와 함께 주목해야
할 것은 부여의 영고, 고구려의 동맹, 예의 무천 등 국중 대회이
다. 농사를 잘 되게 하고 국가의 번영을 꾀한 이 제천 의식에서
집단 가무가 행해졌는데, 이것이 문학의 모태가 되는 원시 종합
예술이었다.

신화는 여기서 건국 서사시로 불렸는데, 고조선의 건국 신화
인 〈단군 신화〉, 고구려의 〈주몽 신화〉, 가야의 〈가락국 건국 신
화〉 등이 대표적인 예이다. 특히 〈주몽 신화〉는 부여의 건국 신
화와 동일 계통으로, 투쟁적 영웅의 시련과 승리가 잘 그려져
있다.

우리 민족은 제천 의식 등의 집단 가무 외에도 늘상 가무를 즐겼기 때문에 여기서 민요를 비롯한 서정 가요가 불렸음을 짐작할 수 있다. 이 시대의 짧은 노래로는 〈공무도하가〉, 유리왕의 〈황조가〉, 〈구지가〉 등이 있다. 〈구지가〉는 가락국 건국 신화 속에 있는 노래이고, 앞의 두 노래는 개인의 절실한 심정을 노래한 서정시로서의 면모를 보이고 있다.

　고구려 · 백제 · 신라의 삼국 시대가 전개되면서 국가 체제가 정비되고 불교가 전래되었으며 한자의 보급으로 한문학이 발전하기 시작했다. 삼국은 각각 특징 있는 문화와 문학을 형성하였는데, 신라의 삼국 통일로 인해 고구려와 백제의 문학 유산은 거의 소멸되었다. 이 시기 고구려의 문학으로는 〈온달 설화〉, 〈호동왕자 설화〉 등과 백제의 문학으로는 〈선운산〉, 〈무등산〉, 〈지리산〉 등의 노래가 있었으나 〈정읍사〉만 가사가 전한다.

　신라에는 유리왕 때의 〈도솔가〉, 〈회소곡〉 등 국가 행사에 쓰인 노래가 있었으며 향가가 널리 창작되었다. 향가는 최초의 국문 시가이자 개인 창작시로서, 4구체 · 8구체 · 10구체의 형식이 있다.

　향가의 작자는 화랑 · 승려가 많고, 그 내용은 불교적인 세계관을 바탕으로 숭고한 이상을 추구하였는데, 상하층에서 고루 향유되었다. 대부분의 향가에는 배경 설화가 있으며 천지와 귀신을 감동시키는 주술적 힘을 발휘하기도 했다.

　이 시기의 서사 문학은 신화의 시대가 있은 다음, 전설·민담의 본격적인 전개가 이루어졌다. 특히 일연(一然)의 《삼국유사(三國遺事)》는 설화 문학의 보고(寶庫)라고 할 수 있다.

다음의 고대 문학들을 보면, 고대 사회의 집단적인 의식이나 풍요를 지향하며 개인의 서정을 자연물에 의탁한 작품 등도 있음을 알 수 있다. 각 작품의 표현하는 문자나 시대적 성격, 고대인들의 생활관 등을 중심으로 작품을 감상해 보자.

공무도하가

님이여 그 물을 건너지 마오
님은 그예 물 속으로 들어가셨네
원통해라 물 속으로 빠져 죽은 님
아아 저 님을 언제 다시 만날꼬

황 조 가

훨훨 나는 꾀꼬리는
암수 다정히 노니는데
외롭구나 이 내 몸은
누구와 함께 돌아가리

구 지 가

거북[1]아, 거북아
머리를 내어라[2]
내어놓지 않으면,
구워서 먹으리[3]

정 읍 사

前腔[4]   돌하[5] 노피곰[6] 도ᄃ샤
           어긔야[7] 머리곰 비취오시라[8]
           어긔야 어강됴리[9]
小葉[10]   아으 다롱디리[11]
後腔全[12]   져재[13] 녀러신고요[14]
           어긔야 즌 ᄃᆡ룰[15] 드ᄃᆡ욜셰라[16]
           어긔야 어강됴리
過篇[17]   어느이다[18] 노코시라[19]
金善調[20] 어긔야 내 가논 ᄃᆡ
           졈그롤셰라.[21]
           어긔야 어강됴리
小葉   아으 다롱디리

찬기파랑가

흐느끼며 바라보매
이슬 밝힌 달이
흰 구름 따라 떠간 언저리에
모래 가른 물가에
기랑(耆郞)의 모습이올시[22] 수풀이여
일오(逸烏) 내 자갈 벌에서
낭(郞)이 지니시던
마음의 갓[23]을 좇고[24] 있노라
아아, 잣나무 가지가 높아
눈이라도 덮지 못할 고깔이여[25]

서 동 요

선화공주(善化公主)니믄
눔 그스지 얼어 두고[26]
맛둥바올
바믹 몰 안고 가다[27]

제망매가

生死路(생사로)는
예 이샤매 저히고,[28]
나는 가느다 말ㅅ도
몬다 닏고 가느닛고[29]
어느 ᄀ술 이른 ᄇ릭매
이에 뎌에 ᄠ러딜 닙다이
ᄒ둔 가재 나고[30]
가논 곧 모드온뎌
아으 彌陀刹(미타찰)애
맛보올 내
道(도) 닷가 기드리고다[31]

김알지 탈해왕대

  영평[32](永平) 3년 경신(庚申) 8월 4일에 호공(瓠公)이 밤에 월성(月城)의 서리(西里)를 가다가 큰 광명(光明)이 시림(始林) 속에서 나타남을 보았다. 자색 구름이 하늘에서 땅에 뻗치면서 구름 가운데 황금 궤가 나무 끝에 걸려 있는데, 그 빛이 궤에서 나오며 또 흰 닭이 나무 밑에서 우는지라 이것을 왕에게 아뢰었다. 왕이 그 숲에 가서 궤를 열어 보니 그 속에 동남(童男) 하나가 누워 있다가 일어났다. 마치 혁거세의 고사(故事)와 같으므로, 그 말로 인하여 알지(閼智)라

이름하였다. 알지는 곧 우리 말에 소아(小兒)를 말한다. 동남을 안고 대궐로 돌아오니 새와 짐승들이 서로 따르며 기뻐해서 모두 뛰어놀았다. 왕이 길일(吉日)을 택하여 태자로 책봉하였으나, 후에 파사(婆娑)에게 사양하고 왕위에 오르지 않았다. 금궤에서 나왔다 하여 성(姓)을 김씨(金氏)라 하였다. 알지는 열한(熱漢)[33]을 낳고, 한(漢)은 아도(阿都)를 낳고, 도(都)는 수류(首留)를 낳고, 유(留)는 욱부(郁部)를 낳고, 부(部)는 구도(俱道)를 낳고, 도(道)는 미추(未鄒)를 낳아 추(鄒)가 왕위에 오르니 신라의 김씨는 알지에서 시작되었다.

김현감호

신라 풍속에 매년 2월이 되면 초파일로부터 15일까지 서울의 남녀가 다투어 흥륜사의 전탑을 도는 복회(福會)[34]를 행하였다.

원성왕 때 낭군(郞君)[35] 김현이 밤 깊이 홀로 탑을 돌면서 쉬지 않았다. 그때 한 처녀가 (또한) 염불을 하면서 따라 돌다가 서로 알게 되어 추파를 던지다가, 돌기를 마치고 으슥한 곳으로 가서 관계를 하였다. 처녀가 돌아가려 하자 김현이 따라가니, 처녀는 사양하고 거절하였으나 억지로 따라갔다. 마침내 서산 기슭에 이르러 한 초가집에 들어가자, 늙은 할머니가 그 여자에게 물었다.

"함께 온 이가 누구냐?"

처녀는 그 사정을 설명하였다. 할머니가 말하기를,

"비록 좋은 일이라도 안한 것만 못하다. 그러나 이미 저지른 일이니 어쩔 수 없구나. 잘 숨겨 두어라. 네 형제가 나쁜 짓을 할까 두렵다."

하며 김현을 구석진 곳에 숨겼다. 얼마 후 세 마리 호랑이가 으르렁거리며 들어와 사람의 말로 말하기를,

"집안에서 노린내가 나는구나. 요기하기 좋겠군."

하니 늙은 할머니와 여자가 꾸짖었다.

"네 코가 비상하구나. 무슨 미친 소리를 하느냐!"

이때 하늘에서 외치는 소리가 들렸다.

"너희들이 너무 많이 생명을 해하는구나. 마땅히 한 놈을 죽여서 그 악을 징계하겠다."

세 호랑이는 그 소리를 듣고 모두 근심하는 기색이었다. 여자가 말했다.

"세 오빠가 될 수 있는 대로 멀리 피해 가서 스스로 징계하겠다면 제가 대신하여 벌을 받겠어요."

그러자 모두 기뻐하여 고개를 숙이고 꼬리를 치며 달아나 버렸다. 여자가 들어가 김현에게 말했다.

"처음 저는 낭군이 우리 집에 오시는 것이 부끄러워 거절했으나, 이제는 모든 것을 숨김 없이 감히 진심으로 말하겠습니다. 또한 저와 낭군은 비록 유는 다르지만 하루 저녁의 기쁨을 같이 했으니, 부부의 의를 맺은 것이나 다름없습니다. 이제 세 오빠의 악은 하늘이 이미 미워하시니, 집안의 재앙을 제가 홀로 받고자 합니다. 그러나 보통 사람의 손에 죽는 것보다는 오히려 낭군의 칼날에 엎드려 죽어 은덕을 갚는 것만 못하겠습니다. 제가 내일 시장에 들어가 몹시 사람을 해치면 나라 사람들이 저를 어찌하지 못하고, 반드시 임금께서 높은 벼슬로써 사람을 모집하여 저를 잡으라 할 것입니다. 그때 낭

군께서는 겁내지 말고 저를 쫓아 성 북쪽의 숲에까지 오시면 제가 기다리고 있겠습니다."

김현이 말했다.

"사람이 사람과 관계함은 인류의 도리지만 다른 유와 관계함은 대개 떳떳한 일이 아니오. 그러나 이미 이렇게 된 것은 참으로 하늘이 준 운명인데, 차마 어찌 배필의 죽음을 팔아 한 세상의 벼슬을 바라겠소."

그러나 여자는 말하기를,

"낭군은 그런 말씀을 마십시오. 지금 제가 일찍 죽는 것은 하늘의 명령이요, 또 저의 소원입니다. 또한 낭군의 경사요, 우리 일족의 복이며, 나라 사람의 기쁨입니다. 한 번 죽어 다섯 가지 이익을 얻을 수 있으니 어찌 이길 수 있겠습니까? 다만 저를 위하여 절을 세우고, 불경을 강하여 좋은 보답을 얻는 데 도움이 되면 낭군의 은혜가 이보다 더 큰 것이 없겠습니다."

하고 서로 울며 작별하였다.

다음날 과연 맹호가 성 안에 들어와 심히 날뛰어 감히 아무도 상대하지 못하였다. 원성왕이 이 소식을 듣고 영을 내려 범을 잡는 자는 2급의 벼슬을 주겠다고 하였다. 김현이 대궐에 나아가 아뢰었다.

"소신이 그 일을 하겠습니다."

왕은 먼저 벼슬을 주고 그를 격려하였다. 김현이 칼을 들고 숲속에 들어가니, 범은 변하여 낭자가 되어 반가이 웃으며 말했다.

"어젯밤에 낭군과 하던 말을 잊지 마십시오. 그리고 오늘 제 발톱에 상처를 입은 사람은 모두 흥륜사의 간장을 상처에 바르고 그 절의 나발소리를 들으면 나을 것입니다."

이어 낭자는 김현이 찬 칼을 뽑아 제 목을 찔러 넘어지니 곧 범이
되었다. 김현은 숲속에서 나와 말하기를,

"내가 지금 범을 잡았다!"

하고 말했으나 그 사유는 숨기고 말하지 아니하였다. 다만 그 호랑
이가 시키는 대로 치료하니 그 상처가 모두 나았다. 지금도 민간에
서는 그 방법을 쓴다.

김현은 벼슬하자 서천(西川)가에 절을 짓고 호원사(虎願寺)라 이
름하고 항상 〈범망경(梵網經)〉[36]을 강하여 범의 저승길을 축복하며
제 몸을 죽여 그를 성공시킨 은혜에 보답하였다. 김현이 죽을 때 지
난 일의 기이함에 깊이 감동하여 이에 붓으로 적어 전하였으므로 세
상에서 비로소 알게 되었다. 그래서 그 이름을 논호림(論虎林)이라
했는데 지금까지 일컬어 온다.

정원(貞元)[37] 9년에 신도징(申屠澄)이 야인으로서 한주십방현위
(漢州什邡縣尉)[38]에 임명되어 진부현 동쪽 10리 가량 되는 곳에 갔을
때 눈보라와 심한 추위로 말이 나아가지 못하였다. 길가에 초가가
있어 들어가니, 그 안에 불이 피워져 있어 매우 따뜻하였다. 등불 밑
에 나아가 보니 늙은 부모와 한 처녀가 화로를 둘러싸고 앉아 있었
다. 처녀는 나이 14·5세쯤 되어 보였다. 비록 머리는 헝클어지고
때묻은 옷을 입었으나, 그 살결은 눈 같고 얼굴은 꽃 같으며 행동이
아름다웠다. 그 부모는 신도징이 온 것을 보고 급히 일어나서 말했
다.

"손님께서 심한 한설(寒雪)을 만났으니, 어서 앞에 와서 불을 쬐시
오."

얼마 동안 앉아 있었지만 날은 저물고 눈보라는 그치지 않자 신도징이 청했다.

"서쪽 현(縣)까지 가기에는 아직 멀었으니, 여기서 좀 재워 주십시오."

그 부모가 말했다.

"누추한 집안이라도 관계치 아니하신다면 감히 명을 받겠나이다."

신도징이 말 안장을 풀고 침구를 펴니, 그 여자는 손이 묵는 것을 보자 얼굴을 닦고 곱게 단장하고 장막 사이에서 나오는데, 그 한아(閑雅)한 태도는 처음 볼 때보다 훨씬 나았다. 신도징이 말했다.

"어린 낭자가 총명하고 슬기가 남보다 뛰어난 것 같습니다. 아직 정혼치 않았으면 제가 감히 혼인하기를 청하니 어떠하십니까?"

그 아버지가 말했다.

"기약지 않은 귀한 손님께서 거두어 주신다면 어찌 연분이 아니겠습니까."

신도징은 드디어 사위의 예를 행했다.

신도징은 타고 온 말에 여자를 태워 가지고 임지에 이르러 보니 봉록이 매우 적었으나, 아내가 힘써 집을 이루니 기쁠 뿐이었다. 후에 임기가 끝나 돌아가려 할 때는 이미 일남일녀를 낳았는데 매우 총명하여 신도징이 더욱 사랑하였다.

그는 일찍이 아내에게 주는 이러한 시를 지었다.

한 번 벼슬하니 매복[39]이 부끄럽고
3년이 지나니 맹광[40]이 부끄럽다

이 정을 어디다 비길까
시냇가에 원앙새가 노는구나

그 처가 이 시를 종일 읊어 속으로 화답하는 것 같았으나 입 밖에는 내지 않았다. 신도징이 벼슬을 그만두고 온 가족을 데리고 본가로 돌아가려 하자, 아내가 갑자기 슬퍼하여 신도징에게 요전에 주신 글에 화답하겠다 하고 이렇게 읊었다.

(부부의) 정도 중하지만
산림에 뜻이 스스로 깊으니
시절의 변함을 항상 근심하고
백년을 함께 살 마음 저버릴까 허물한다

마침내 함께 예전에 아내가 살던 집에 갔으나 아무도 없었다. 그 아내는 그리워하는 마음이 지나쳐 종일 울다가 문득 벽 모퉁이에 한 장의 호랑이 가죽이 있는 것을 보고 크게 웃으며 말했다.

"이 물건이 아직도 여기 있는 것을 몰랐구나."

마침내 그것을 뒤집어쓰니 곧 범으로 변하여 으르렁거리며 할퀴다가 문을 박차고 나갔다.

신도징은 놀라 피하였다가 두 아이를 데리고 아내가 떠난 그 길을 찾아 산림을 바라다보며 며칠을 통곡하였으나 간 곳을 몰랐다.

아! 도징과 김현 두 사람이 짐승을 접촉했을 때, (그것이) 사람의 아내가 된 것은 같았으나, 신도징의 그것이 사람을 저버리는 시를 준 연후에 으르렁거리고 할퀴면서 도주한 것이 김현의 범과는 다르다. 김현의 범은 부득이 사람을 해쳤으나, 좋은 처방을 가르쳐 주어 사람을 구하게 하였으니, 짐승도 어질기가 그와 같았다. 그러나 사람으로서 짐승만도 못한 자가 있으니 이것이 무슨 까닭인가?

이 일의 처음과 끝을 자세히 보건대, 불사(佛寺)를 도는 사람을 감동시키고, 하늘에서 외쳐 악을 징계하려 하자 스스로 그것을 대신하여 신기한 처방을 전해 사람을 구하고, 절을 지어 불계(佛戒)를 강론하게 했던 것이다. 이것은 오직 짐승의 본성이 어질 뿐만 아니라 부처가 사물에 접응함이 다방면이어서 김현이 정성껏 탑을 도는 데 감동하여 이익을 보답코자 한 것이니, 그때 복을 받은 것은 당연한 일이다.

> 산가(山家)의 세 오빠 죄가 많아
> 난(蘭)이 토한 한 마디 허락이 아름답구나
> 의(義)의 중함이 몇 가지나 되니 죽음도 가벼워
> 몸을 숲속에 맡기니 꽃처럼 죽었네

보 · 충 · 학 · 습

1) 거북은 옛날부터 장수하는 동물로 상징되어 왔는데, 이러한 거북을 등장시킨 것은 지도자로서의 왕의 신성성과 장수를 기원하는 의미이다.

2) '머리'는 수령, 추장, 새로운 생명 등을 상징.

3) 군왕의 출현을 기다리는 절대적인 신념의 표현.

4) 악조명.

5) 달님이시여.

6) 높이높이.

7) 감탄 여음구.

8) 비추어 주소서.

9) 감탄 여음구.

10) 악조명.

11) 감탄 여음구.

12) 악조명.

13) 저자에. 시장(市場)에.

14) 가 계신가요?

15) 위험한 곳을.

16) 디디실까 두렵습니다.

17) 악조명.

18) 어느 곳에나. 어느 곳에다가.

19) 놓으십시오.

20) 고려 시대 〈한림별곡〉에 '김선비파(金善琵琶)'라고 했다. '김선'은 악사명(樂師名).

21) 저물까 두렵습니다.

22) 모습과도 같은.

23) 끝.

24) 따르고.

25) 화랑의 장(長)이여.

26) 선화 공주는 남몰래 서동과 사귀고.

27) 선화 공주가 밤에 서동과 밀회한다.

28) 사람이 죽고 사는 길이 여기에 있으므로 두려워하고.

29) 나는 간다는 말도 못 다 이르고 갔느냐?

30) 한 가지에 태어나고.

31) 아아! 극락 세계에서 만나 볼 나는, 도를 닦으며 기다리겠다.

32) 후한 명제(明帝)의 연호. 영평 3년은 신라 탈해왕 4년에 해당함.

33) 《삼국사기》 미추조에는 '세한(勢漢)', 문무왕의 비(碑)에는 '성한 (星漢)'으로 기록되어 있음.

34) 복을 빌기 위한 불교의 한 행사.

35) 젊은 귀공자의 호칭.

36) 불경의 하나.

37) 당나라 덕종(德宗)의 연호로 9년은 신라 원성왕 9년(서기 793년).

38) 중국 사천성(四川省) 성도(成都) 부근에 있는 지명. 위(尉)는 벼슬 이름.

39) 한(漢)나라 사람으로 왕방(王莽)이 집권하자 처자를 버리고 신선 이 되었다고 전함.

40) 동한(東漢)의 어진 여성으로 양홍(梁鴻)의 아내.

저자 소개

○여옥(麗玉) : 〈공무도하가〉를 지은 여옥은 고조선 진리(津吏, 뱃사공)인 곽리자고의 아내라고 한다.

○유리왕 : 〈황조가〉를 지은 유리왕은 고구려 제2대 왕으로 기원전 19년에서 기원후 18년까지 왕으로 있었다. 이름은 유리(類利)이며, 동명왕의 맏아들이다. 부여에서 아버지를 찾아 고구려로 남하하여 태자에 책립되었고, 주몽에 이어 왕이 되었다. 기원전 9년 선비(鮮卑)족을 공략하여 항복을 받았고, 기원 후 3년에 도읍을 국내성으로 옮겼다. 13년에 부여군을 격퇴, 14년에는 양맥(梁貊)을 치고, 다시 한(漢)나라의 고구려현을 빼앗았다. 기원전 17년에 〈황조가〉를 지었다.

○충담사(忠談師) : 〈찬기파랑가〉를 지은 충담사는 신라 경덕왕 때의 승려로 왕이 그 재주를 높이 사 왕사로 삼으려 했으나 사양하였다. 향가인 〈안민가〉를 지었다.

○무왕(武王) : 〈서동요〉를 지은 무왕은 백제 제30대 왕으로 이름은 장(璋)이고, 법왕(法王)의 뒤를 이어 왕이 되어 600년에서 641년까지 왕의 자리에 있었다. 어렸을 때 맛둥이라고 불렀던 것을 《삼국유사》에서 서동이라고 기록한 듯하다. 신라와 종종 전쟁을 하였고, 사치와 유흥을 즐겼으며, 자주 군대를 동원하여 국력을 소진

시켰다.

○ 월명사 : 〈제망매가〉를 지은 월명사는 신라 경덕왕 때 경주 사천왕사의 승려이다. 피리를 잘 부는 등 예능에 뛰어났으며, 경덕왕 19년(760)에 왕의 부탁으로 4구체 향가인 〈도솔가〉를 지었다.

○ 일연(一然) : 《삼국유사》를 지은 일연은 고려 시대의 승려로 본명은 김견명(金見明), 호는 무극(無極), 시호는 보각(普覺)이다. 경상도 경산 출신이며, 어려서부터 불도를 닦고, 1219년에 정식 승려가 되었다. 여기에 소개한 〈김알지 탈해왕대〉와 〈김현감호〉는 《삼국유사》에서 뽑은 것이다.

작품 감상 ○공무도하가

《해동역사》에 그 배경 설화가 전해지는 〈공무도하가〉는 곽리자고가 목격하고, 그의 아내인 여옥에 의하여 널리 전파되었다고 하는 고조선의 노래이다. 신화적 인물로 보이는 두 남녀의 죽음을 통하여, 고대인들의 세계관과 사랑에 대한 관념을 알 수 있다. 《해동역사》에 전해지는 바 그 내용은 다음과 같다.

뱃사공인 곽리자고가 어느 날 새벽에 배를 손질하고 있노라니, 한 미치광이가 흰 머리칼을 풀어헤친 채 술병을 안고 강을 건너려고 뛰어들었는데, 이를 막으려고 아내가 울며 쫓아왔으나 사나이는 익사하고 말았다. 아내는 통곡하며 울다가 슬피 공후를 타며 노래를 부른 후, 자신도 물에 몸을 던져 죽고 말았다. 곽리자고가 집에 돌아와 아내에게 이 슬픈 사연을 노래와 함께 전하니, 여옥이 슬퍼하며 그 광인의 아내가 불렀다는 곡에 따라 공후를 타며 노래를 불렀다. 이 노래를 듣고 눈물을 흘리지 않는 이가 없었다. 여옥은 이 곡을 다시 이웃집 여인 여용(麗容)에게 전했는데, 이것이 바로 〈공무도하가〉이다.

○ 황조가

〈황조가〉는 고구려 때의 가요로, 집단적인 서사 문학에서 개인적인 서정 문학으로 옮겨 가는 단계의 국문학사상 가장 오래된 노래이다. 짝을 지어 하늘을 나는 꾀꼬리와 홀로 있는 서정적 자아의 외로움이 대립되면서, 사랑하는 이에 대한 그리움이 잘 표현되어 있다.

고구려 유리왕은 왕비 송씨가 죽자 화희와 치희 두 여자를 맞아들였다. 두 여자는 서로 사랑의 시샘을 했는데, 한나라 여자인 치희는 견딜 수 없어 자기 나라로 돌아가 버렸다. 왕이 사냥갔다가 돌아와 이 말을 듣고 그녀를 뒤쫓아갔으나 끝내 붙잡지 못하고, 나무 밑에서 쉬면서 쌍쌍이 노는 꾀꼬리를 보고 마음이 더욱 비감스러워 이 노래를 지었다고 한다.

○ 구지가

〈구지가〉는 가락국 건국 신화 속에 들어 있는 삽입 가요이다. 수로왕을 맞이하기 위해 구지봉의 흙을 파서 모으고 춤추는 과정에 불리워졌다는 점에서, 고대 시가의 제의적 · 집단적 · 주술적 성격을 보여주고 있다. 이 노래의 핵심인 '거북'이 신령스런 존재를 상징한다고 볼 때, 거북의 머리는 생명을, 머리를 내어놓는 것은 새로운 생명의 탄생을 뜻하는 것으로, 하늘에서 내려온 알로부터 수로왕이 탄생하는 것과 일치한다.

○ 정읍사

백제의 서정 가요로는 유일하게 전하는 작품으로, 《악학궤범》에 가사가, 《고려사 악지》에는 배경 설화가 전하며, 고려와 조선 시대에 궁중 음악으로 불렸다.

행상을 나간 남편이 무사하기를 비는 아내의 노래로, 달에게 높이 솟아 길을 환하게 비춰 달라고 하는 것은 달에게 소원 성취를 기원하는 우리의 전통적 풍속과 관련이 있다. 이 달은 남편의 행상길을 밝힐 뿐만 아니라, 이 부부의 인생 행로를 밝히는 존재이기도 하다.

○ 찬기파랑가

〈찬기파랑가〉는 10구체 향가의 변형된 모습을 보여 주고 있는데, 앞의 5구와 뒤의 3구에서 각기 현실과 이상을 대비시키고, '아아'로 시작되는 낙구(落句)에서 시상(詩想)을 고양시켜 흠모의 정을 절실히 표현하고 있다. 월명사의 〈제망매가〉와 함께 향가의 빼어난 서정성을 잘 보여 준다.

〈찬기파랑가〉의 화자는 시름에 잠겨, 세속적인 현실의 논리가 퍼져 가는 것을 안타까워하고 있다. 기파랑의 고결한 인품은 현실에서 찾을 수 없고, 수풀만 우거지고 자갈만 가득한 비속한 정경이 제시되고 있는 데서 화자가 대상을 그리워하는 근본 취지를 엿볼 수 있다.

○ 서동요

〈서동요〉는 4구체로 된 향가로 오래 전부터 구전되어 오다가 향찰로 정착된 노래이다. 내용은 사랑을 얻기 위한 감정이 직설적으로 표현되어 있으며, 주술적 성격을 띠고 있다. 배경 설화에서 등장하는 인물이 어린이들이고, 서동이 서라벌에서 선화 공주를 끌어내게 한 줄거리의 꿈 같은 행위 등은 어린이의 세계를 반영했다는 점에서 동화적 성격이 짙다고 하겠다.

○ 제망매가

〈제망매가〉는 《삼국유사》 권5 〈월명사 도솔가〉 조에 실려 있는데, 일명 〈위망매영재가〉라고도 한다. 일찍 죽은 누이를 위해 월명사가 지은 10구체 향가로, 누이의 죽음에서 오는 인간적인 슬픔과 고뇌를 노래하였다. 인생의 무상함을 깨닫고 불도를 닦아 이미 극락 세계에 가 있을 누이동생을 만나겠다는 불교 사상을 바탕으로 슬픔을 종교적으로 승화시키고 있으며, 남매간의 이별을 가을에 떨어지는 나뭇잎에다, 그리고 부모를 같은 가지로 각각 비유하여 수사적인 탁월함마저 보여 주고 있다.

○ 김알지 탈해왕대

설화는 신화·전설 등을 한 묶음으로 하는 서사 문학의 한 분야로서, 문학성이 있는 설화가 집성되어 작품을 구성할 때 설화 문학이라고 부른다. 설화 문학은 개인의 창작이 아닌 민중 문학이며, 서사적인 특징을 지니고 있다. 김알지 설화는 경주 김씨 시조의 탄생에 관련된 것이다.

○ 김현감호

신라 때의 설화로 고려 시대 박인량이 편찬한 《수이전》에 실려 있었다 하나, 현재 《대동운부군옥》 권15와 《삼국유사》에 전하는 것으로 일명 〈호원〉이라고도 한다. 호랑이가 하룻밤의 정을 고마워하여, 김현에게 은혜를 갚았다는 내용의 이야기다.

(1) 우리나라의 고대 문학에 대해 더 자세히 알아보고, 그 작품들이 지금까지 많이 전해지지 않는 이유를 생각해 보시오.

◑ 길라잡이

여기서 말하는 고대 문학은 고려 이전의 문학을 말하는 것으로, 고조선에서부터 신라 말까지를 포함한다. 어느 민족이나 처음에 문학은 시·무용·음악 등 종합적인 원시예술 형태로 발생한다. 이런 종합예술은 사회적 통일을 이룩하는 정치적 기능, 초자연적인 힘에 의지하고 악령에 의한 제화를 면하기 위한 종교적 기능, 노동의 괴로움을 감소시키고 식생활의 안정을 누리려는 경제적 기능을 동시에 수행하는 형식으로 발생된 것이다.

우리의 원시 문학도 이러한 테두리를 벗어나지는 못했다. 이들 문학에 대한 기록은 단편적이고 그 내용도 구체적인 언급은 없으나, 우리 고대 민족이 제천 때나 농사의 시작과 추수 때 가무를 좋아했다는 기록으로 보아, 구비 문학의 풍성함은 능히 짐작할 수 있다. 한자가 들어온 후로는 이러한 구비 문학이 문자로 정착되기 시작했는데, 그런 작품들이 오늘날 단편적으로나마 전해지고 있다. 즉 고조선이나 삼국시대의 작품들이 그것인데, 내용이 전해지기도 하고 제목만 전해지기도 한다. 신라 때의 향가 14수는 완벽하게 전해지는 보석 같은 존재이며, 《삼국유사》에 실려 있는 많은 신화와 설화도 삼국시대의 구비 문학을 이해하는 데 귀중한 자료가 된다.

이 시대의 작품이 많이 전해지지 않는 이유는 첫째, 우리말이 한

자와 달라 그것을 문자화하는 데 어려웠기 때문이고, 둘째 문자로 기록했다 하더라도 오랜 기간이 지나는 사이에 전란 등으로 불타거나 없어져 버렸기 때문이라고 할 수 있다.

(2) 다음의 작품은 〈헌화가〉로서 그 문학적 가치를 논해 보시오.

> 자줏빛 바위가에 잡은 손 암소 놓고,
> 나를 아니 부끄러워하거든 꽃을 꺾어 바치오리다!

◐ 길라잡이

이 노래는 4구체로 되어 있는데, 신라 성덕왕 때 어느 소 끄는 노인이 지었다고 한다. 《삼국유사》 권2 〈수로부인〉에 수록되어 전하는데, 그 노래의 사연은 다음과 같다.

성덕왕 때 순정공이 강릉 태수가 되어 부임하던 길에 공의 부인 수로가 바닷가 절벽에 핀 철쭉꽃을 탐냈으나, 인적이 닿을 수 없는 위험한 곳이므로 아무도 선뜻 나서는 자가 없었다. 이 때 한 늙은이가 암소를 끌고 지나가다가 부인의 말을 듣고, 기꺼이 꽃을 꺾어다 바치며 이 노래를 불렀다는 것이다.

〈헌화가〉는 민중의 입으로 불려졌다는 신라 문학의 일면을 보여 주고, 설화는 그 당시 관민의 관계를 엿볼 수 있는 자료가 된다는 점에서 그 가치가 크다. 뿐만 아니라, 이 향가로 적힌 향찰은 우리말의 옛 모습을 연구하는 데도 중요한 자료가 되고 있다.

고려 문학

안축(安軸) 외

(고려 시대)

고려 시대는
향가가 쇠퇴하고, 한문학이
널리 보급되는 등 순수한 우리 문학이
크게 발전하지 못했으나, 설화 문학 · 속요 ·
경기체가 · 시조 등이 그 명맥을 이어갔다. 설화
문학은 한문학의 여세를 타고 확고한 위치를 점하게
되었으며, 속요는 하층 계급의 소박하고 간결한 가운데
함축성 있는 생활 감정을 담고 있다. 경기체가는
산야에 묻힌 한학자들의 우리 문학에 대한
각성에 의하여 나타난 형식이며, 고려 말에
이르러 우리 고유의 문학 형태인
시조가 나타나게 되었다.

고려 문학은 한문 문학의 융성과 국문 문학의 위축으로 특징지워진다. 하지만 고려 시대는, 민족 문학이 내부적으로 새로운 문학 형식의 창조를 위한 모색을 다각도로 시도한 과도기이기도 했다.

신라의 향가는 고려 전기에도 창작되었는데, 균여는 통일 신라 향가의 전통을 이어 극락 정토에 대한 비원을 노래한 〈보현십원가〉 11수를 지었다. 그 후 예종의 〈도이장가〉와 정서의 〈정과정곡〉이 뒤를 이었으나, 쇠퇴하는 향가의 모습만 보여 줄 뿐 고려 전기로 향가의 시대는 끝나고 새로운 서정시의 출현이 요구되는 전환기에 이르렀다.

국문 서정시로서의 향가의 쇠퇴에 반비례하여 서정시의 영역에서는 한시(漢詩)가 융성하게 되었다. 한문학을 익혔던 신라의 육두품 계층이 고려의 귀족으로 전환되고, 문학을 통해 능력을 평가하는 과거제의 실시로 한문 문학은 급속히 발전하게 되었다. 고려 전기의 대표적 문인으로는 최승로 · 박인량 · 김부식 · 정지상 등이 있고, 후기의 문인은 이인로 · 임춘 · 김극기 · 이규보 · 이제현 · 이색 등을 꼽을 수 있다.

한편 불교 문학의 융성 역시 주목해야 하는데, 고려는 불교를 국교로 삼았기 때문에 불교 문학이 활발하게 전개되었다.

속요는 궁중에서 연주되었던 속악(俗樂)의 가사로서, 민요에서 온 것도 있고 창작된 것도 있는데, 대체로 3음보이며 여음이 있고 연(聯)이 중첩되는 형식을 가진다. 〈처용가〉·〈청산별곡〉·〈서경별곡〉·〈동동〉·〈가시리〉·〈사모곡〉·〈이상곡〉·〈만전춘별사〉·〈상저가〉·〈정석가〉·〈쌍화점〉·〈유구곡〉 등이 그것인데,《악학궤범》이나《악장가사》및《시용향악보》에 실려 있다. 이 속요는 조선 시대 유학자들에 의해 '남녀상열지사(男女相悅之詞)'라는 평을 들었으나, 평민들의 자연스런 감정에서 우러나온 사랑의 노래이자 그들의 고통스런 삶의 하소연이기도 했다.

무신란으로 고려 전기의 문벌 귀족들이 몰락하고 새로운 문인들이 등장하게 되었다. 신진 사인(新進士人)인 이규보는 현실에 적극적으로 참여하였고, 그 후 이른바 신흥 사대부가 고려 말에 등장했다. 경제적으로 넉넉한 이들은 지방 향리 출신으로, 새로운 사상인 '성리학(性理學)'을 받아들였는데, 이들의 등장은 새로운 문학 담당층의 대두를 의미했다. 이러한 변화에 따라 새로운 문학 갈래가 나타나게 되었는데 그것이 곧 경기체가, 시조, 전(傳) 등이다.

경기체가(景幾體歌)는 고종(高宗) 때 한림제유(翰林諸儒)가 지은 〈한림별곡〉이 최초의 작품이고, 안축의 〈죽계별곡〉·〈관동별곡〉을 거쳐 조선 시대에도 사대부들에 의해 계속 창작되었다.

구체적 사물을 나열하면서 감흥을 찾는 경기체가는 서정시가 아니고 교술시(教述詩)이다.

'시조(時調)'는 서정시였던 향가를 대신하여 신흥 사대부가 창안한 정형적 서정시이다. 주로 충절과 회고를 노래한 이 시조는 〈정읍사〉나 〈만전춘별사〉에서 그 원형적 모습을 찾을 수 있다. 3장(章) 6구(句) 45자(字) 내외의 짧은 형식의 4음보 정형시로서, 사대부의 미의식에 맞는 형식미와 표현미를 획득해 나갔다.

이인로의 《파한집》, 최자의 《보한집》, 이제현의 《역옹패설》, 이규보의 《백운소설》 등은 시화(詩話)를 중심으로 설화도 수록하고 있어 통상 이들을 '패관 문학'이라 일컫는다. 즉 비평과 일화, 설화 등이 나누어지지 않고 혼합되어 있는 것이다.

'전(傳)'이란 교훈을 주는 교술 문학인데, 고려 후기에는 인물전(人物傳)과 가전(假傳)이 많이 창작되었다. '가전'은 사물을 의인화해서 그 일생을 다룬 것인데, 임춘의 〈국순전〉·〈공방전〉, 이규보의 〈국선생전〉·〈청강사자현부전〉, 석식영암의 〈정시자전〉 등이 있다.

   다음에 제시된 작품들은 평민들의 삶을 그린 고려 속요, 최초의 경기체가 작품인 한림별곡, 사대부의 서정시로 자리잡은 시조 등이다. 수록된 작품들을 감상하면서 고려 시대 사람들의 정서와 세계관을 살펴보자.

사 모 곡

호미도 눌히언마ᄅᆞᆫ¹⁾
낟ᄀᆞ티 들리도 업스니이다²⁾
아바님도 어이어신마ᄅᆞᆫ³⁾
위 덩더둥셩⁴⁾ 어마님ᄀᆞ티 괴시리 업세라⁵⁾
아소 님하⁶⁾ 어마님ᄀᆞ티⁷⁾ 괴시리 업세라

가 시 리

가시리 가시리잇고⁸⁾ 나ᄂᆞᆫ⁹⁾
ᄇᆞ리고¹⁰⁾ 가시리잇고 나ᄂᆞᆫ
   위 증즐가 大平盛代(대평셩ᄃᆡ)¹¹⁾

날러는 엇디 살라 ᄒᆞ고¹²⁾
ᄇᆞ리고 가시리잇고 나ᄂᆞᆫ

위 즁즐가 大平盛代(대평셩디)

잡ᄉ와 두어리마ᄂᆞᆫ
선ᄒ면 아니 올셰라[13]
　위 즁즐가 大平盛代(대평셩디)

셜온 님 보내ᄋᆞᆸ노니 나ᄂᆞᆫ
가시ᄂᆞᆫ 듯 도셔 오쇼셔 나ᄂᆞᆫ[14]
　위 즁즐가 大平盛代(대평셩디)　.

서경별곡

서경(西京)[15]이 아즐가[16] 서경(西京)이 셔울히 마르는[17]
　위 두어렁셩 두어렁셩 다링디리[18]
닷곤디[19] 아즐가 닷곤디 쇼셩경[20] 고외마른[21]
　위 두어렁셩 두어렁셩 다링디리
여히므론[22] 아즐가 여히므론 질삼뵈[23] ᄇ리시고
　위 두어렁셩 두어렁셩 다링디리
괴시란디[24] 아즐가 괴시란디 우러곰좃니노이다[25]
　위 두어렁셩 두어렁셩 다링디리

구스리 아즐가 구스리 바회예 디신들[26]
　위 두어렁셩 두어렁셩 다링디리

긴히쏜 아즐가 긴힛쏜 그츠리잇가[27] 나ᄂᆞᆫ[28]
　위 두어렁셩 두어렁셩 다링디리
즈믄히[29]를 아즐가 즈믄히를 외오곰 녀신돌[30]
　위 두어렁셩 두어렁셩 다링디리
신(信)잇돈 아즐가 신(信)잇돈 그츠리잇가 나ᄂᆞᆫ
　위 두어렁셩 두어렁셩 다링디리

대동강(大同江) 아즐가 대동강(大同江) 너븐디[31] 몰라셔
　위 두어렁셩 두어렁셩 다링디리
비내여 아즐가 비내여 노혼다[32] 샤공아
　위 두어렁셩 두어렁셩 다링디리
네가시 아즐가 네가시 럼난디 몰라셔[33]
　위 두어렁셩 두어렁셩 다링디리
녈비예 아즐가 녈비예 연즌다[34] 샤공아
　위 두어렁셩 두어렁셩 다링디리
대동강 (大同江) 아즐가 대동강(大同江) 건넌편 고즐여[35]
　위 두어렁셩 두어렁셩 다링디리
비타들면 아즐가 비타들면 것고리이다[36] 나ᄂᆞᆫ
　위 두어렁셩 두어렁셩 다링디리

동 동

德으란 곰비예[37) 받줍고, 福으란 림비예[38) 받줍고
德이여 복福이라 호놀 나ᅀᆞ라 오소이다[39)
  아으 動動다리[40)

正月ㅅ 나릿므른[41) 아으 어져 녹져 ᄒᆞ논ᄃᆡ
누릿 가온ᄃᆡ 나곤 몸하 ᄒᆞ올로 녈셔[42)
  아으 動動다리

二月ㅅ 보로매, 아으 노피 현 燈ㅅ블 다호라[43)
萬人 비취실 즈ᅀᅵ샷다[44)
  아으 動動다리

三月 나며 開ᄒᆞᆫ 아으 滿春 돌욋고지여[45)
ᄂᆞ미 브롤 즈슬 디녀 나샷다[46)
  아으 動動다리

四月 아니 니저 아으 오실셔 곳고리새여
므슴다 錄事니ᄆᆞᆫ 녯 나ᄅᆞᆯ 닛고신뎌[47)
  아으 動動다리

五月 五日애, 아으 수릿날[48) 아춤 藥은
즈믄 힐 長存ᄒᆞ샬 藥이라 받줍노이다

아으 動動다리

六月ㅅ 보로매, 아으 별해 브룐 빗 다호라[49]
도라보실 니믈 젹곰 좃니노이다[50]
　아으 動動다리

七月ㅅ 보로매, 아으 百種[51] 排ᄒᆞ야 두고
니믈 ᄒᆞᆫ 딕 녀가져[52] 願을 비ᅀᆞᆸ노이다
　아으 動動다리

八月ㅅ 보로믄, 아으 嘉俳나리마론
니믈 뫼셔 녀곤 오ᄂᆞᆯ낤 嘉俳샷다[53]
　아으 動動다리

九月 九日애, 아으 藥이라 먹논 黃花[54]
고지 안해 드니 새셔 가만ᄒᆞ얘라[55]
　아으 動動다리

十月애, 아으 져미연 ᄇᆞ롯 다호라[56]
것거 ᄇᆞ리신 後에 디니실 ᄒᆞᆫ 부니 업스샷다
　아으 動動다리

十一月ㅅ 봉당 자리예, 아으 汗衫 두퍼 누워[57]
슬홀ᄉᆞ라온뎌 고우닐 스싀옴 녈셔[58]

아으 動動다리

十二月ㅅ 분디남ㄱ로 갓곤, 아으 나슬 盤잇 져 다호라[59)
니믜 알픠 드러 얼이노니 소니[60) 가재다 므르 숩노이다
　아으 動動다리

청산별곡

살어리 살어리랏다[61), 靑山애 살어리랏다
멀위랑[62) 드래랑 먹고 靑山에 살어리랏다
　얄리얄리 얄랑셩, 얄라리 얄라[63)

우러라[64) 우러라 새여, 자고 니러[65) 우러라 새여
널라와 시름 한[66) 나도 자고 니러 우니노라
　얄리얄리 얄라셩, 얄라리 얄라

가던 새[67) 가던 새 본다[68), 믈 아래 가던 새 본다
잉무든[69) 장글란 가지고 믈 아래 가던 새 본다
　얄리얄리 얄라셩, 얄라리 얄라

이링공 뎌링공 ㅎ야 나즈란 디내와손뎌[70)
오리도 가리도 업슨 바므란[71) 또 엇디 호리라
　얄리얄리 얄라셩, 얄라리 얄라

어듸라 더디던 돌코⁷²⁾, 누리라⁷³⁾ 마치던 돌코

믜리도 괴리도⁷⁴⁾ 업시 마자셔 우니노라

  얄리얄리 얄라셩, 얄라리 얄라

살어리 살어리랏다, 바ᄅ래⁷⁵⁾ 살어리랏다

ᄂᆞ믹자기 구조개랑⁷⁶⁾ 먹고 바ᄅ래 살어리랏다

  얄리얄리 얄라셩, 얄라리 얄라

가다가 가다가 드로라⁷⁷⁾, 에졍지⁷⁸⁾ 가다가 드로라

사ᄉ미 짒대예 올아셔 奚琴(히금)을 혀거를⁷⁹⁾ 드로라

  얄리얄리 얄라셩, 얄라리 얄라

가다니⁸⁰⁾ 빅 브른 도긔 설진 강수를 비조라⁸¹⁾

조롱곳 누로기 민와 잡ᄉ와니⁸²⁾, 내 엇디 ᄒ리잇고

  얄리얄리 얄라셩, 얄라리 얄라

한림별곡

元淳文⁸³⁾   仁老詩   公老四六⁸⁴⁾

원슌문   인노시   공노ᄉ륙

李正言⁸⁵⁾   陳翰林⁸⁶⁾   雙韻走筆⁸⁷⁾

니졍언   딘한림   솽운주필

沖基對策[88]　光鈞經義[89]　良鏡詩賦[90]

튱긔딕칙　광균경의　량경시부

위 試場ㅅ 景 긔 엇더ᄒ니잇고

　　시댱　　경

(葉) 琴學士[91]의 玉笋[92] 門生 琴學士의 玉笋門生

　　금혹ᄉ　　옥슌　문싱 금혹ᄉ　옥슌문싱

위 날조차 몃부니잇고

　　　　　　　　　　　　　　　　― (제1장)

唐漢書　莊老子　韓柳文集

당한셔　장로ᄌ　한류문집

李杜集　蘭臺集[93]　白樂天集

니두집　난딕집　빅락텬집

毛詩尙書　周易春秋　周戴禮記

모시샹셔　주역츈츄　주딕례긔

위 註조쳐 내 외옳景[94] 긔 엇더ᄒ니잇고

　　주　　　　경

(葉) 大平廣記[95] 四百餘卷 大平廣記 四百餘卷

　　대평광긔　ᄉ빅여권 대평광긔 ᄉ빅여권

위 歷覽 景[96] 긔 엇더ᄒ니잇고

　　력남　경

　　　　　　　　　　　　　　　　― (제2장)

시 조

— 이조년(李兆年)

梨花(이화)에 月白(월백)ᄒ고 銀漢(은한)[97]이 三更(삼경)[98]인 제
一枝春心(일지춘심)[99]을 子規(자규)[100]ㅣ야 아랴마는
多情(다정)도 病(병)인 냥 ᄒ여 좀 못드러 ᄒ노라

— 우 탁(禹倬)

春山(춘산)에 눈 녹인 바롬 건듯 불고 간 듸 업다
져근 덧 비러다가 마리[101] 우희 불니고져[102]
귀 밋퇴 히묵은 서리롤 녹여 볼가 ᄒ노라

— 이 색(李穡)

白雪(백설)이 ᄌ자진[103] 골에 구루미 머흐레라[104]
반가온 梅花(매화)는 어닉 곳에 픠엿는고
夕陽(석양)에 홀로 셔 이셔 갈 곳 몰라 하노라

— 원천석(元天錫)

興亡(흥망)이 有數(유수)ᄒ니[105] 滿月臺(만월대)[106]도 秋草(추초)ㅣ로
다
五百年(오백년) 王業(왕업)이 牧笛(목적)에 부쳐시니

夕陽(석양)에 지나는 客(객)이 눈물계워 ᄒᆞᄃᆞ라

송 인(送人)

─ 정지상(鄭知常)
비 개인 긴 언덕에는 풀빛이 푸른데
그대를 남포[107]에서 보내며 슬픈 노래 부르네
대동강 물은 그 언제 다할 것인가
이별의 눈물 해마다 푸른 물결에 더하는 것을

사리화(沙里花)

─ 이제현(李齊賢)
참새야 어디서 오가며 나느냐
일 년 농사는 아랑곳하지 않고
늙은 홀아비 홀로 갈고 맸는데
밭의 벼며 기장[108]을 다 없애다니

1) 호미도 날이건마는.

2) 낫같이 들리도 없습니다.

3) 아버님도 어버이이시지만.

4) 후렴.

5) 어머님같이 사랑하실 이 없어라.

6) 아아, 님아.

7) 어머님같이.

8) 가시겠습니까.

9) 의미가 없는 구음.

10) 버리고.

11) 악률에 맞추기 위해 삽입하는 후렴구.

12) 날더러 어떻게 살라 하고.

13) 잡아두겠습니다마는 서운하면 아니 올까 두려워.

14) 설운 임 보내옵나니 가시자마자 돌아오소서.

15) 지금의 평양.

16) 조율음. 여음.

17) 서울이지마는.

18) 악기 소리를 흉내낸 후렴.

19) 닦은. 중수(重修)한.

20) 작은 서울. 서경(평양).

21) 사랑하지마는.

22) 이별하기보다는.

23) 길쌈베.

24) 사랑하신다면.

25) 울면서 따라가겠습니다.

26) 떨어진들.

27) 끈이야 끊어지겠습니까?

28) 악곡상의 호흡을 맞추기 위해 삽입된 조음구.

29) 천 년.

30) 외로이 살아간들.

31) 넓은지. 넓은 줄.

32) 놓았느냐.

33) 너의 각시가 도리에 벗어난 행위를 하는지.

34) 가는 배에 태웠느냐.

35) 꽃을. '새로운 여인'의 뜻.

36) 뱃속에 들어가 타면 꺾을 것입니다.

37) 뒤에.

38) 앞에.

39) 덕이라 복이라 하는 것을 드리러 오십시오.

40) 북 소리의 의성어.

41) 냇물은.

42) 세상 가운데 태어난 이 몸은 홀로 살아가는구나.

43) 높이 켠 등불 같구나. '임이 등불 같다.'는 의미로 추측됨.

44) 만인을 비추실 모습이시로구나.

45) 달래꽃이여. 달 아래 오얏꽃이여.

46) 남이 부러워할 모습을 지니셨도다.

47) 무슨 까닭으로 녹사(錄事)님은 옛날의 나를 잊고 계신가.

48) 단옷날.

49) 6월 보름에, 아아! 벼랑에 버린 빗과 같구나.

50) 조금이라도 좇아가겠습니다.

51) 백중(百仲). 음력 7월 15일.

52) 임과 함께 살고자.

53) 임을 모시고 지내야만 오늘이 한가윗날이로구나.

54) 국화.

55) 꽃이 안에 드니 모옥(茅屋)이 조용하구나.

56) 잘게 자른 보리수 같구나.

57) 11월 봉당 자리에, 아아! 한삼(汗衫) 덮고 누워.

58) 슬픈 일이로다, 고운 님 (여의고) 제각기 살아가는구나.

59) 12월 분지나무로 깎은, 아아! (임께) 올릴 쟁반에 있는 젓가락 같 구나.

60) 손님이. 민속적으로 보면 12월의 손님은 다음 해를 맡은 신(神)일 경우도 있음.

61) 살겠노라.

62) 머루랑.

63) 후렴구.

64) 우는구나.

65) 일어나서.

66) 너보다도 시름 많은.

67) 새〔鳥〕 또는 사래〔畝〕. '새'로 보는 통설이 있으나 여기서는 '사 래'로 봄. 이 경우 '가던'은 '갈다'의 뜻.

68) 보았느냐?

69) 이끼가 묻은. 녹이 슨.

70) 이럭저럭하여 낮은 지내왔건만.

71) 밤은.

72) 돌인고.

73) 누구를.

74) 미워할 이도 사랑할 이도.

75) 바다에서.

76) 나문재(海草)와 굴조개.

77) 듣는다.

78) 부엌(?).

79) 사슴이 장대에 올라서 깡깡이 켜는 것을.

80) 가더니.

81) 독한 강술을 빚는구나.

82) 조롱박꽃 누룩이 매워서 붙잡으니.

83) 유원순(兪元淳)의 문장.

84) 이공로(李公老)의 사륙변려문(四六駢儷文).

85) 정언 벼슬을 한 이규보(李奎報).

86) 한림 진화(陳澕).

87) 쌍운(雙韻)자의 시문을 거침없이 써 내려감.

88) 유충기(劉沖基)의 책문(策文).

89) 민광균(閔光鈞)의 경전 해석.

90) 김양경(金良鏡)의 시와 부.

91) 학사 금의(琴儀).

92) 옥으로 된 죽순처럼 쟁쟁한.

93) 한대(漢代)의 시문집.

94) 내려 외는 정경.

95) 송대(宋代)의 설화 및 전기 소설의 총서.

96) 열람하는 광경.

97) 은하수.

98) 한밤중. 밤 11시~오전 1시.

99) 한 나뭇가지에 어려 있는 봄날의 애상적인 정서.

100) 소쩍새.

101) 머리(頭).

102) 붉게 하고 싶구나.

103) 잦아진. 다 없어진.

104) 험하구나.

105) 운수가 있으니.

106) 고려 때의 궁터.

107) 평남 대동강 하구에 있는 남포로 볼 수도 있으나, 일반적으로 한 시에서 이별의 장소를 뜻하는 시어(詩語)이기도 하다.

108) 벼과의 일년생 작물. 좁쌀보다 낟알이 굵음.

작 품 이 해

저자
소개
○이인로(李仁老, 1152~1220) : 고려 명종 때의 학자로 호는 쌍명재(雙明齋)이다. 명종 때 장원하여 한림을 거쳐 좌간의 대부, 보문각 학사에 이르렀다. 한유(韓愈)와 소동파(蘇東坡)의 시문학을 존중했으며, 송 시풍(宋詩風)을 따르는 선구자가 되었다. 문집에 《파한집》, 저서에 《은대집》·《쌍명재집》 등이 있다.

○이조년(李兆年, 1269~1343) : 고려 말 충숙왕·충혜왕 때의 학자·정치가·문인이다. 호는 백화헌(白花軒)·매운당(梅雲堂)으로, 시문(詩文)에 뛰어났다.

○우탁(禹倬, 1263~1343) : 호는 역동(易東)으로, 원종~충혜왕 때의 유학자이다. '한 손에 막대잡고 ~' 등 시조 2수가 전한다.

○이색(李穡, 1328~1396) : 호는 목은(牧隱)으로, 제도를 정비하고 정도전·권근 등의 인재를 양성한 뛰어난 문장가이다. 저서로 《목은집》이 있다.

○원천석(元天錫, 1330~?) : 호는 운곡(耘谷)으로, 고려 말의 진사(進士)이다. 저서로 《운곡시사(耘谷詩史)》 5권과, '눈 마자 휘어진 대를~' 등 시조 2수가 전한다.

○정지상(鄭知常, ?~1135) : 호는 남호(南湖)이다. 고려의 시인

으로 뛰어난 작품을 많이 남겼다. 벼슬이 좌사간에 이르렀으며, 서
경 천도와 금나라 정벌을 주장하였다. 묘청의 난이 일어나자 김부
식에게 참살당했다. 저서에 《정사간집》이 있다.

　○이제현(李齊賢, 1286~1367) : 고려 말의 문신으로, 호는 익
재(益齋)이다. 문집으로 《익재난고》가 있고, 비평집으로 《역옹패
설》이 있다.

작 품
감 상 　○사 모 곡
고려시대 속요로 〈엇노리〉라고도 하며 작자 · 연대는 미
상이다. 내용은 어머니의 사랑을 기린 것으로, 조선 초기까지 전승
되었다. 가사는 《악장가사》, 사설 및 악보는 《시용향악보》에 전해진
다.

　○가 시 리
　〈가시리〉는 《시용향악보》에는 〈귀호곡(歸乎曲)〉이라는 제목으로
1연(聯)이 실려 있다. 전 4연으로 각 연은 2구씩이며 연 사이에는
여음(餘音)이 삽입되어 있고, 연 구분이 뚜렷하여 기 · 승 · 전 · 결
의 간결한 형식을 취하고 있다.

　남녀간 이별의 정한을 노래한 작품으로, 애절한 정서와 순박한
사랑을 부드러운 율조에 실어 진솔한 이조로 표현하였다. 이 이별
의 정한은 민요 〈아리랑〉이나 소월의 〈진달래꽃〉에 접맥되어 있으
며, 시적 정서와 내용면에서 이 같은 전통적 정조가 우리 문학사 속
에 꾸준히 이어져 내려왔음을 알 수 있다.

○서경별곡

고려시대 속요로 작자·연대 미상이다. 서경은 지금의 평양으로 그 지방에서 널리 불리던 노래인 듯하며, 고려 속요로서 가장 뛰어난 작품 중의 하나다.

푸른 물결을 앞에 두고 임과 이별하는 화자는 자신의 슬픔을 억제하지 못하고 오직 임의 사랑만을 애원하며 하소연한다. 한(恨)의 정서로 애절한 사랑의 감정을 노래하는 〈서경별곡〉은 우리 시가 문학의 전통으로서, 평민적 서정의 전형적인 모습이다. 이 작품이 평민적 감정의 발현으로 고려 속요의 뛰어난 가치를 보여 주는 특징적인 면은 3연에 있다. 즉, 한편으로는 사랑에 대한 믿음을 보이면서도, 강만 건너면 혹시 다른 여인을 사귀지 않을까 하는 불안과 질투의 감정을 숨기지 않고 드러낸다는 것은 사랑을 쟁취하려는 적극적인 삶의 태도와 현실적 생활 감정의 표현인 것이다.

○동 동

〈동동〉은 민요가 궁중 음악으로 개편되는 과정에서 덧붙여진 서사(序詞)를 제외하고는, 정월에서 십이월까지 세시 풍속을 열거하며 사설을 엮어 나가는 월령체(月令體) 형식의 고려 속요이다. 민요풍의 격조로 내용도 세시절일(歲時節日)을 위주로 한 세시 풍속의 노래라고 할 수 있는데, 연중 맞이하는 명절에 따라 임을 여읜 슬픔과 고독이 더욱 절실하게 느껴진다는 순차적인 서술을 취하고 있다.

《고려사》 '악지'의 기록처럼, 서사를 비롯하여 2·3·5연은 송도적 성격이 강하고, 나머지 연들은 계절에 따라 느껴지는 이별의 정한과 임을 그리는 정을 애절한 사연과 더불어 간절히 노래하고 있다.

○ 한림별곡

고려 고종 때 한림의 유자(儒者)들이 합작한 경기체가이다. 1215
~1216년 제작된 것으로 추정되며 경기체가의 효시로 알려져 있
다. 당시 무사들이 정권을 잡자 벼슬에서 물러난 문인들이 풍류적
이며 도락적인 생활 감정을 현실 도피적으로 읊은 노래이다.

작자는 유원순·이인로·이공로·이규보·진화·유충기·민광
균·김양경 등이며 모두 8장으로 구성되어 있다. 1장은 문인과 그
들의 장기(長技), 2장은 서적, 3장은 서체와 명필, 4장은 술, 5장은
꽃, 6장은 악기와 그에 능한 사람들, 7장은 산과 누각, 8장은 그네
등의 순서로 1장 1경씩 읊어 처음 3장까지만 당시 문인들의 수양과
학문에 연관이 있고, 나머지 5장은 풍류라기보다 극단의 도락적인
내용으로 되어 있다.

각각의 연마다 끝이 '……경(景) 긔엇더ᄒ니잇고'로 되어 있어
경기체가라는 호칭이 붙었다. 가사 속에 나오는 사람들이 자신의
이름이 노래로 불리는 데 흥미를 느낀데다 읊을 때 '위'나 '당당당
당추자'와 같은 음조가 흥을 돋우어 당시 지식인들 사이에서 널리
유행되었다.

○ 송 인

정지상의 〈송인〉은 우리나라 한시 중 송별시(送別詩)의 최고작이
다. 님이 떠나지 못하도록 계속 와야 할 비도 개고 항구의 긴 둑엔
비에 씻긴 풀들이 푸르름을 더하고 있으니, 이별의 애달픔이 더 고
조된다. 전구(轉句)에서 시상이 전환되어 대동강물이 이별의 눈물
로 마를 날이 없다고 했다. 자기의 사연을 일반화하면서 동시에 대

동강의 정경을 그려내어 일방적인 자기 슬픔의 토로에서 벗어나고 있다.

◐사 리 화

이제현은 소악부(小樂府) 11편을 남겼는데, 〈사리화〉는 그 중 네 번째 시이다. 소악부란 당시 유행하던 우리말 노래를 한시로 옮겨 놓은 것인데, 이 가운데 〈처용가〉·〈정석가〉·〈쌍화점〉·〈정과정〉 등의 고려 속요도 실려 있다. 칠언 절구로 된 〈사리화〉는 과도한 세 금과 권력 있는 자들의 수탈이 심한 것을, 곡식을 쪼아 먹는 참새에 비유하여 원망한 노래이다.

◐시 조

이조년의 시조는 봄날의 애상(哀傷)을 시각적 · 청각적 심상으로 잘 조화시켜 표현하고 있다. 우탁의 시조는 늙음을 한탄한 탄로(嘆 老)의 시이다. 늙지 않으려는 인간의 본능적 감정을 격조 높은 표현 으로 담담하게 처리하고 있다.

이색의 시조는 고려가 기울어지고 새로운 조선 왕조가 일어서려 고 하는 역사적 전환기에 직면한 지식인의 고민을, 반가운 매화를 찾지 못하고 석양에 홀로 헤매는 서정적 자아의 모습으로 잘 표현 하고 있다. 원천석의 시조는 멸망한 고려에 충절을 지키는 전형적 인 회고(懷古)의 시라고 할 수 있다.

(1) 평민들의 자연스런 감정에서 우러나온 고려 속요의 특색에 대해 알아보고, 조선 시대에까지 널리 전해질 수 없었던 이유를 논해 보시오.

○ 길라잡이

고려 중기에 무신의 난이 발생하면서 나타난 하층 계급의 자각은 문학면에서도 새로운 질서로 표출되기 시작했다. 그리하여 나타난 것이 속가(俗歌) · 별곡(別曲) · 장가(長歌) 등으로 불리는 고려 속요의 등장이었다. 이 노래들은 당시 고려인들의 절실한 생활 감정을 노래한 국문학의 백미라 할 수 있다. 그 형태는 민요에서 형성된 것인데, 소박하고 간결한 가운데 함축성 있는 생활 감정을 담고 있을 뿐만 아니라, 인생의 참된 일면을 유감없이 드러내고 있다.

한편 조선은 건국 초부터 숭유배불(崇儒排佛)의 정책으로 유교를 숭상했는데, 고려 속요는 인륜 도덕을 방해하고, 풍속을 문란케 하는 '남녀상열지사(男女相悅之詞)'라 하여 배척되었다. 즉, 고려인들이 가식없이 나타낸 남녀간의 사랑이 유교적인 조선 사회에서는 용납될 수 없는 내용이라고 인식되었기 때문에 조선 시대에까지 널리 전해져 내려올 수 없었던 것이다.

(2) 경기체가가 나타날 수밖에 없었던 원인을 당시의 시대상과 함께 논해 보시오.

◑ 길라잡이

고려 때는 한문학이 발달했는데, 아무리 한학에 능한 사람이라도 시(詩)·부(賦)로써 풍부한 우리 민족의 사상과 감정을 나타내기는 어려웠다. 무신의 난 이후 조정에서 밀려나 초야에 묻힌 한학자들은 모여서 소일할 만한 문학 형태가 없었다. 하지만 자신들에 대한 자각을 할 여유가 생겼으며, 우리말과 우리의 뜻을 노래로 나타내 보자는 욕구가 생겼다. 그러므로 경기체가는 시대적 상황과 더불어 한자를 그대로 사용하면서 한국의 시가를 표현하자는 한학자들의 뜻에서 나온 것이라고 볼 수 있다.

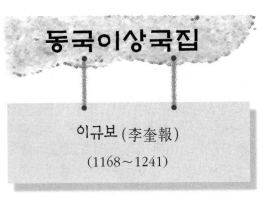

동국이상국집

이규보 (李奎報)
(1168~1241)

고려시대 문신
이규보의 시문집으로, 전 53권
13책이며 국문학사상 귀중한 작품이다.
한문학의 각 장르에 해당하는 글들이 고루
실려 있으며, 고려 일세(一世)를 풍미한 재사(才士)의
문장력이 온전히 담겨져 있다. 특히 고구려 건국
시조인 동명왕의 일대기를 장편의 한시로
엮은 민족 서사시인 〈동명왕편〉과 산문인
〈국선생전〉·〈청강사자현부전〉 등의
가전문학이 전한다.

이규보의 시문집(詩文集)으로 전 53권 13책으로 구성되어져 있다. 아들 함(涵)이 1241년 8월에 전집(前集) 41권을, 그해 12월에 후집(後集) 12권을 편집·간행하였다. 1251년 손자 익배가 왕의 명을 받들어 분사대장도감(分司大藏都監)에서 교정·증보하여 개간하였다.

전집 41권에는 책머리에 이수(李需)의 서문과 연보가 실려 있다. 권1에는 외부(畏賦) 등 6편의 부(賦)와 시(詩)가 있으며, 권2~18에 시, 권19에 잡저(雜著)·운어(韻語)·어록(語錄), 권20에 전(傳), 권21에 설(說)·서(序), 권22에 잡문(雜文), 권23·24에 기(記)·권(卷), 권25에 기(記)·방문(牓文)·잡저, 권26·27에 서(書)·장(狀)·표(表), 권29에 표(表), 권30에 표·전·장, 권31에 표(表), 권32에 장, 권33에 교서(敎書)·비답(批答)·조서(詔書), 권34에 교서·마제(麻制)·관고(官誥), 권35에 비명(碑銘), 권36에 뇌서(誄書), 권37에 애사·제문, 권38에 도량재초소제문(道場齋醮疏祭文), 권39에 불도소(佛道疎)·초소(醮疏), 권40에 석도소제축(釋道疏祭祝), 권41에 석도소(釋道疏)의 차례로 되어 있다.

후집 12권에는 이함의 후집 서문에 이어 권1~10에 시(詩), 권11에 찬·서·기·잡의(雜議)·문답(問答), 권12에 서·표·잡저·묘지 그리고 책 끝에 정지(鄭芝)가 왕명을 받들어 지은 이규보의 뇌서와 이수가 쓴 묘지명이 수록되어 있고, 이어 이익배의 발문이 실려 있다.

이규보의 시들은 자유자재로 시사(詩思)를 구사하여 신선미가 있고 생동감이 있으며 기운이 넘친다. 또한 그는 운(韻)을 따라 시상을 형식에 채우는 재주가 뛰어나 평생에 쓴 시만 해도 8천 수에 이르렀다고 한다. 특히 《동국이상국집》에 전하는 〈동명왕편(東明王篇)〉은 고구려 건국 시조인 동명왕의 일대기를 장편의 한시로 엮은 서사시로서, 민족의 자주성에 입각한 그의 역사 인식을 엿볼 수 있게 한다.

산문에 있어서는 〈국선생전〉·〈청강사자현부전〉이 전하며, 그 외에도 다양한 장르의 많은 글들이 남아 오늘날까지 그의 넓고 깊은 문학 세계를 짐작할 수 있게 도와준다.

제시된 본문은 《동국이상국집》 권25의 기(記)로서, 왕륜사의 장륙금상이 보인 영검을 수습한 데 대한 기와 몽험기이다. 고려 일세를 풍미한 이규보의 뛰어난 문학적 재능이 작품에 어떻게 펼쳐져 있는지를 음미하며 글을 읽어 보자.

왕륜사(王輪寺)의 장륙금상(丈六金像)이 보인 영검을 수습(收拾)한 데 대한 기(記)

자세히 상고하건대 불법(佛法)이 우리 나라에 파급된 이후 중앙에서 지방에까지 사찰이 연달아 있으며, 불상이 없는 절이 없다. 다만 모든 부처는 일체(一體)인데 무릇 불상이 있는 곳에 영응(靈應)이 나타난 곳도 있고 그렇지 않은 곳도 있다. 이것은 범부로서 생각이 미치지 못하는 것이니, 그것을 어떻게 헤아릴 수 있겠는가?

그러나 모든 부처와 보살이 신통(神通)하는 방편에 있어서는 자유자재하여 가능한 것도 없고 불가능한 것도 없으니, 또한 색상(色相)[1]으로 구할 수 있는 것도 아니다.

그렇다면 그 광령(光靈)을 나타내지 않은 것은, 나타내는 일을 하지 않는 것이 아니고 우선 그 작용을 감추고 있을 뿐이다. 때로는 기회에 따라서 그 영응을 나타내는 일도 있으니, 이것은 또한 자연스런 방편을 보이는 바로서 대개 지인(至人)[2]의 쇄세한 일인 것이다. 그러나 세속 사람의 보통 눈으로 본다면 어찌 놀라고 신기하게 여겨서, 신앙심을 극도로 내지 않겠는가? 신앙심이 지극하면 부처는 문득 이에 응하고 그 영응도 또한 더욱 나타나니, 이것은 세상에서 시끄럽게 전하는, 아무 절 아무 불상은 큰 영험이 있다는 따위이다.

지금 도성의 북쪽에 왕륜사라는 절이 있는데, 이 절은 해동(海東)의 종파가 항상 법륜(法輪)[3]을 전파하는 큰 사찰이다. 이 절에는 비로자나[4]의 장륙금상 1구가 있다.

들으니, 옛날에 거빈(巨貧)·교광(皎光)이라는 두 비구가 있었는데, 그들은 함께 금상을 주조할 것을 발원(發願)[5]하여 속언(俗諺)의 이른바 동냥을 하였다. 그 동냥이라는 것은 승려가 남에게 시주하기를 권유하여 불사(佛事)를 영위하는 것을 일컫는 말이다.

거빈이 그 일을 주관하고 교광이 이를 보좌하였는데, 거빈이 하루는 갑자기 보조자인 교광에게 말하기를,

"일이란 나의 뜻대로 되지 않는 것이 많다. 그런데다 나이조차 늙었으니, 반드시 일을 잘 마치지 못할 것이다. 개골산에 들어가 스스로 분신 자살해야겠다. 너는 나의 사리를 주워서 그것을 가지고 사람들에게 시주하기를 권유한다면 시주하기를 즐겨하지 않는 자가 없을 것이다. 그렇게 한 뒤에야 일이 성취될 수 있을 것이다."

하고, 말을 마치자 그 산에 들어가 도를 닦다가 병신년 8월 15일에 마하연(摩訶衍)[6] 방장(方丈)의 북쪽 봉우리에서 분신 자살하였다. 교공(皎公)이 그 유언에 따라 영골을 거두어 상자에 담아서 짊어지고 서울로 돌아온 다음 사람들에게 시주하기를 권유하니, 임금으로부터 높은 벼슬아치나 선비들과 서인에 이르기까지 시주하지 않는 이가 없어서 재물이 산처럼 쌓였다.

판방리(板方里)에 산직(散職)으로 있는 한 장관이 있었는데, 그는 곤궁하여 시주할 재물이 없으므로 13세 된 딸을 바쳐서 심부름이나 시켜주기를 원하였다. 교공은 부득이 그를 받았다. 이때 성남에 이름이 전하지 않는 어떤 장군 하나가 있었는데, 그는 나이는 늙고 자식이 없었으므로 속전(贖錢)을 바치고 그 여자를 양녀로 삼기를 원하여 베 5백 단을 바쳤다.

또 성대동에 어떤 과부가 있었는데, 그는 집이 가난하여 시주할 만한 좋은 물건이 없었으므로 그가 보배로 여기는 큰 거울을 시주하고는 이내 말하기를,

"이 거울은 오랫동안 남에게 가 있어 지금도 아직 돌려받지 않았으므로 당장 바칠 수는 없으니, 쇠를 녹이는 날까지는 꼭 찾아서 가지고 가겠소."

하였다. 교공은 그렇게 하기를 응낙하였다. 그러나 막상 그 쇠를 녹이는 날에 이르러는 약속한 시일이 오랜지라, 깜박 잊고 거울 임자에게 통고하지 않은 채 주조하였다. 그런데 불상이 이루어졌을 때 모든 모양은 잘 갖추어져서 단아하고 근엄하였으나 오직 가슴에 이지러진 데가 있었다. 중이 매우 불안해 한 나머지 보완하여 주조할 것을 의논하였는데, 거울 주인이 불상이 이미 이루어졌다는 소식을 듣고 매우 차탄하였다. 그러나 이미 시주하였던 것이기 때문에 드디어 그 거울을 가지고 가서 바쳤는데, 그 거울을 불상 가슴의 이지러진 곳에 대어보니, 그 이지러진 틈과 거울이 꼭 맞았다. 그래서 임시로 끼워두고 다음날 글자를 새긴 뒤에 때워 넣으려고 하였다. 그런데 새벽에 보니, 거울이 이미 저절로 합해져서 꼭 녹여 부은 것 같아 조금도 흔적이 없었다. 도성에서 구경하러 온 사람들이 담처

럼 둘러서서 해괴하게 여기지 않는 이가 없었다 한다. 이것이 영험
의 하나다.

불상이 완성되자 절로 실어 들여 이 날로 금당(金堂)에 안치하려
고 하였으나, 문이 낮아서 불상이 들어갈 수가 없었다. 그래서 그
이튿날 아침에 문위의 중방을 떼낸 뒤에 들여놓기로 하였다. 그런
데 그 이튿날 아침에 보니, 불상이 이미 들어가 자리에 단정히 앉아
있었다 한다. 이것이 영험의 둘째다.

시중(侍中) 최정안(崔靖安)은 늘 장륙금상을 공경했다. 그 집이
절의 남쪽 이웃에 있었으므로 매양 출근할 때마다 절 문에 이르면
말에서 내려 예배한 뒤에 갔으며, 퇴근할 때 조종문(朝宗門)에 이르
면 또 말에서 내려 재배하고 걸어서 절 문을 지난 뒤에 말을 타곤
하였으며, 새로 난 음식을 얻으면 먼저 불상에 바친 뒤에 먹었다.
또 이따금 금당에 가서 손수 차를 끓여서 공양하기도 하였다. 이렇
게 하기를 오래 계속하자, 어느 날 꿈에 장륙금상이,

"네가 나를 섬기는 것이 참으로 성실하지만, 남쪽 마을 응양부(應
揚府)에 사는 늙은 병사가 진심으로 사모하는 마음만은 못하다."
하였다. 공(公)이 이튿날 사람을 시켜서 그 집을 찾게 하였더니, 과
연 한 늙은 병사가 있었다. 공이 친히 가서 찾아보고 묻기를,

"들으니, 네가 항상 아무 절의 장륙상을 존경한다는데 정말이냐?
그 존경하는 데는 또 어떠한 일을 특별히 하느냐?"
하니 늙은 병사가 대답하기를,

"늙은 제가 중풍 때문에 일어나지 못한 지가 무려 7년이나 됩니
다. 다만 새벽과 저녁에 종소리를 들으면 그곳을 향하여 합장할 뿐
입니다. 어찌 다시 다른 일을 함이 있겠습니까?"

하였다. 공이 말하기를, "그렇다면 늙은 내가 부처 섬기는 것은 성의가 너만큼 지극하지 못하다."하였다.

이로부터 그 사람을 매우 존중하고 녹봉을 받을 때마다 1곡씩을 그에게 주었다 한다. 이것이 영험의 셋째다.

또 최 시중이 녹봉을 받는 날에 검정 베옷을 입은 중이 문 앞에 와서 밥을 빌었다. 공이 밥을 주고는 그가 마시고 씹는 것을 보니, 보통 사람과 다른 데가 있었다. 그래서 따로 밥 한 말을 지어서 주니 다시 다 먹었다. 공이 매우 이상하게 여겨 녹봉 1곡을 시주하고 하인을 시켜서 지고 따라가게 하였더니, 문 밖에 나가서는 굳이 하인을 돌려보내고 자신이 지고 돌아갔다. 공이 이 말을 듣고 급히 사람을 시켜서 찾았으나 그 종적을 알 수가 없었다. 공이 친히 나가서 뒤쫓아가는데, 쌀을 짊어진 한 중이 왕륜사 문으로 들어갔다는 말을 듣고 곧 절에 들어가서 찾았으나 또 그의 간 곳을 알 수가 없었다. 우연히 장륙금상에게 예배하고 싶어서 금당에 들어가 보니, 녹봉 1곡이 불상의 향안 위에 놓여 있었다. 그래서 그 중이 바로 장륙금상의 권화(權化)[7]라는 것을 크게 깨달았다 한다. 이것이 영험의 넷째다.

이런 이야기는 모두 고(故) 수좌승 걸(傑)이 종문대사(宗門大士) 정림이란 자에게 전한 것이다. 정림은 뒤에 또한 승통(僧統)[8]이 되었으니, 다 석문(釋門)의 노장으로 정신근독(精信謹篤)한 대화상(大和尙)[9]이다. 어찌 이런 이야기를 망령되이 전하겠는가?

그리고 고로(古老)들이 전한 것으로 사람들의 입에 전파되고 있는 것을 들으면, 장륙금상을 절로 모셔들이려 할 때 큰 수레에 싣고 끄는 자가 무려 수만 명이나 되어 길을 메웠으며, 돈시(豚市)의 상인들도 또한 수회심(隨喜心)[10]을 일으켜서 힘을 모아 수레를 밀고 있었다. 여러 사람이 모여 힘을 이렇게 썼지만 수레는 쉽게 움직이지 않았다. 일을 주관한 중이 이상하게 여겨 높은 언덕에 올라가 바라보니, 돼지 떼가 수레바퀴를 끼고 가는 것이었다. 그래서 악업(惡業)[11]의 장애가 된 것을 깨닫고 그 사람들에게 수레를 밀지 못하게 금한 다음에야 수레가 곧 굴러갔다 한다. 이것이 영험의 다섯째다.

또 고금의 온 나라 사람들이 직접 본 것을 가지고 말한다면, 나라에 장차 변고가 있을 때에는 장륙금상이 먼저 땀을 흘려서 징조를 보였으며, 장륙금상이 땀을 흘리면 진흙으로 만든 좌우 보처(補處)[12]의 소상(塑像)과 돌에 새긴 '화엄경(華嚴經)' 속에 있는 모든 여래세존·불·보살 등의 글자들도 모두 젖었으나 그 밖의 글자들은 그렇지 않았다 한다. 이것은 장륙금상이 우리 국가를 수호하여 사전에 깨우쳐 준 것이다. 이것이 영험의 여섯째다.

교공이 이 불상을 주조한 것은 성종 8년 즉 송나라 단공(端拱) 원년인 무자년(988)에 시작하여 정유년(997)에 이르기까지 무릇 10년이 걸려서 완성하였다.

걸공(傑公)이 전한 말을 상고하면,

"절이 일찍이 화재를 만나 모든 문적(文籍)과 장륙영험십여조기(丈六靈驗十餘條記)가 모두 불타버렸다. 이제 빈도(貧道)가 전하는 것은 다만 유루된 나머지다."

하였으니, 이것으로 본다면, 영험은 이것뿐만이 아니었다. 뒤에 유루된 것에 대한 기록이 발견되면 추가하여 여기에 부기해도 또한 좋겠다.

오직 최 시중이 중을 대접한 일에 대한 이야기만은 동일하지 않다. 걸공의 말에 의하면, "검정 베옷을 입은 중이 문전에 와서 걸식하였다……."하고, 불도를 닦고 있는 늙은이들이 지금 말하는 바에 의하면, "공이 매일 중 한 명씩 밥 접대를 하는데, 그의 종에게 시키기를 '너는 나가서 중을 찾아오되 먼저 만나는 중이 인연이 있는 중이니, 반드시 그 중을 맞아오너라.' 하였다. 종이 어느 날 나가서 중을 찾는데, 의복이 남루하고 형상이 매우 추하게 생긴 중 하나가 있었다. 종이 그를 피하고 다시 다른 중을 찾았으나 또 그 중이 나타났다. 이렇게 하기를 너덧 번 거듭하였으나 종이 그 추한 것을 싫어하여 선뜻 맞아오기를 즐겨하지 않고 돌아와서 그 상황을 공에게 아뢰니, 공이 성내어 말하기를, '그 사람이 바로 내가 말한 인연 있는 중이다. 너는 빨리 가서 맞아오너라.' 하였다. 종이 나가 보니, 또 그 중이 있었다. 그래서 맞아들이어 공이 밥을 준 것이다……." 한다. 이 이야기는 어느 것이 옳은지 알 수 없다. 두 가지가 다 이상한 데가 있으므로 모두 기록해 둔다.

국가에서 장륙상을 안치한 전각이 퇴잔했다고 해서 이를 보수하게 하였다. 지금의 상국(相國) 청하 최공(淸河崔公)[13]이 매우 진력한 바 있다. 공은 또 불개(佛蓋)와 당개(幢蓋)가 많이 낡고 해졌다는 말을 듣고 탄식하기를,

"이런 것은 다 불교 의식의 대표적인 것이다. 성대하게 꾸미지 않으면 불교 의식의 가장 큰 것을 갖추지 못한 것이다."

하고, 곧 공인(工人)에게 명하여 영조(營造)하게 하니, 온갖 보배의 광채가 눈이 부시게 찬란하여, 정말 예전에는 보지 못하던 것이었다.

공이 '장륙금상의 영험'에 대한 유기(遺記)를 보고는 감탄해 마

지않았다. 다만 그 기록이 모두 방언과 속어로 되어 있어서 오래 전할 수 없으므로 나에게 명하여 글로 쓰게 하였다. 나는 두 번 절하고 머리를 조아리며 기문을 쓴다. 을유년(1225) 12월 일에 조의대부 시국자좨주 한림시강학사 지제고(朝議大夫試國子祭酒翰林侍講學士知制誥) 이규보(李奎報) 자(字) 춘경(春卿)은 삼가 적고, 다시 송(頌)으로 다음과 같이 찬양한다.

청정한 부처의 한 몸은
달이 가을 물에 비친 것 같다
가까이 가면 환하게 밝건만
잡으려면 멀도다
비로자나의 경지는
본래부터 사의(思議)를 초월한 것이다
그 상을 만든 것도 꿈이요
그것을 찬양하는 것도 또한 그러하다

몽험기(夢驗記)

꿈을 말하는 것은 괴탄한 일 같다. 그러나 '주관(周官)'에 여섯 가지 꿈[14]을 점치는 것이 있고, 또 오경(五經)이나 자(子)·사(史)에도 모두 꿈을 말한 것이 많다. 꿈이 진실로 징험이 있다면 이것을 말하는 것이 무엇이 해로우랴?

내가 일찍이 완산(完山)의 장서기(掌書記)로 있을 때의 일이다.

평소에 나는 성황당에 가는 일이 전혀 없었다. 하루는 꿈에 그 성황당에 가서 당하에서 절하기를, 마치 법조(法曹)와 더불어 함께 절하는 것처럼 하였다. 왕이 사람을 시켜서 전하기를,

"기실(記室)은 뜰 위에 오르오."

하였다. 내가 대청에 올라 두 번 절하니, 왕이 포모와 치포유의(緇布襦衣) 차림으로 남쪽편에 앉았다가 일어나 답례하고 나를 앞으로 나오게 하였다. 조금 후에 어떤 사람이 백주(白酒)를 가지고 와서 부었는데 술상은 초라하였다. 한참 동안 함께 마시다가 말하기를,

"들으니, 목관(牧官)이 요사이 《십이국사(十二國史)》를 새로 간행하였다 하는데 그런 일이 있소?"

하기에,

"그렇습니다."

하였더니,

"그러면 왜 나에게는 주지 않소? 나에게 여러 아이들이 있어서 읽히고자 하니, 몇 권 보내주면 좋겠소."

하므로,

"그렇게 하겠습니다."

하였다. 또,

"관리의 우두머리인 아무는 쓸 만한 사람이니, 잘 보필해 주오."

하기에 또,

"그렇게 하겠습니다."

하였다. 나도 또한 장래의 화복(禍福)에 대해서 물었더니, 왕은 길에서 수레가 달리다가 바퀴축이 부러진 것을 가리키며,

"그대는 저와 같다. 금년을 넘기지 못하고 이 고을을 떠나게 될

것이오."

하였다.

조금 후에 가죽띠 두 벌을 가져다 주면서 말하기를,

"그대는 꼭 귀하게 될 것이니 이것으로 노자를 하오."

하였다. 꿈을 깨니, 온몸에서 땀이 흘렀다. 이 때 안렴사(按廉使)인 낭장(郞將) 노공(盧公)이 목관을 시켜서 《십이국사》를 새로 간행하였던 것이다. 또 관리 아무는 나의 뜻에 맞지 않으므로 어떤 일에 죄목을 잡아 배척하려고 하던 참이었다. 그래서 이런 말을 하게 된 것이다.

그 이튿날 그 관리를 불러서 간행한 《십이국사》 두 권을 가지고 가서 '성황당에' 바치게 하였고, 따라서 그의 죄를 용서하여 불문에 부쳤다. 이 해에 과연 동료의 참소로 인하여 파면되었으니, '수레가 달리다가 바퀴축이 부러진 것과 같다.' 는 말을 비로소 깨달았다. 그러나 벼슬에서 물러난 지 7년이 되도록 벼슬 한 자리도 얻지 못하여 좌절됨이 더할 수 없이 심하였으니, '꼭 귀하게 될 것이다.' 는 그 말을 믿지 않았다. 그 뒤에 중요한 벼슬을 두루 거쳐서 3품에 이르렀으나 역시 그 말을 깊이 믿지 않았다. 그러다가 이제 정승에 제배된 뒤에야 곧 '꼭 귀하게 될 것이다.' 라고 한 말이 빈틈없이 들어맞은 것을 믿게 되었다. 아, 신도(神道)의 명감(冥感)도 역시 때로는 믿을 수 있다. 어찌 다 허황된 일이겠는가?

1) 눈으로 볼 수 있는 물질의 형상을 말한다.

2) 여기서는 석가여래의 존호이다.

3) 교법을 말한다. 부처의 교법이 중생의 번뇌와 망상을 없애는 것이 마치 전륜성왕(轉輪聖王)의 윤보(輪寶)가 산과 바위를 부수는 것과 같기 때문이다.

4) 부처의 진신(眞身)을 나타내는 칭호이다.

5) 원구(願求)하는 마음을 내는 것이다.

6) 여기서는 강원도 회양군 내금강면에 있는 절 이름이다.

7) 부처와 보살이 중생을 구제하기 위하여 모양을 변하여 다른 것으로 나타내는 것.

8) 승관(僧官) 이름.

9) 승려의 존칭. 수계사(授戒師)를 화상(和尙)이라 하고, 화상으로서 나이 많고 덕이 높은 이를 대화상이라 한다.

10) 남의 좋은 일을 보고 따라 좋아하기를 마치 자기의 좋은 일과 같이 기뻐하는 마음을 말한다.

11) 전세(前世)의 나쁜 행위를 말한다.

12) 부처가 될 후보자, 곧 이전 부처가 입멸(入滅)한 뒤에 성불(成佛)해서 그 자리를 보충하는 자란 뜻이다.

13) 진양후(晉陽侯) 최우(崔瑀)를 가리킨다.

14) 일월성신(日月星辰)을 가지고 여섯 가지 꿈의 길흉을 점치는 것인데, 즉 정몽(正夢)·악몽(噩夢)·사몽(思夢)·오몽(寤夢)·희몽(喜夢)·구몽(懼夢)이다.

작 품 이 해

저자소개 이규보 : 고려의 문신이자 재상으로 호는 백운거사(白雲居士)이며, 만년에는 시·거문고·술을 좋아해 삼혹호선생(三酷好先生)이라고 불렸다.

이규보의 문학 세계는 그의 벼슬살이 길과 밀접한 관련이 있다. 그는 어릴 때부터, 문한직(文翰職)을 맡아 문명(文名)을 크게 날려 입신출세하는 것을 희망으로 삼았다. 16세부터 몇 년 간은 자유분방하게 지냈는데, 당대 현실에 대해 울분을 토로하곤 했던 죽림고회의 무리들과 어울리기도 했다.

26세에 개경에 돌아왔으나 여전히 벼슬이 없고 궁핍한 가운데, 관리의 부패와 백성의 피폐, 농민 폭동 따위로 인하여 사회·국가 의식이 크게 촉발되었을 때 〈동명왕편〉 등을 지었다.

그 뒤에 그는 최충헌 정권에 관직을 구하는 서신을 보내고, 최충헌을 국가적인 대공로자로 칭송한 다음 비로소 벼슬길에 나아갈 수 있었다. 그 이래로 문필로 양명하고 관리로 현달하며, 《동국이상국집》이라는 문집까지 후대에 남겼다.

그는 이권에 개입하지 않는 순수한 문한의 벼슬아치였다. 양심적이지만 소심하였던 이규보를 두고 보신주의자요, 최씨 정권의 일반적인 관료의 전형이라는 평가도 있다. 그러나 문벌 귀족들이 권력의 핵심에 서면서 중세를 다지기 시작하던 시기와, 바야흐로 신흥 사대부들이 사회와 문화의 전면에 막 나서서 중세를 새롭게 열어 가게 된 전환점에서 이규보가 감당했던 몫은 그리 단순하지만은 않았다.

작품감상 《동국이상국집》에 수록된 시 중에는 141운 282구의 〈동명왕편〉을 비롯하여 300운에 이르는 〈차운오동각세문정고원제학사〉와 43수로 된 〈개원천보영사시〉, 100운의 〈정장시랑자목〉 등 100운이 넘는 시만도 상당수가 있다.

특히, 권3에 수록된 〈동명왕편〉은 장편의 민족 서사시로 높이 평가되고 있는 작품이다. 해모수와 유화가 만나는 과정으로부터 주몽의 탄생에 얽힌 신비스러운 이야기, 시련을 이기고 고구려를 건설하기까지의 모습과 왕자 유리의 왕위 계승, 그리고 왕위에 오르는 임금들이 너그럽고 어진 마음과 예의로 나라를 다스릴 것을 희망하는 말로 이루어져 있다

또한, 서문을 통하여 《구삼국사(舊三國史)》라는 우리나라 사서가 있었다는 사실을 알게 해주었고, 시 속의 많은 분주(分註)에서 여러 가지 역사적 사실을 구체적으로 설명해 주고 있어 사료로서의 가치도 높다.

〈노무편〉은 민중을 미혹시키는 무당을 경계하는 뜻에서 지은 시로서 무당의 의식을 서술하였기 때문에 무속 연구 자료로서 가치가 있으며, 〈개원천보영사시〉는 안녹산의 난으로 사직을 거의 망칠 뻔했던 당나라 현종의 유적 등을 읊은 것이다. 〈답전이지논문서〉에는

옛 시인을 모방·답습하지 말고 새롭게 표현할 것을 역설한 시론(詩論)이 보이고, 〈논시중미지약언〉에는 주의론(主意論)을 비롯한 시에 대한 그의 많은 견해가 피력되어 있다. 작문 과정에서 시인이 주의해야 할 것을 강조하기 위한 그의 구불의체론(九不宜體論)이 특히 돋보인다.

〈당서불립최치원열전의〉에서는 최치원의 전기를 책에 수록하지 않은 당나라 사람들의 편협성을 개탄하고 있어, 〈동명왕편〉에서 보인 바와 같이 민족에 대한 긍지와 주체사상의 일면이 보인다.

권20에 수록된 〈국선생전〉과 〈청강사자현부전〉은 가전체 문학이다. 〈국선생전〉은 술을 의인화하여 술과 인간과의 미묘한 관계를 재미있는 이야기로 엮은 작품이고, 〈청강사자현부전〉은 거북을 의인화하여 작아서 알기 어려운 것을 미리 살펴 방비하는 데에는 성인도 간혹 실수가 있을 수 있음을 지적하여 매사에 삼갈 것을 말하고 있다.

이들 가전체 문학 작품은 우리나라 소설이 형성되는 과정으로 볼 때, 설화와 소설을 잇는 교량적 구실을 담당하는 중요한 위치를 차지하는 것으로 높이 평가되고 있다. 〈백운거사전〉은 이규보가 젊었을 때 천마산에 은거하면서 도연명의 〈오류선생전〉을 본떠 시와 술을 벗하여 안빈낙도하며 세속에 얽매이지 않는 자신을 그린 자서전적 전기이다.

〈칠현설〉은 무신의 집권으로 속세를 등지고 스스로 맑고 고고함을 자랑하던 강좌칠현(江左七賢)을 조롱하는 내용인데, 끝내 죽림에의 유혹을 뿌리치고 시 한수에 벼슬 하나를 얻는 문재(文才)로, 나이 칠십으로 벼슬에서 물러날 때까지 벼슬길을 헤쳐나간 그의 인생관을 엿보게 해주는 글이다.

《동국이상국집》은 이규보의 뛰어난 시와 문 등의 문학 작품이 수록된 귀중한 문헌일 뿐만 아니라, 사료로서도 귀한 자료들이 포함되어 있다. 즉 〈대장경각기고문〉을 통해《팔만대장경》판각의 연혁을 알게 되고, 〈신인상정예문발미〉에 의해 금속활자의 사용에 관한 사실을 알게 된 것 등이 그것이다.

문 제 제 기 (1) 다음 예문은 〈동명왕편(東明王篇)〉의 도입부이다. 글의 내용에서 엿볼 수 있는 이규보의 역사 인식에 대하여 논해 보시오.

> 지난 계축년 4월에 《구삼국사》를 얻어 동명왕본기(東明王本紀)를 보니 그 신이(神異)한 것이 세상에서 얘기하는 것보다 더했다. 그러나 처음에는 믿지 못하고 귀(鬼)나 환(幻)으로만 생각하였는데 세 번 반복하여 읽어서 점점 그 근원에 들어가니 환(幻)이 아니고 성(聖)이며, 귀(鬼)가 아니고 신(神)이었다. …… (중략) …… 더구나 동명왕의 일은 변화의 신이한 것으로, 여러 사람의 눈을 현혹한 것이 아니고 실로 나라를 창시한 신기한 사적이니, 이것을 기술하지 않으면 후인들이 장차 어떻게 될 것인가?

○ 길라잡이

이규보는 초기에 〈동명왕편〉의 이야기들을 귀신과 환상으로 여겼으나, 연구를 거듭하면서 그 속에 담긴 신이한 뜻을 깨닫게 되었다고 그 저작 동기를 밝히고 있다.

〈동명왕편〉은 당시 중화 중심의 역사 인식에서 탈피하여 우리의 민족적 우월성을 높이는 데 그 목적이 있다 하겠다. 동명왕의 사적을 '나라를 창시한 신기한 일'로 평한 것은 고려가 위대한 고구려를 계승하고 있다는 자부심을 나타낸 것이며, 이러한 자부심을 후대에까지 전하려 함을 미루어 볼 때 이는 이규보가 지니고 있는 국가관과 민족에 대한 자부심을 보이고 있다고 생각할 수 있다. 즉, 이규보는 〈동명왕편〉을 통하여 우리의 역사가 자주적이며, 우리 조상들의 나라를 세우기 위한 사적들은 그 어느 민족보다도 우월한 것임을 나타내려 한 것이다.

(2) 이규보는 자신의 문재(文才)를 바탕으로 무신정권의 실력자들에게 직접 관직을 청하는 등 입신양명에 적극적이었다. 그의 이 같은 행위를 평가해 보시오.

◑ 길라잡이
먼저 부정적 관점에서 보면, 문학적 재능을 입신양명의 수단으로 삼았다는 것은 문학의 본질을 왜곡한 것이라고 볼 수 있다. 집권자의 눈에 들고 나고 함에 따라 위치가 높아졌다 낮아졌다 했다는 것은 그의 자리가 실력보다는 권력과의 결탁에 의한 것이었다는 의미로도 해석될 수 있기 때문이다.

반면 긍정적 관점에서 보면, 자신의 재능을 떳떳이 보이고 그에

합당한 대접을 받는 것은 정당하다고 할 수 있다. 세상을 살아가는 데는 적극적 자세가 필요하며, 관직에 오르면 자신의 재능을 나라를 위해 사용할 수도 있기 때문이다.

임 진 록

작자 미상

《임진록》은
임진왜란을 소재로 해서 쓴
작자 미상의 설화체 고대 소설이다.
1592년부터 7년 동안 계속된 임진왜란은
역사 이래의 가장 큰 전화였으며, 그만큼 우리
민족과 사회에 끼친 영향은 막대하였다. 내용에는
실명(實名)의 명신 · 장군 · 의병 등이 등장하여
활약하는데, 허구적이기는 하나 연속적으로
왜군을 이기는 이야기가 주류를 이루며,
특히 의병들의 활약이 두드러짐을
알 수 있다.

《임진록》은 최위공의 부인이 남방으로 큰 별이 떨어져 광채를 발하는 태몽을 얻고 관운장(關雲長)의 꿈으로 일경(日景)을 낳는 데서 비롯하여, 나중 선조의 꿈을 최일경이 해몽하다가 동래로 귀양가면서 임진왜란이 발발하는 것으로 연결된다.

그 뒤 이순신이 왜장 마홍에게 죽고, 마홍이 강홍립에게 죽고, 천동이 정충남에게 죽고, 정충남은 가토에게 죽고, 가토는 이여송에게 죽는 정연한 전쟁사가 이어진다.

유성룡이 이여송군을 청병해올 때 압록강에서의 재주겨룸이라든가, 이여송이 조선 산천의 지맥을 끊으려다 태백산신의 질책을 받고 본국으로 도주하는 대문은 《징비록》에서 '명군이 토해낸 음식을 조선군이 거두어 먹는다.'는 기록처럼 당시 청원군의 횡포에 대한 조선인의 의식과, 배일사상뿐만이 아닌 배명사상까지 함께 보여주고 있어 주목된다.

종전 후 이여송이 조선 산천의 맥을 끊으려다 노인의 인도로 태백산에 들어가 청의동자(靑衣童子)를 만나고 크게 질책을 당하는 구성은, 한문본 계통의 작품에서는 더욱 강화되어 민중 속의 배명의식의 뿌리가 또한 깊음을 말해준다.

이본들 가운데 나타난 《임진록》 속의 가장 대표적 설화로는 첫째 사명당이 일본국으로부터 항복받는 설화, 둘째 김응서 ·

강홍립이 일본 정벌에 나서는 설화, 셋째 이여송군의 원병에 따르는 설화, 넷째 관운장이 조선군을 음조(陰助)하는 설화, 다섯째 최일경의 꿈풀이 충고 설화 등을 들 수 있으며, 이들이 함께 어우러져 민족적 분노와 반성의 역사적 의식을 표출해 내고 있다.

특히 《임진록》을 통하여 민족적 영웅을 갈망하는 사상이 싹트고 있으니, 이순신 · 곽재우 · 김덕령 · 정문부 · 조헌 · 영규 · 김응서 · 논개 · 계월향 등의 부각과 숭앙은 이를 입증하고 있으며, 경판본 · 숭실대본 등을 중심으로 볼 때 이순신의 활약상이 상당 분량을 차지하고 있다. 이러한 의식은 그 뒤 임진왜란의 뒤를 잇는 병자호란의 의식과도 이어져 잇달은 군담 소설을 배태시키고 있다.

권 지 이

차설. 경기감사 심대의 위인(爲人)이 강개하여 소사(小事)에 거리낌이 없더니, 일찍 평양으로부터 경기로 향할새, 유성룡이 왈,

"그대는 백면서생(白面書生)[1]이오. 양주목사 고언백(高彦伯)은 용병(用兵)을 잘하니, 공은 군마를 수습하여 고언백을 선봉으로 삼으면 성공하려니와, 불연즉 후회 많으리라."

하니, 심대 비록 응낙하나 마음에 그렇게 아니 여기는지라. 삭녕에 머물러 조금도 기탄함이 없더니, 일일은 도적이 가만히 들어와 일시에 엄습하매, 심대 잠이 들었다가 불우지변[2]을 당하여 황망중 달아날새, 미처 손을 놀리지 못하여 마침내 평강정에게 죽은 바가 되니, 백성들이 그 시신을 거두어 건조하였더니, 수일 후에 도적이 다시 이르러 심대의 머리를 취하여 경성에 들어가 종루(鐘樓) 가상(街上)에다 달아둔 지 오십 일이 되도록 얼굴이 조금도 변함이 없거늘, 성중 백성이 그 충의를 아름다이 여겨 서로 다투어 재물을 내어 도적에게 선물하고, 그 머리를 구하여 강화로 보내었더니, 평정한 후

에 심대의 신체를 선산에 안장하니라.

이때 김제 군수 정담(鄭湛)과 해남 현감 변응정(邊應井)이 전주에 들어가 화포와 군기를 준비하여 도적 오기를 기다리더니, 차시 평행장이 전주로 향하다가 아군이 웅령(熊嶺)을 지킴을 보고 영하에 나아가 싸움을 돋우거늘, 정담과 변응정이 군사를 호령하여 화포를 놓으며 살을 쏘니 도적이 맞아 죽는 자가 무수하더라.

일모하매 안국사가 일지병을 거느려 평행장으로 더불어 일시에 웅령을 짓치니 아군의 살과 화약이 진하였는지라. 정담이 힘써 싸우다가 하릴없이 창을 들고 적진에 달려들어 좌우충돌하여 도적을 무수히 죽이고 마침내 난군 중에서 죽은지라. 변응정이 본채(本寨)에서 싸움을 보다가 마침내 죽음을 보고 분을 진정치 못하여, 창을 들고 내달아 힘을 다하여 싸워 도적을 무수히 죽이고 마침내 죽으니라.

남평 땅에 사는 이정남이 노복과 피란하더니, 급히 전주성에 들어가 관속(官屬)[3]과 백성을 모으니 삼백여 명이라. 군기를 준비하여 주며 왈,

"적병이 감히 웅천(熊川)을 파하고 전주로 향하여 온다 하니, 그 세(勢) 가장 급한지라 여등은 힘을 다하라."

하고, 성문에 올라 군사로 하여금 방포[4]하며 시석을 내리치니 적병이 패하여 달아나니라.

조방장(助防將) 원호(元豪)와 이천 부사 변응성(邊應星) 등이 군사를 거느려 여주로 가더니, 적장 평수맹이 충주에 있어 각처에서 노략질할새, 혹 사오백 명이며 혹 육칠백 명이 광주 둔처(屯處)로 왕래하거늘, 원호가 방포하여 일시에 내달아 치니, 적병이 물에도

빠지며 살도 맞아 죽는 자가 무수하니, 적장 길안길이 군사를 거두어 달아나니라.

이때 강원도 순찰사 유영길(柳永吉)이 원호를 불러,

"춘천 도적을 쳐라."

하니, 원호가 한 번 싸워 이기매 마음이 교만하여 도적을 경히 여기다가 마침내 적병에게 죽으니라.

훈련봉사 권응수(權應銖)는 영천 사람이라. 의병장 정대임(鄭大任)으로 영천 도적을 파하고 영천을 회복하니라.

각설. 남해 땅에 곽재우(郭再祐)가 있으니 지혜와 용맹이 절륜(絶倫)[5]한지라. 이때를 당하여 영웅을 체결하여 웅병 수백을 얻어 해변에 나아가 적선 십여 척을 파하고 가덕(加德)에 이르러, 첨사 정응남으로 부장(副將)을 삼고 창고를 열어 군민을 부르니 수일지내(數日之內)에 만여 명이라. 적장 안국사가 솔군하여 물을 건너 의령(宜寧)을 칠새, 강변에 해 져 깊으니 군사가 빠질까 저어하여 나무로 표를 세웠더니, 재우 보고 가만히 사람을 보내어 그 표를 뽑아 깊은 데에 꽂고 좌우에 매복하였더니, 적병이 과연 이날 밤에 강을 건너올새 많이 빠져 죽거늘, 재우 들리는 소리를 듣고 군사를 재촉하여 복병이 돌출하매, 안국사가 당치 못하여 퇴군하는지라. 재우 쫓지 아니하고 군기·마필을 많이 얻어 돌아와 제장더러 왈,

"안국사가 반드시 우리 진을 겁칙하리니 방심치 마라."

하고, 군사를 양처로 나누어 매복하였더니, 과연 안국사가 이날밤에 진을 엄습한즉 공영(空營)이라. 재우에 빠진 줄 알고 회군할 즈음에 복병이 내달아 짓치니, 군사가 대패하여 정진(鼎津)을 건너가니라. 재우 군사를 몰아 정진 물가에 목책(木柵)을 버리고 홍기·백

기를 십 리에 하나씩 꽂고 손외를 베푼 후 정진명으로 군량을 준비하고, 이운장(李雲長)으로 군정을 가음 알고, 심대승(甚大承)과 배맹신(裵孟伸)으로 선봉을 삼고 권난(權鸞)으로 군기를 차지케 하고, 정연(鄭演)으로 중군장을 삼고, 윤탁(尹鐸)으로 용진을 지키고, 심기일(沈紀一)로 정진을 지키며 전선을 잡게 하고, 안기종(安起宗) 등으로 정진강 사이에 육칠십 명씩 매복하고 탐지군을 놓아 서로 출입하여 지키니 도적이 감히 엿보지 못하더라. 조정에서 이 소식을 듣고 병조정랑(兵曹正郎)으로 유지(諭旨)를 보내어 공로를 표창하더라.

왜적이 편만⁶⁾한 지 오래매 각처에 의병이 일어나는지라. 군위좌수 장사진(張士珍)이 의병을 모아 도적 칠백 명을 죽이고, 충청도 대흥사(大興寺) 중 국운이 승군을 거느려 청주에 웅거하였다가 왜장 길안길과 군사 천여 명을 죽이고, 종실 이경삼은 신계 도적을 파하고, 광주 교생(校生) 김덕령(金德齡)은 재인(才人) 삼백 명과 군사 백여 명을 거느려, 재인군에 오색 당의(唐衣)를 입히고, 장창을 주어 호남·호서를 왕래하여 왜적을 만나면 평지에서 뛰놀며, 혹 마상 재주도 하고 혹 몸을 날려 공중에 오르니, 도적이 그 의복 괴이함을 보고 가장 고이히 여겨 서로 이르되 '진실로 신병(神兵)이로다.' 하고 매양 만나면 피하더라.

차시 심유경(沈惟敬)이 돌아간 후 천병(天兵)의 소식이 없는지라. 상이 근심하사 이덕형으로 청병사를 삼아 천조에 보내어 병부상서 석성(石星)에게 구원병을 청하는데, 석성이 천자께 아뢰니 천자 사신을 보실새 덕형이 울며 주왈,

"신의 나라가 왜란을 만나 국왕이 종사(宗社)를 버리고 의주에 몸

을 감추고 주야호곡(晝夜號哭)[7]하며 다만 천병만 기다리고 있사오니, 복원(伏願)[8] 폐하는 덕을 내려오사 조선을 회복함을 살피소서."
하니, 천자 왈,

"이왕 조승훈(祖承訓)을 보냈더니, 조선이 군량을 수유치 못하여 대군이 주려 패하여 돌아온다 하되, 너의 국왕을 불쌍히 여겨 다시 대군을 보내려 하나 무엇으로 먹이려 하느뇨. 대국이 또한 연흉(連凶)[9]을 만났으매 어찌 써 구완하리오. 생각하여 처결할 것이니 아직 머물라."

하시고, 예부에 분부하사 '사신을 후대하라' 하시니, 덕형이 옥회관에 나와 음식을 먹지 아니하고 주야 근심하더라. 거연히 수삭(數朔)이 되도록 결단이 없더니, 일일은 황제 일몽(日夢)을 얻으니, 계집이 볏단을 이고 조선 땅에 이르러 상을 밀치거늘, 천자 놀라 깨달아 마음에 의심하더니 문득 생각하시되,

'사람 인변(人邊)에 벼화(禾)하고, 아래 계집녀(女) 하면 왜국왜(倭) 자라. 왜적이 반드시 중국을 범할 뜻이 있도다.'

하사 가장 놀라시더니, 또 몸이 곤하사 조니, 문득 공중에서 세 번 번개치고 천문(天門)이 열리는 곳에 일위(一位) 신장(神將)이 내려와 계하(階下)[10]에 서거늘, 황제 고이히 여기사,

"그대는 하인(何人)이관대 짐을 보려 하느뇨."

기인(其人)이 주왈,

"소장은 촉한(蜀漢) 적 관운장(關雲長)이러니, 무죄한 안광문 치자(稚子)를 죽인 죄로 상제 노하사 다시 세상에 환생치 못하게 하시매, 외로운 넋이 조선에 의지하였더니, 이제 조선이 왜란을 만나 조선왕이 종사를 버리고 의주에 몸을 의지하여 위태함이 조석에 있사

오니, 바라건대 폐하는 복덕을 내리오사 조선을 구하소서."

황제 왈,

"조선을 구코자 하나 대장할 사람을 얻지 못하여 근심하노라."

운장 왈,

"요동 제독 이여송(李如松)이 마땅하외다."

하고, 문득 음풍이 삽삽하며 간 바를 모르러라.

상이 놀라매 반드시 뜻을 결단하사 즉시 이덕형을 부르사 왈,

"중국이 흉황(凶荒)[11]할 뿐 아니라 여역이 대치하여 인민이 많이 상한 고로 경동치 못하였더니, 여등(汝等)의 충성에 감동하여 구코 자 하니 여등은 먼저 가라."

하시니, 덕형 등이 천은을 숙사(肅謝)[12]하고 의주로 돌아와 복명한 데, 상이 기꺼하시더라.

황제 조서를 내리오사 병부상서 송응창(宋應昌)으로 경략(經略) 을 삼고, 병부외원랑(兵部外員郞) 유황상(劉黃裳)으로 찬획군무사 를 삼고, 요동 제독 이여송으로 대장을 삼아, 영장(營將) 이여백(李 如栢)·장세작(張世爵)·양원(楊元) 등과 남장(南將) 낙상지(駱尙 志), 오유충(吳惟忠) 등을 거느려 가게 하시고, 산동 소미(疏米) 삼 만 석과 정병 십만을 조발하여, 이여송 등이 하직하고 대군을 휘동 하여 조선으로 향하니라.

천병이 주야로 행하여 봉황성에 이르러 먼저 패문(牌文)을 의주 로 전하니, 상이 대희하사 이항복(李恒福)으로 접반사(接伴使)를 삼 아 '천장(天將)을 맞으라.' 하신데, 항복이 명을 받자와 책문에 이르 러 천장을 맞아 압록강에 다다라 문득 해오리[13] 날아가거늘, 이여송 이 마상에서 활에 살을 메어 손에 잡고 하늘을 우러러 간절히 빌어

왈,

　'대명 대도독 이여송이 황명을 받자와 왜적을 치고 조선을 구하려 하오니, 만일 공을 이룰진댄 해오리 맞아 떨어지고 불연즉 맞지 마소서.'

하고 공중을 향하여 쏘니, 시위 응하여 해오리 살을 맞고 말 앞에 떨어지니, 이여송이 대회하여 군사를 재촉하여 강을 건너 통군정에 올라 좌정하고 조선 체찰사를 부르니, 이때 백관 등이 아무런 줄 모르거늘, 이항복이 체찰사를 대신하여 들어가니, 정충신(鄭忠臣)이 조선 지도를 가져 이항복의 품에 지르더라.

　항복이 무사(武士)를 따라 장하(帳下)에 이르니, 제독 왈,

　"대병이 이에 이르렀으니, 조선이 향도를 당하여 선봉이 될 것이오. 또 전장 기계를 준비하였도다."

　항복이 즉시 지도를 내어 드리매, 제독이 보고 칭찬 왈,

　"조선이 국운 불행하여 왜란을 만났으나, 인재를 볼진대 졸연히 망치 아니하리로다."

　말을 마치지 못하여 승전(承傳)이 들어와 고왈,

　"조선왕이 들어오나이다."

하거늘, 제독이 상에 내려 예필좌정(禮畢坐定)한 후, 눈을 들어 왕의 상을 본즉 제왕의 기상이 없거늘, 크게 의(疑)하여 체찰사를 일러 왈,

　"너의 조선이 간사하여 우리를 업수이여겨 그 '임금 아닌 것을 임금이라' 하여 우리를 취매[14]하니 내 어찌 구할 뜻이 있으리오."

하며, 분기 대발하여 군중에 퇴군하는 명을 내리니, 백관과 백성 등이 왈,

"이제 천병이 물러가니 장차 어찌하리오."

하며 곡성이 진동하는지라. 이항복과 유성룡이 상께 주왈,

"이제 천장이 물러가온즉 왜적에 저항치 못하리니 가장 망극하온지라. 전하께서는 잠깐 통곡하소서."

한데, 상이 즉시 방성대곡하시니, 이때 제독이 장중에서 곡성을 듣고 좌우더러 문왈,

"이 어인 곡성이뇨."

제장 왈,

"우리가 퇴군하므로 조선왕이 우나이다."

제독 왈,

"이는 용의 소리니 분명 왕자의 울음이라. 가히 구치 아니치 못하리라."

하고, 군중에 영하여 회군하는 영을 거두니라.

제독이 상을 청하여 위로하고 적시 의주를 떠나 안주에 이르러 성남에 하채하니라. 유성룡이 제독을 보고 일을 의논할새, 제독이 흔연히 좌를 주고 왜정(倭情)을 자시 물으니, 성룡이 일일이 대답하고 인하여 평양 지도를 드리니, 제독이 보기를 마치매, 성룡더러 왈,

"왜국은 조총만 믿고 있나니, 우리 화포를 놓으면 오륙 리를 가는지라 적이 어찌 당하리오."

하더라.

차설. 도독이 부총병 사대수(査大受)를 먼저 순안에 보내어 왜적을 속여 왈,

"천자 이미 화친을 허하시고 심유경이 장차 이른다."

하니, 평행장이 대회하여 서로 경하할새, 왜승 현소가 글을 지었으되,

　　부상복중화(扶桑伏中華)하니
　　사해동일가(四海同一家)라
　　희기능소설(喜氣能銷雪)하니
　　건곤태평화(乾坤太平花)라

　이때는 계사(癸巳) 춘정월이라. 평행장이 부장 평호란으로 "삼십 명을 거느려 순안에 가 심유경을 맞으라." 하였더니, 사대수 속여 "술을 먹으라." 하고 인하여 평호란을 잡아 죽이고 수하 군사를 잡아 죽이려 할새, 그 중 두어 사람이 도망하여 행장더러 이르니, 적이 비로소 천병이 이름을 알고 두려워하더라.
　제독이 안주를 떠나 순안에 다다라 군사를 쉬고 이튿날 나아 와 평양을 싸고 치니, 적병이 조총과 돌을 발하거늘 천병 또한 대포를 놓으니, 연염(煙炎)[15]이 창천하고 성중 곳곳에 불이 일어나며, 낙상지 등이 용사 육백을 거느려 단검을 차고 성상에 뛰어오르니, 적이 패하여 내성(內城)으로 닫거늘, 낙상지 등이 뒤를 따라 엄살[16]하고, 제독이 또한 군을 몰아 내성을 에우니, 적이 성상에서 조총을 발하며 돌을 굴리어 천병이 많이 상하는지라. 제독이 군을 거두어 성외에 진을 치고 제장으로 의논 왈,
　"궁구막취(窮寇莫取)[17]라 하니, 스스로 달아나게 한 후 그 뒤를 엄습하면 크게 이기리라." 하더라. 평행장은 천병이 물러감을 보고 의논하되,

"이여송이 지용을 겸비하고 군사가 또한 날래니 대적하기 어려운 지라 어찌하리오."

평조신 왈,

"우리 싸우지 말고 굳게 지키면, 여송이 양식 진(盡)하면 물러가리니 그 뒤를 엄습하면 크게 패하리라."

하니, 평행장이 왈,

"우리 일편 공성(空城)을 지켰다가 조선 군사가 천병과 합력하여 오면 어려우리라."하고, 틈을 타 대동강을 건너 경성(鏡城)을 바라고 가다가, 의병장 유정(惟政)을 만나 일진을 대패하고 도망하니, 이튿날 제독이 적병의 달아남을 알고 성중에 들어가니라.

각설. 의병장 고충경(高忠敬)이 해서(海西) 도적을 많이 파하고, 호승(豪僧) 도정이 풍천(豊川)으로 좇아 구월산에 들어가 도적의 동정을 탐지할새, 마침 중 셋이 지나거늘, 불러 문 왈,

"이제 도적이 편만하거늘 너희는 임의로 다니니 필연 연고가 있도다."

그 중이 왈,

"소승은 금강산 중으로서 도적에게 잡혀 화맹(和盟)이 되었기로 이렇듯 다니거니와, 언제나 좋은 시절을 만나리오."

하며 낙루(落淚)하거늘, 호승 도정 왈,

"너의 말이 가장 기특하니 내 말을 들으면 공(功)을 세우리라."

하고 도코약 한 섬을 주어 왈,

"이 약을 도적의 음식에 넣어 먹이되 누설치 마라."

하니, 그 중이 허락 왈,

"장군은 성외에 매복하였다가 소승이 약을 하수(下手)한 후에 밀

통하리니 장군은 급히 치라."

하거늘, 호승 도정이 산성 밖에 매복하고 기다리니, 그 중이 들어가 석반에 약을 섞어 먹인즉 저근듯하여 밥 먹은 도적이 무수히 죽거늘, 그 중이 즉시 나와 고하니 도정이 급히 군사를 몰아 성중에 돌입하여 납함[18]하니, 선강정이 대경하여 싸우고자 하나 군사가 태반이나 죽으매, 아무런 줄 모르고 남은 군사를 거두어 달아나고자 하더니, 도정이 중군을 지휘하여 불을 놓고 급히 치니 선강정이 패하여 달아나자, 도정이 뒤를 따라 신천 땅에 다다라 문득 전면을 바라보니, 일대(一隊) 군마가 내달아 선강정의 가는 길을 막아 일진을 엄습하매, 선강정이 황망히 북편으로 좇아 달아나다가, 초토사 이정함을 만나 패하고, 또 방어사 이시언(李時彦)을 만나 싸우는데, 호승 도정과 고충경이 전후 협공하니, 선강정이 달아날 곳이 없음을 알고 칼을 뽑아 자문[19]하니라.

이때 평행장이 평양을 버리고 검수참에 이르러 기갈이 심하여 군사가 어지럽거늘, 이시언 등이 뒤를 따라 엄살하여 천여 명을 베고 첩서(捷書)[20]를 보(報)하니라.

처음에 제독이 평양을 칠 제, 천병은 보통문을 치고 이일(李鎰)은 김응서로 합구문(合毬門)을 쳤더니, 제독이 군을 나눌 때에 이일 등이 성외에 둔병하였더니 야반에 도적이 달아났는지라. 제독이 허물을 아군에게 돌려 보내어 의주에 이둔(移屯)하니, 상이 윤두수를 보내어 문죄하시고 이빈으로 이일을 대신하여 정병 사천을 거느려 제독을 따라 경성으로 가게 하시니, 대동강 남녘부터 둔취하였던 도적이 도망하였으매, 제독이 비로소 도적을 따르고자 하여 유성룡을 불러 왈,

"그대는 군량을 준비하여 소루[21]함이 없게 하라."

하거늘, 성룡이 응낙하고 즉시 황주에 이르러 황해감사 유영경(柳永慶)에게 관자(關子)하여 '양초(糧草)를 수운하라.' 하고, 평안감사 이원익에게 관자하여 김응서로 평양 곡식을 수운(輸運)하여 황해도로 오게 하니라.

이때 경성 도적이 행여 경성 백성으로 내응함이 있을까 의심할 뿐 아니라, 평양이 패함을 분노하여 성내 백성을 다 죽이고 장차 천병과 싸우고자 하더라.

제독이 군사를 나누어 파주에 순찰하였더니, 사대수가 고언백으로 더불어 수백군을 거느려 나아가 초탐(招探)하여 여석령에 다다라 도적 백여 인을 베니, 제독이 듣고 제장을 머물러 영채를 지키고, 다만 천여 인을 거느려 혜음령 앞으로 나아가더니, 도적이 영(嶺) 뒤로 매복하고 다만 수백을 데리고 영상에 있는지라. 제독이 적병의 적음을 보고 경히 여겨 군사를 재촉하여 영상으로 오르더니, 일성 포향에 수만 복병이 내달아 치거늘, 천병이 대패하여 상한 자가 많은지라. 제독이 급히 군사를 물려 돌아가려 하거늘, 유성룡 등이 제독을 보고 왈,

"승패는 병가상사(兵家常事)[22]라. 적세를 보아 다시 진병(進兵)할 것이거늘 어찌 가벼이 물러가리오."

제독 왈,

"우리 군사가 작일에 적병을 많이 죽였으나, 땅이 비 오매 영채를 세움이 불편하므로 동파(東坡)로 가고자 하노라."

하고, 즉시 사대수로 임진(臨津)을 지키고 동파로 오더니, 전하는 말이 '청정이 함흥으로부터 양덕(陽德)·맹산(孟山)을 넘어 평양을

엄습한다.' 하거늘, 제독이 북으로 돌아갈 마음만 있다가 이 소식을 듣고 왈,

"만일 평양을 다시 잃으면 아등(我等)이 장차 어디로 돌아가리오."

하고, 다만 왕필적으로 송도를 지키오고 이덕형더러 왈,

"이제 조선 군사가 외로이 있으니 빨리 제군을 거느려 임진 북녘으로 모여라."

하니라. 이때 순찰사 권율은 행주 목을 지키고, 순변사 이빈은 파주를 지키고 언백은 해유령을 지키고, 김명원은 임진 남녘을 지켰는 고로, 제독이 여러 곳 군마를 거두어 단참(單站)²³⁾코자 함이라.

성룡이 이 소식을 듣고 급히 송도에 이르러 제독을 보고 네 가지 퇴군치 못할 일을 베풀어 왈,

"선왕의 분묘를 적병에 침로하였으니 가히 버리지 못할 것이오. 기내(畿內) 백성이 왕사(王師)의 성공함을 기다리다가 물러감을 들으면 도적에게 귀순할 것이오. 아국 장사(壯士)가 천병의 위엄을 의지하여 진취함을 도모하다가 물러감을 들으면 반드시 이산할 것이오. 대군이 한 번 물러가면 적이 필연 뒤를 따르리니 임진 남녘을 보전치 못하리라."

한데, 제독이 듣지 아니하고 돌아가니라.

권율은 천장이 경성으로 향하려 함을 듣고 강을 건너 행주산성에 결진하였더니, 천병이 물러가매 도적이 경성으로 좇아 행주에 이르러 산성을 치니, 인심이 흉흉하여 달아나고자 하되, 강을 등졌는 고로 도망치 못하고 죽기로써 싸우니 적이 패하여 달아나거늘, 권율이 뒤를 따라 도적 수백을 베고 즉시 임진에 이르니, 유성룡이 권율

과 이빈을 합병하여 파주 산성을 지켜 서로 가는 도적을 막게 하고,

"고언백·이시언과 조방장(助防將) 정희현(鄭希玄), 박명현(朴名賢) 등으로 해유령을 지키고, 의병장 박유인(朴惟仁)·윤선정(尹先正)·이산휘(李山輝) 등으로 창릉 근처에 매복하였다가, 도적이 많이 지나거든 피하고 적게 오거든 따라 짓치라."

하니, 일로 인하여 적이 성 밖에 나오지 못하더라.

유성룡이 창의사 김천일(金千鎰)과 경기수사 정걸(丁傑) 등으로 배를 타고, 용산·서강 근처로 향하여 순강(巡江)하는 도적을 많이 죽이니 이러므로 적이 대패하였더라.

이때 적이 경성을 웅거[24]한 지 수년이라. 백성 중에 주려 죽는 자가 많더니 성룡이 동파에 있음을 듣고 노소 없이 돌아와 의논하는 자가 많더라.

보·충·학·습

1) 글만 읽고 세상 일에 경험이 없는 사람.

2) 뜻밖에 일어나는 변고.

3) 군아의 아전과 하인.

4) 군중의 호령으로 총을 놓아 소리를 냄.

5) 투철하게 뛰어남.

6) 널리 차다. 꽉 차다.

7) 밤낮으로 목놓아 슬피 울다.

8) 웃어른에게 엎드려 공손히 원함.

9) 계속해 드는 흉년.

10) 섬돌의 아래.

11) 흉작으로 농사가 결딴남.

12) 숙연히 사례함.

13) 해오라기.

14) 취해 남을 몹시 꾸짖음.

15) 연기 속에서 타오르는 불길.

16) 뜻하지 않은 때에 엄습하여 죽임.

17) 궁지에 빠진 적을 모질게 몰아세우지 말라는 뜻.

18) 여럿이 함께 큰소리를 지름.

19) 스스로 목을 찔러 죽음.

20) 싸움에 이긴 보고의 글.

21) 꼼꼼하지 못하고 소홀함.

22) 전쟁에서 이기고 지는 것은 보통 있는 일임.

23) 쉬지 않고 계속함.

24) 어떤 땅에 자리잡고 굳세게 지킴.

작품이해

작품감상 《임진록》은 한글본으로는 경판본(京板本)·완판본(完板本)이 있고, 필사본으로는 국립중앙도서관본·흑룡록(黑龍錄)·흑룡일기(黑龍日記) 등이 전하며, 작자와 창작 연대 미상의 역사 소설이다.

임진왜란이 사실상 실패로 끝나자, 당시 전란을 체험하였던 민중들이나 그 의식을 계승한 후손들이, 밖으로는 외적의 침략에 저항하는 강토와 민족 수호의 분노를 고취시키고, 안으로는 당쟁으로 허점을 드러내 외적의 침략을 자초하였던 뼈아픈 참회와 뉘우침이 작품 속에 담겨져 있다. 말하자면 《임진록》은 전란을 계기로 뒤돌아본 분노와 자성의 민중사다.

이 작품은 소설인 만큼 거의 모든 이본들이 역사적 사실을 그 의도하는 바에 따라 크게 허구화하고 있는 것이 특색이다. 실제적으로는 참담하게 끝난 전쟁을 승전한 것으로 허구화하여, 그 심리적 보상을 받으려 한 의도도 있었을 것이다.

이와 같이 《임진록》은 실제로 있었던 역사적 사실에 근거하여 왜를 배척하는 설화로 이어지다가 문자화되고, 그것이 여러 사람들의 전사를 거쳐 많은 이본을 형성하게 되었다. 또한 명장·의병·승병·의인들의 용감성과 충성심을 높이 평가하고, 왜군을 잔인하며 무모한 사람들로 표현했을 뿐만 아니라 마침내 패하여 도주하는 것으로 되어 있어, 일제 시대 때는 금서 중의 하나였으며 불태워지는 수모를 겪기도 했다.

더불어 《임진록》에는 이순신을 비롯한 많은 장수와 의인들이 등장하여 다음에 나오는 많은 군담 소설의 모델이 되고 있다.

문제 제기

(1) 《임진록》은 허구적이라고는 하나, 많은 사람들이 실명으로 등장하고 있다. 다른 고전 소설과 어떤 차이가 있는지 논해 보시오.

❂ 길라잡이

대개의 고전 소설은 중국을 배경으로 하고 있으며, 등장하는 인물들도 거의 중국인이다. 그러나 이 소설의 배경은 우리나라고 등장하는 인물도 우리나라 사람이며, 실제로 임진왜란 당시에 활동했던 사람들이다.

또한 다른 고전 소설에서는 전쟁이 주제가 되더라도 그렇게 자세한 내용이 기술되지 않고, 하나의 주인공이 태어나서 성장하여 훌륭한 장수가 되어 적을 통쾌히 쳐부수는 이야기로 전개되는 데 비하여, 《임진록》에서는 많은 사람들이 등장하고, 각각 주인공과 같은 역할을 맡아, 전쟁을 승리로 이끄는 데 일조를 하는 등 복합적으로 구성되어져 있다.

◐ 길라잡이

옛날에는 대량 출판이 불가능하여, 한 사람이 필사로 소설을 쓰면, 그것을 여러 사람이 다시 필사를 하는 방식으로 보급되었다. 게다가 원본 그대로 베끼는 것이 아니라, 전사하는 사람의 능력과 흥미에 따라, 어떤 부분은 늘리고 어떤 부분은 줄여서 각자 다르게 만들었기 때문에 이야기에 차이가 나기 마련이었다. 이와 같은 현상은 목판으로 간행할 때에도 일어난다.

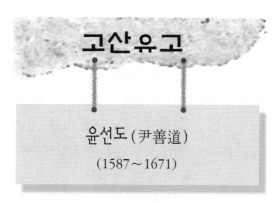

고산유고

윤선도 (尹善道)
(1587~1671)

《고산유고》는
고산 윤선도의 과거 업적을
기리기 위한 시문집으로, 1791년에
전라감사 서유린이 정조의 명을 받고 간행한
것이다. 이 시문집은 당시의 정치적 문제를 이해하는
데도 긴요하지만, 특히 조선조 사대부층의 자연관을
이해하는 데 빼놓을 수 없는 자료이다. 조선조의
강호 문학은 이현보와 송순에서 정립되었고,
윤선도에 이르러 무르익었다고
할 수 있기 때문이다.

《고산유고》는 조선 중기의 문인 윤선도의 시문집으로, 6권 6책으로 엮어져 있다.

제1권에는 5언 고시·율시·절구, 7언 고시·율시·절구, 집고(集古), 회문(回文) 등 250여 편이 실려 있고, 제2권에는 〈병진소(丙辰疏)〉 등 16편의 상소문이 있다.

제3권은 상권과 하권으로 나뉘는데, 상권에는 〈국시소(國是疏)〉 등 13편의 상소문과 〈예설(禮說)〉 2편이, 그리고 하권에는 〈상친정서(上親庭書)〉를 비롯한 17편의 서가 있다.

제4권에는 〈답이현풍서(答李玄風書)〉 등 100편의 서(書)가 있다.

제5권도 상권과 하권으로 나뉘어, 상권에는 〈여갑산백서(與甲山伯書)〉 등 21편의 서(書)가 있다. 하권에는 13편의 축문, 〈향사당조약(鄕社堂條約)〉 1편, 서(序) 4편, 〈금쇄동기(金鎖洞記)〉 1편, 설(說) 2편, 비명(碑銘) 5편, 잡저(雜著) 5편, 〈산릉의(山陵議)〉 11편, 잡록(雜錄) 3편이 실려 있다.

제6권은 별집(別集)으로 상권에는 시(詩) 8편, 부(賦) 4편, 논(論) 3편, 책(策) 6편, 표전(表箋) 4편이 있다. 하권에는 '가사(歌辭)'라는 표제 아래 〈산중신곡(山中新曲)〉 18수, 〈산중속신곡(山中續新曲)〉 2수, 〈고금영(古琴詠)〉 1수, 〈증반금(贈伴琴)〉 1수, 〈초연곡(初筵曲)〉 2수, 〈파연곡(罷宴曲)〉 2수, 〈어부사시사(漁父四時詞)〉40수, 〈어부사여음(漁父詞餘音)〉, 〈몽천요 (夢天謠)〉3수, 〈견회요(遣懷謠)〉5수, 〈우후요(雨後謠)〉등 75 수의 시조가 실려 있다.

다음 작품들은 〈산중신곡(山中新曲)〉 18수 중 6수인 〈오우가〉와 〈만흥〉, 〈우후요〉, 〈어부사시사〉로서 자연에 묻히는 흥취를 노래하고 있다. 좌절을 안겨준 현실에 무상함을 느끼며 지은 이 시조들을 통해 당시 윤선도가 처했던 상황과 그의 문학관을 이해해 보자.

오우가(五友歌)

내 벗이 몇이냐 하니, 수석(水石)과 송죽(松竹)이라
동산에 달 오르니 그것 더욱 반갑구나
두어라, 이 다섯밖에 또 더하여 무엇하리

구름빛이 깨끗하나 검기를 자주한다
바람 소리 맑다 하나 그칠 때가 많구나
좋고도 그칠 때 없기는 물뿐인가 하노라

꽃은 무슨 일로 피면서 빨리 지고
풀은 어이하여 푸르다가 곧 누르는가
아마도 변치 않는 것은 바위뿐인가 하노라

더우면 꽃 피고 추우면 잎 지거늘
솔아 너는 어찌 눈서리를 모르는가
구천(九泉)에 뿌리 곧은 줄 그로 하여 아노라

나무도 아닌 것이 풀도 아닌 것이
곧기는 뉘 시키며, 속은 어찌 비었는가
저렇고 사시(四時)에 푸르니 그를 좋아하노라

작은 것이 높이 떠서 만물을 다 비추니
밤중의 광명(光明)이 너만한 것 또 있느냐
보고도 말 아니 하니 내 벗인가 하노라

우후요(雨後謠)

궂은 비 개단 말가 흐리던 구름 걷히단 말가
앞내의 깊은 소가 다 맑았다고 하느냐
진실로 맑기만 맑았으면 갓끈 씻어 오리라

만흥(漫興)

산과 물 사이 바위 아래 띠집을 짓는다 하니
그 모르는 남들은 웃는다 한다마는
얼뜨고 시골뜨기의 마음에는 내 분순가 하노라

보리밥 풋나물을 알맞춤 먹은 후에
바위 끝 물가에 실컷 노니노라

그 남은 여남은 일이야 부러울 것이 있으랴

잔 들고 혼자 앉아 먼 산을 바라보니
그립던 님이 온들 반가움이 이러하랴
말씀도 웃음도 안 해도 못내 좋아하노라

그 누가 정승보다 낫다 하더니 만승천자 이만하랴
이제사 생각하니 소부 허유 약았더라
아마도 자연의 한가한 흥은 비길 곳이 없어라

내 천성이 게으르더니 하늘이 알으셔서
인간 만사를 한 일도 아니 맡겨
다만당 다툴 이 없는 강산을 지키라 하시도다

강산이 좋다 한들 내 분수로 누웠느냐
임금 은혜를 이제 더욱 아나이다
아무리 갚고자 하여도 할 수가 없어라

어부사시사(漁父四時詞)

춘(春)

앞 내에 안개 걷히고, 뒷산에 해 비친다
배 띄워라, 배 띄워라
밤물은 거의 지나고 낮물이 밀려 온다
지국총 지국총 어사와!
강촌 온갖 꽃이 먼 빛이 더욱 좋다

날이 덥도다, 물 위에 고기 떴다
닻 들어라, 닻 들어라
갈매기 둘씩 셋씩 오락가락하는구나
지국총 지국총 어사와!
낚싯대 쥐고 있다, 탁주병 실었느냐

동풍(東風)이 건듯 부니 물결이 고이 인다
돛 달아라 돛 달아라
동호(東湖)를 돌아보며 서호(西湖)로 가자꾸나
지국총 지국총 어사와!
앞산이 지나가고 뒷산이 나아온다

하(春)

궂은 비 멎어 가고 냇물이 맑아 온다
배 띄워라 배 띄워라

낚시를 둘러메니 깊은 흥을 못 금하네
지국총 지국총 어사와!
연강(煙江) 첩장(疊嶂)을 그 누가 그려낸가

연잎에 밥 싸두고, 반찬을랑 장만 마라
닻 들어라 닻 들어라
청약립은 쓰고 있다, 녹사의 가져 오냐
지국총 지국총 어사와!
무심한 백구(白鷗)는 내가 좇나 제가 좇나

마름 잎에 바람 나니 봉창이 서늘하네
돛 달아라 돛 달아라
여름 바람 정할쏘냐 가는 대로 배 시켜라
지국총 지국총 어사와!
북포(北浦) 남강(南江)이 어디 아니 좋을쏘냐

추(秋)
물외(物外)에 깨끗한 일, 어부 생애 아니더냐
배 띄워라 배 띄워라
어옹(漁翁)을 비웃지 마라, 그림마다 그렸더라
지국총 지국총 어사와!
사시흥(四時興)이 한 가지나 추강(秋江)이 으뜸이라

수국(水國)에 가을이 드니 고기마다 살져 있다

닻 들어라 닻 들어라
만경(萬頃) 징파(澄波)에 마음껏 놀아 보자
지국총 지국총 어사와!
인간(人間)을 돌아보니 멀수록 더욱 좋다

백운(白雲)이 일어나고 나무 끝이 흐느낀다
돛 달아라 돛 달아라
밀물에는 서호(書湖) 가고 썰물에는 동호(東湖) 가자
지국총 지국총 어사와!
마름꽃 여뀌꽃은 곳마다 경치로다

동(冬)

구름이 걷힌 후에 햇볕이 두껍구나
배 띄워라 배 띄워라
천지가 폐색(閉塞)하되 바다는 의구(依舊)하다
지국총 지국총 어사와!
끝없는 물결이 깁 편 듯이 하여 있다

줄대를 손질하고 뱃밥을 박았느냐
닻 들어라 닻 들어라
소상(瀟湘) 동정(洞庭)은 그물이 언다 한다
지국총 지국총 어사와!
이 때에 어조(漁釣)하기 이만한 데 없도다

얕은 갯고기들이 먼 소에 다 갔으니
돛 달아라 돛 달아라
잠시라도 날 좋을 때 바탕에 나가 보자
지국총 지국총 어사와!
미끼가 꽃다우면 굵은 고기 문다 한다

작 품 이 해

저자소개 윤선도 : 서울 출생으로, 본관은 해남(海南), 자는 약이 (約而), 호는 고산(孤山)·해옹(海翁)이다. 예빈시부정 을 지낸 유심(唯深)의 아들로, 8세 때 큰아버지인 유기에게 입양되 어 해남으로 내려가 살았다.

18세에 진사초시에 합격하고, 20세에 승보시에 1등을 하였으며, 향시와 진사시에 연이어 합격하였다.

1616년(광해군 8년) 성균관 유생으로 이이첨·박승종·유희분 등 당시 집권 세력의 죄상을 규탄하는 〈병진소〉를 올렸으나, 이이첨 일파의 모함을 받아 함경도 경원으로 유배되었다. 1년 뒤 경상남도 기장으로 유배지를 옮겼다가, 1623년 인조반정으로 이이첨 일파가 처형된 뒤 풀려나 의금부도사로 제수되었으나, 3개월 만에 사직하 고 해남으로 내려갔다.

1628년(인조 6년) 별시문과 초시에 장원으로 합격하여 봉림대 군·인평대군의 사부(師傅)가 되었고, 사부는 관직을 겸할 수 없음 에도 특명으로 공조좌랑·형조정랑·한성부서윤 등을 5년 간이나 역임하였다. 그러나 1634년 강석기의 모함으로 성산현감으로 좌천 된 뒤 이듬해 파직되었다.

그 뒤 해남에서 지내던 중 병자호란이 일어나 왕이 항복하고 적과 화의하자, 고산은 이를 욕되게 생각하고 제주도로 가던 중 보길도의 수려한 경치에 이끌려 그곳에 정착하게 되었다. 그리고 그 일대를 부용동이라 이름짓고 격자봉 아래 집을 지어 낙서재라 하였다.

하지만 난이 평정된 후 서울에 돌아와서 왕에게 문안을 드리지 않았다는 이유로 1638년 경상북도 영덕으로 귀양갔다가 이듬해에 풀려났다. 이때부터 10년 동안 정치와는 관계없이 보길도의 부용동과 새로 발견한 금쇄동의 산수자연 속에서 한가한 생활을 즐겼다. 1652년 효종의 부름을 받아 예조참의가 되었으나 서인의 모략으로 사직하고 경기도 양주 고산에 은거하였다.

1657년 71세의 나이로 다시 벼슬길에 올라 동부승지에 이르렀으나, 서인 송시열 일파와 맞서다가 삭탈 관직되었다. 1659년 효종이 죽자 예론 문제로 서인 일파와 맞서다가 패하여 삼수에 유배되었으나 1667년 풀려나 부용동에서 살다가, 그곳 낙서재에서 85세의 나이로 세상을 떠났다.

작품감상 《고산유고》에 실려 있는 글 가운데서 중요한 것은 〈병진소〉·〈국시소〉 등 시정(時政)에 관한 상소문과 〈예론소〉·〈예설〉 등 예학에 관한 논의 그리고 별집에 실려 있는 시조 75수로서, 조선조의 정치사·사상사 및 당쟁에 관한 자료와 더불어 시가 문학 연구에 귀중한 자료가 되고 있다.

〈병진소〉는 1616년에 고산이 성균관 유생일 때 올린 글로서, 선조가 죽은 뒤 광해군 옹립에 공을 세운 이이첨 일파의 전횡과 이것을 알면서도 모른체한 영의정 박승종, 왕후의 오빠 유희분의 죄상을 낱낱이 들어 탄핵한 것이다. 그러나 이 상소문은 그 내용이 광해군에게 알려질 것을 두려워한 당시의 권신들에 의해 감추어지고, 그 보복으로 고산의 아버지 윤유기가 파직되고, 그는 이듬해 함경도 경원으로 유배를 당하였다. 〈견회요〉와 〈우후요〉는 이때 지은 작품이다.

〈예론소〉는 1660년에 쓰인 것으로, 조선조 예학 논쟁의 발단이 되었다. 효종이 죽자 효종의 계모후(繼母后)인 자의대비(慈懿大妃) 조씨(趙氏)의 복(服)을 서인(西人)의 의견을 좇아 1년상으로 입도록 정하였다. 이에 남인(南人)인 고산은 허목·윤휴 등과 함께 3년설을 주장하여 반대 입장을 취하였으나, 새로 왕위에 오른 현종은 서인의 주장에 따라 1년상으로 복을 입고 말았다. 그리하여 다음해에 〈예론소〉는 불살라지고, 고산은 함경도 삼수로 유배를 당하게 되었다.

〈국시소〉는 1658년 고산이 동부승지(同副承旨)로 있을 때 올린 글로서, 본래 서인이었다가 남인이 된 정개청(鄭介淸)의 서원을 철폐하고자 하는 송시열 등 서인의 의도가 부당함을 지적하였으나, 오히려 삼사(三司)의 탄핵으로 인해 삭직되었다.

〈산중신곡〉·〈산중속신곡〉 등의 시조 작품들은 고산이 병자호란 때 왕을 호종하지 않았다는 죄목으로 경상도 영덕에서 2년 간의 유배를 마친 뒤, 고향인 전라도 해남의 금쇄동에 은거할 당시 지은 것이다. 〈어부사시사〉는 1667년 유배에서 풀려난 뒤, 병자호란 때 발견했던 보길도의 부용동에 들어가 낙서재를 짓고 은거하면서 지은 것이다. 즉, 정치적으로 불우했던 고산이 출사의 길에서 벗어나 어부로서의 은거 생활을 하며 탄생시킨 것이다.

고산은 자연을 문학의 제재로 채택한 시조 작가 가운데 가장 탁월한 역량을 보인 것으로 평가되는데, 그 특징은 자연을 제재로 하되 그것을 사회의 공통적 언어 관습과 결부시켜 나타내기도 하고, 혹은 개성적 판단에 의한 어떤 관념을 표상하기 위하여 그것을 임의로 선택하기도 한 데에 있다. 또, 대부분의 경우 자연은 유교적인 윤리 세계와 관련을 맺는 것으로 나타나지만, 자연과 직립적인 대결을 보인다든가 생활 현장으로서의 생동하는 자연은 보이지 않는다. 이것은 그가 자연이 주는 시련이나 고통을 전혀 체험하지 못하고 조상으로부터 물려받은 유산으로 유족한 삶만을 누렸기 때문이다.

《고산유고》는 당시의 정치적 문제와 조선조의 시가 문학, 특히 강호 문학을 이해하는 자료로서 매우 중요하다. 현재 이 시문집은 1973년 성균관대학교 대동문화연구원에서 간행한 《이조명현집(李朝名賢集)》3에 수록되어 있다.

문제 제기

(1) 고산 윤선도의 시조 작품은 자연 경치의 아름다움을 노래하거나, 자연을 통해 어떤 교훈적 의미를 발견해 내는 등 자연과 밀접한 관련을 맺고 있다. 이러한 고산의 자연 애호적 문학관의 의미를 그의 생애와 관련지어 생각해 보시오.

❍ 길라잡이

조선시대의 시가 문학 중에는 그 시대 사람들의 도피적 생활관과 관련하여 자연을 노래한 작품이 많다. 이것은 현실에서의 불평 불만을 자연을 통해 토로하고 보상받으려는 심리가 반영된 것으로 볼 수 있는데, 이러한 자연관은 고산의 경우도 예외가 아니었다.

고산의 일생은 출사와 유배와 은둔 생활의 반복이었다. 특히 고산에게 있어서는 출사의 기간보다 유배와 은둔 생활의 기간이 훨씬 길었다. 이러한 생활 환경이 고산을 자연과 밀접한 관련을 맺게 한 배경이 되었던 것이다.

고산의 자연 친화 사상이 가장 잘 그려진 작품은 〈산중신곡〉에 나오는 〈오우가〉여섯 수이다. 〈오우가〉에서 고산은 물〔水〕, 바위〔石〕, 소나무〔松〕, 대나무〔竹〕, 달〔月〕의 자연물에 인격을 부여하여 그들을 하나의 인격체로 간주하였고, 자신의 벗이라고까지 칭하였다. 또한 각 자연물에 의미를 두어 물은 '깨끗한 존재', 바위는 '변하지 않는 존재', 소나무는 '변절하지 않는 존재', 대나무는 '절개를 지키는 존재', 달은 '침묵의 덕을 지닌 존재'로 나타내었다.

이러한 고산의 자연관은 자연에 대한 사랑을 나타내는 동시에 현실에 대한 반감·불만 등을 나타낸 것으로도 볼 수 있다. 즉 간접적인 방법으로 인간들의 비윤리적·비도덕적 면모를 밝혀 놓고, 독자로 하여금 스스로 깨닫도록 하려는 마음이 드러나 있는 것이다.

요컨대, 고산의 자연 애호적 문학관은 불우했던 삶과 밀접한 관련이 있으며, 자연에 대한 사랑과 함께 현실에 대한 비판을 하고 있는 것이다.

(2) 〈어부사시사〉는 고산이 보길도에 있으면서 사계절의 광경을 독특하게 표현해 낸 연시조이다. 그렇다면 사계절의 광경을 각각 어떻게 표현해 내고 있는지 살펴보시오.

○ 길라잡이

〈춘사(春詞)〉는 이른 봄철에 고기잡이 하러 떠나는 광경을 한폭의 동양화처럼 그려, 자연과 함께 살아가는 은일사상(隱逸思想)을 나타내고 있다.

〈하사(夏詞)〉는 반찬 장만의 번거로움 없이 한줌의 밥을 연잎에 싸서 고기잡이 떠나는 소박한 생활과 여름의 긴 해도 어옹(漁翁)에게는 짧다는 안타까움을 나타내고 있으며, 주자(朱子)의 말을 빌어 오는 독특함을 보이고 있다.

〈추사(秋詞)〉는 살 오른 고기들을 낚는 즐거움을 말하고 있으나, 실상은 인간 세계를 피하여 자연인(自然人)으로 살아가는 것을 바라는 마음을 읊고 있다.

〈동사(冬詞)〉는 은유법으로 정계(政界)에 대한 걱정을 담고 있으며, 겨울의 자연 경치와 더불어 어부 생활의 변화를 형상화하고 있다.

토끼전

작자 미상

〈**토** 끼전〉은
동물을 의인화한 우화 소설로,
작자 · 연대 미상이다. 판소리 계통의
소설로 〈별주부전〉 · 〈토별산수록〉 · 〈별토전〉 ·
〈토생원전〉 · 〈토의 간〉 · 〈토생전〉 등의 이본(異本)이
있는데, 모두 비슷한 내용으로 되어 있다. 예부터 전해
내려오는 고구려의 설화 〈구토지설〉에다 재미있고
익살스러운 요소를 가미, 서민 의식을
바탕으로 날카로운 해학과 풍자가
잘 드러나고 있다.

〈토끼전〉은 판소리계 소설로 설화를 바탕으로 한 판소리의 흥행에 힘입어 더욱 성행하게 된 작품이다.

용왕이 병이 나자 도사가 나타나 육지에 있는 토끼의 간을 먹으면 낫는다고 한다. 용왕은 수궁의 대신을 모아 놓고 육지에 나갈 사자를 고르는데 서로 다투기만 할 뿐 결정을 하지 못한다. 이때 별주부 자라가 나타나 자원하여 허락을 받는다.

토끼 화상을 가지고 육지에 이른 자라는 동물들의 모임에서 토끼를 만나 수궁에 가면 높은 벼슬을 준다고 유혹하면서 지상의 어려움을 말한다. 이에 속은 토끼는 자라를 따라 용궁에 이른다.

간을 내라는 용왕 앞에서 속은 것을 안 토끼는 꾀를 내어 간을 육지에 두고 왔다고 한다. 이에 용왕은 크게 토끼를 환대하면서 다시 육지에 가서 간을 가져오라고 한다. 자라와 함께 육지에 이른 토끼는 어떻게 간을 내놓고 다니느냐고 자라에게 욕을 하면서 숲속으로 도망가 버린다.

〈토끼전〉에는 작자군(作者群)의 서민의식을 바탕으로 날카로운 풍자와 익살스러운 해학이 잘 나타나 있고, 이것이 주제의 양면을 이루고 있다. 풍자성은 작자군인 서민계층이 당시 당면하고 있던 정치 현실과 지배계층에 대한 반항의식, 양반 관료계급의 가렴주구 및 부정부패에 대한 비판의식, 그리고 이미 권위가 실추된 봉건적 유교사상과 위선적 유교의 윤리도덕에 대한 부정의식 등으로 나타난다. 이러한 비판적 서민의식은 당시 피지배계층의 지배계층에 대한 저항의식의 표현이라 할 수 있다.

이 작품의 형성 시기로 추정되는 17, 8세기는 귀족지배 관료층의 부패와 무능으로 서민들의 사회적 불만이 커가던 때였다. 그러나 이러한 불만은 지적 능력의 결여와 사회적 신분의 제약으로 표출할 방도가 없었고, 다만 민란(民亂)이라는 폭력적 수단과 민속극 · 판소리 · 민요 등 서민 예술을 통한 간접적 배설의 길만이 있었다. 우화적 이야기로서의 〈토끼전〉은 그러한 사회적 불만을 표출할 수 있는 좋은 수단이 되었던 것이다.

여기에 나타나는 세계는 용왕을 정점으로 한 자라 및 수궁 대신들의 용궁 세계와 토끼를 중심으로 한 여러 짐승들의 육지 세계로 나뉜다. 전자는 정치지배 관료층의 세계를, 후자는 서민 피지배 농민층의 세계를 각각 반영하고 있다. 따라서, 주색에 빠져 병이 들고 어리석게도 토끼에게 속아 넘어가는 용왕과 어전에서 싸움만 하고 있는 수궁 대신들은 당시의 부패하고 무능한 정치 사회의 인물들을 투영한 것이다.

이와 반대로, 토끼는 서민의 입장을 취한다. 수궁에서 호의호식(好衣好食)과 높은 벼슬을 할 수 있다는 자라의 말에 일시 속아 죽을 지경에 이르지만, 끝내 용왕을 속이고 수궁의 충신 자

라를 우롱하면서 최후의 승리를 얻는 작품의 귀결은 토끼가 작
자군을 대변하는 존재임을 잘 보여준다. 여기서 이 작품의 주제
가 서민의식에 바탕을 둔 발랄한 사회 풍자에 있음이 잘 드러나
고 있다.

제시된 본문은 자라에게 속아 용왕의 약이 되기 위해 용궁에 간 토끼가 꾀를 발휘하여 육지로 다시 돌아오는 내용이다. 17, 8세기 조선 후기 사회를 중심으로 우화 소설인 〈토끼전〉이 의미하는 바가 무엇인지를 생각하며 글을 읽어 보자.

토끼 웃으며 가로되,

"형의 말은 흡사하나, 어젯밤 나의 꿈이 불길하여 마음에 종시 꺼림하노라."

자라 가로되,

"내가 젊어서 약간 해몽하는 법을 배웠으니, 아뭏거나 그대의 몽사를 듣고자 하노라."

토끼 가로되,

"칼을 빼어 배에 닿이고 몸에 피칠을 하여 보이니, 아마도 좋지 못한 경상을 당할까 염려하노라."

자라 책망하여 가로되,

"너무 좋은 몽사를 가지고 공연히 사념하는구려. 배에 칼이 닿았으니 칼은 금이라 금띠를 띨 것이요, 몸에 피칠을 하였으니 홍포(紅袍)[1]를 입을 징조라. 물망이 일국에 무거우며 명성이 팔방에 떨칠 것이니, 이 어찌 공명(功名)할 길한 꿈이 아니며 부귀할 좋은 꿈이 아니리요. 공자의 주공(周公)을 봄은 귀인 성인의 꿈이요, 장주(莊周)의 나비된 꿈은 달관의 꿈이요[2], 공명(功明)의 초당꿈은 선각의 꿈이요, 그외 누구누구의 여간 꿈이라 하는 것은 무비관몽(無非觀夢)이요, 개시허몽(皆是虛蔓)[3]이로되, 오직 그대의 꿈은 몽사중에 제일 갈 꿈이니, 수중에 들어가면 만인 위에 거할지라 그 아니 좋을손가."

토끼가 점점 곧이 듣고 조금조금 달아들며, 장상(將相)의 인끈을 지금 당장 차는 듯이 희색이 만면하여 가로되,

"노형의 해몽하는 법은 참 귀신 아니면 도깨비요. 소강절 이순풍이 다시 살아온들 이에서 더할손가. 아름다운 몽조가 이미 나타났으니, 내 부귀는 어디가랴. 떼어 둔 당상은 좀이나 먹지. 그러나 만경창파를 어찌 득달할꼬."

자라 크게 기뻐하여 가로되,

"그대는 조금도 염려 마라. 내 등에만 오르면 아무리 걸주(桀紂) 같은 풍파라도 파선할 염려 전혀 없이 순식간에 득달할 터이니, 그런 걱정은 행여 두 번도 마시오."

토끼 웃으며 가로되,

"체면 도리상에 형을 타는 것이 대단히 미안치 않소. 어찌하여야 좋을는지요?"

자라 크게 웃어 가로되,

"형이 오히려 졸직(拙直)[4]하도다. 위수(渭水)에 고기 낚던 여상(呂尙)[5]이는 주문왕과 수레를 한가지로 탔고, 이문에 문지기 노릇하던 후영이는 신릉군(信陵君)[6] 상좌에 앉았으며, 부춘산(富春山)에 밭 갈던 엄자릉(嚴子陵)이는 한광무(漢光武)와 한 베개에 같이 누웠으니 귀천도 관계없고 존비가 무슨 아랑곳가. 우리 이제 한가지로 들어가면 일생 영욕과 백년고락을 한가지로 지낼 것이니, 무

엇이 미안함이 있으리요."

토끼 크게 기뻐하여 가로되,

"형의 말대로 될 양이면 높은 은덕이 백골난망(白骨難忘)[7]이겠노라. 이 세상 천하에 못 당할 노릇이 있으니, 저 몹쓸 사람들이 일자총을 둘러 메고 암상스레 보챌 적에 송편으로 목을 따고 접시물에 빠져 죽고 싶은 적이 한두 번이 아니온 중 나의 큰아들놈은 나무 베는 아이에게 죄도 없는데 잡혀가서 구메밥[8]을 얻어 먹고 감옥에 갇혀 있은 지 우금 7, 8년이나 되어도 놓일 가망 전혀 없고, 둘째 아들놈은 사냥개한테 물려가서 까막까치 밥이 된 지 지금 수년이라. 그 일을 생각하면 할수록 더욱 절치부심(切齒腐心)[9]하여 어찌하면 이 원수의 세상을 떠나갈까 하며 주사야탁(晝思夜度)[10]하옵더니 천만 뜻밖에 그대 같은 군자를 만나 어두운 데를 버리고 밝은 곳을 갈 터이니, 이는 참 하늘이 지시하시고 귀신이 도우심이라. 성인이라야 능히 성인을 안다 하였으니, 나 같은 영웅을 형 같은 영웅 곧 아니면 그 뉘라서 능히 알리요. 하늘에서 내신 영웅이 형 곧 아니더면 헛되이 산중에서 늙을 뻔하였소. 나 곧 아니더면 수국 백성들이 어진 관헌을 만나지 못할 뻔하였도다. 이번 내 길이 내게도 영광이어니와 수중에서 어찌 경사가 아니리요. 옛 사람이 이르되, 하늘에서 재주를 내매 반드시 쓰임이 있다 하더니 내게 당하여 참 빈말이 아니로다."

하며 의기가 양양하여 자라 등에 오르려 할 즈음에 저 바위 밑에서 너구리 달첨지 썩 나서서 하는 말이,

"토끼야 어디로 가느뇨. 내 아까 수풀 곁에 누워 너희 둘이 하는 수작을 처음부터 끝까지 대강 들었지만 아마도 위태하지. 옛 말에

위태한 지방에 들어가지 말라 하였고 분수를 지키면 몸에 욕이 없다 하였으니, 저같이 졸지에 남의 부귀를 탐내고야 나중 재앙이 어찌 없을쏘냐. 고기 배때기에 장사지내기가 아마 십상팔구이지."

하거늘 토끼 그 말을 듣더니 두 귀를 쫑긋하며 시름없이 물러날 제, 자라 가만히 생각하되 '원수의 몹쓸 놈이 남의 큰 일을 작희(作戲)[11]하니 참 이른바 좋은 일에 마(魔)가 드는 것이로군.' 하며 하는 말이,

"허허 우습도다. 그대가 잘되고 보면 오히려 내가 술잔이나 얻어먹는다 하려니와 죽을 곳에 들어가는 데야 더구나 내게 무슨 좋은 일이 있을손가. 달첨지가 토 선생 일에 대하여 꽃밭에 불지르려고 왜 저렇게 배를 앓노. 제어미 실없는 똥 떼어먹을 놈이 다시 그 일에 대하여 말할쏘냐."

하고 썩 떨떠리고 하는 말이,

"유유상종이라더니, 모이나니 졸장부뿐이라. 부귀가 저희에게 아랑곳 있나."

하며 대단히 비방하고 작별하려 하니, 토 선생이 생각하되 '천후신조하여 천재일우(千載一遇)[12]로 좋은 기회를 만났으니 때를 잃지 아니하리라.' 하고 자라에게 달려들어 두 손을 듬뿍 쥐며 하는 말이,

"여보시오, 별주부. 천하 사람들이 별말을 다한다 하여도 일단 내 말이 제일이온대 형이 어찌하여 이다지 그리 경솔하시오. 죽어도 내가 죽고 살아도 내가 살 것이니 아무 염려 말고 가시옵시다."

하거늘 주부 가로되,

"형의 마음이 굳건하여 변치 아니할 양이면 내 어찌 태를 조금이나 부리리요."

하고 토끼를 얼른 등에 업고 물로 살짝 들어가 만경 창파를 희롱하며, 소상강을 바라보고 동정호로 들어갈 제 토끼가 흥에 겨워 혼자 하는 말이,

"홍진자맥(紅塵紫陌) 장안만호(長安萬戶)[13]에 있는 벗님네야. 사람마다 가사 백년을 산다 하여도 걱정 근심과 질병 사고를 빼고 보면 태평 안락한 날이 몇 해가 못 되는 것이라. 천백 년을 못 살 인생 아니 놀고 무엇하리. 소상·동정의 무한한 경개를 나와 함께 놀자세라."

이렇게 세상을 배반하며 흥에 겨워 가는 형상 칼 첨자(籤子)[14]의 개구리요, 대부등(大不等)[15]의 배암이라. 의뭉할손 별주부요, 미혹할손 토끼로다. 자라의 허한 말을 꿀같이 달게 듣고 세왕 세계 어떻다고 지옥으로 들어가며, 첩첩청산 버려두고 수중고혼(水中孤魂)되러 가니 불쌍하고 가련하다. 붉은 고기 한덩이로 용왕에게 진상간다. 자라의 첩첩이구[16]에 그 약은 체하던 경박한 토끼가 속았구나. 자라 의기양양하여 범이 날개 돋친 듯, 용이 여의주 얻은 듯이 기운이 절로 나서 만경창파를 순식간에 들어가서 내리라 하거늘, 토끼 내려 사면을 살펴보니 천지가 명랑하고 일월이 조요한데 진주로 꾸민 집과 자개로 지은 대궐은 반공에 솟았으며, 수 놓은 문지게와 깁으로 바른 창이 영롱 찬란한지라. 마음에 홀로 기뻐 제가 젠체하더니 이윽고 한편에서 수군수군하며 수상한 기색이 있는지라. 토끼 혼자 하는 말이,

"하늘이 무너져도 솟을 구멍이 있다 하나 참 나야말로 속수무책이로구나. 그러하나 방법에 이르기를, 죽을 땅에 빠진 후에 살고 망할 땅에 둔 후에 흥한다 한지라. 이런고로 천하의 큰 성인 주문왕

(周文王)은 유리옥을 면하시고 도덕이 높은 탕임금은 한대옥을 면하시고 만고 성인 공부자(孔夫子)도 진채의 액(厄)을 면하신지라. 천고 영웅 한태조도 영양에서 에움을 벗어났으니 설마하니 이내 몸을 왼통으로 삼킬쏘냐.”

아뭏거나 차차 하는 거동 보아 가며 감언이구와 신출귀몰한 꾀로 임시 변통 목숨을 보존하되, 공명이 남병산에 칠성단 모으고 동남풍 빌던 수와 백등 칠일에 진평(陳平)[17]이 화미인하던 꾀를 진심갈력(盡心竭力)[18]하여 내어 가지고 수족을 바싹 옹크리고 죽은 듯이 엎드리더니, 혼연 전상(殿上)에서 분부하되 토끼를 잡아들이라 하거늘, 수족 물고기 일시에 달려들어 토끼를 잡아다가 전전(殿前)에 꿇이고 용왕이 하교하여 가로되,

“과인이 병이 중한데 백약이 무효하더니 천후신조하여 도사를 만나매 이르되 네 간을 얻어먹으면 살아나리라 하기로, 너를 잡아왔으니 너는 죽기를 설워마라.”

하고 군졸을 명하여 간을 내라 하니, 군졸이 명을 받들고 일시에 칼을 들고 날쌔게 달려들어 배를 단번에 째려 하거늘, 토끼가 기가 막혀 달첨치 말을 돌이켜 생각하니 후회막급이라. 대저, ‘약명을 일러 주던 도사님이 나와 무슨 원수던가. 소진의 구변인들 욕심 많은 저 늙은 용왕을 무슨 수로 꾀어내며, 관운장[19]의 용맹인들 서리 같은 저 칼날을 무슨 수로 벗어나며, 요행히 벗어난다 한들 만경창파 넓은 물을 무슨 수로 도망할까. 가련토다 이내 목숨, 속절없이 죽었구나. 백계무책(百計無策)[20] 어이하리.’ 하며 이리저리 생각하다가 문득 한 꾀를 얻어가지고 마음을 담대히 하여 고개를 번듯 들어 전상을 바라보며 가로되,

"이왕 죽을 목숨이오니 한 말씀이나 아뢰옵고 죽겠나이다."
하고 아뢰되,

"토끼 족속이란 것은 본시 곤륜산 정기로 태어나서 일신을 달빛으로 환생하와 아침 이슬과 저녁 안개를 받아먹고, 기화요초(琪花瑤草)[21]와 좋은 물을 명산으로 다니면서 매일 장복하였으므로 오장육부와 심지어 똥집 오줌똥까지도 다 약이 된다 하여, 막걸리 오입장이들을 만나면 간 달라고 보채는 그 소리에 대답하기 괴롭사와 간 붙은 염통을 줄기째 모두 떼어내어 청산유수 맑은 물에 설설 흔들어서, 고봉준령 깊은 곳에 깊이깊이 감추어 두고 무심중 왔사오니, 배 말고 온몸을 모두 발기발기 찢는다 할지라도 간이라 하는 것은 한 점도 얻어 볼 수 없을 터이니, 어찌하면 좋을지. 저 미련한 별주부가 거기 대하여 일언 사색이 반점도 없었으니, 아무리 내가 영웅인들 수부의 일이야 어찌 아오리까. 미리 알게 하였다면 염통 줄기까지 가져다가 대왕께 바쳐 병환을 회춘하시게 하고 일등공신 너도 되고 나도 되어 부귀공명하였으면 그 아니 좋았겠는가. 만경창파 머나먼 길 두 번 걸음 별주부 네 탓이라. 그러나 병환은 시급하신데 언제 다시 다녀올는지 그 아니 딱하오리까!"

용왕 듣고 어이없어 꾸짖어 가로되,

"발칙 당돌하고 간사한 요놈, 너 내 말 들어라. 천지 사이 만물 가운데, 사람으로 금수까지 제 뱃속에 붙은 간을 무슨 수로 끄내었다 집어넣었다 하겠는가. 요놈 언감생심[22]코 어디 존전이라고 당돌히 무소(誣訴)[23]로 아뢰는가. 죄가 만번 죽어도 남지 못하리라."
하고 바삐 배를 째고 간을 올리라 하거늘, 토끼 또한 어이없어 간장이 절로 녹으며, 정신이 아득하여 가슴이 막히고 진땀이 바작바작

나며, 아무리 생각하여도 죽을밖에 다시 수가 없도다. 이것이 참 독안에 든 쥐요, 함정에 든 범이라. 그러하나 말이나 단단히 더하여 보리라 하고 우환중이라도 혼연한 모양을 가지고 여쭈오되,

"옛말에 일렀으되 지혜로운 자 천 번 생각하는데 한 번 실수할 때가 있고, 우매한 자가 천번 생각하는데 한번 잘할 때가 있다 하였는지라. 그러므로 미친 사람의 말도 성인이 가려 들으시고, 어린아이 말도 귀담아 들으라 하니, 대왕의 지극히 밝으신 지감(知鑑)²⁴⁾으로 세세히 통촉하여 보시옵소서. 만일 소신의 배를 갈랐다가 간이 있으면 다행이어니와, 정말 간이 없고 보면 물을 데 없이 누구를 대하여 간을 달라 하오리까. 후회막급되실 터이오니 지부왕의 아들이요, 황건역사의 동생인들 한번 가면 다시 돌아오지 못할 황천길을 무슨 수로 면하오며, 또한 소신의 몸에 분명한 표가 하나 있사오니 바라건대 밝히 살피사 의심을 풀으시옵소서."

용왕이 듣고 가로되,

"이 요망한 놈, 네 무슨 표가 있단 말인가?"

토끼 아뢰되,

"세상 만물이 생긴 것이 거의 다 같사오나, 오직 소신은 밑구멍이 셋이오니, 어찌 유(類)와 다른 표가 아니오리까."

왕이 가로되,

"네 말이 더욱 간사하도다. 어찌 밑구멍이 셋이 될 리가 있는가?"

토끼 가로되,

"그러하시면 소신의 밑구멍 내력을 들어보시옵소서. 하늘이 자시(子時)에 열려서 하늘 되고, 땅이 축시(丑時)에 열려 땅이 되고, 사람이 인시(人時)에 나서 사람 되고, 토끼가 묘시(卯時)에 나서 토끼

되었으니, 그 근본을 미루어보면 생풀을 밟지 않는 저 기린도 소자출(所自出)[25]이 내 몸이요, 주려도 곡식을 찍어 먹지 아니하는 봉황도 소종래(所從來)[26]가 내 몸이라. 천지간 만물 중에 오직 토처사가 본방이라. 이러므로 옥황상제께옵서 순순히 명하옵시되 토처사는 나는 새 중에 조종(朝宗)이요, 기는 짐승 중에 본방이라, 만물 중에 제일 자별하니 신체 만들기를 별도이 하여 표를 주자 하시고, 일월성신 세 가지 빛을 응하며, 정직·강유 세 가지 덕을 겸하여 세 구멍을 점지하셨사오니, 보시면 자연 통촉하시리라."

용왕이 나졸을 명하여 적간(摘奸)[27]하라 하니 과연 세 구멍이 분명한지라. 왕이 의혹하여 주저하거늘 토끼 여쭈되,

"대왕이 어찌 이다지 의심하시나이까. 소신 같은 목숨은 하루 천만 명이 죽사와도 계관(係關)[28]이 없삽거니와, 대왕은 만승의 귀하신 옥체로 동방의 성군이시라. 경중이 판이하오니 만일 불행하시면 천리 강토와 구중 궁궐을 뉘에게 전하시며, 종묘사직과 억조창생을 뉘에게 미루시려나이까. 소신의 간을 아무쪼록 갖다가 쓰시면 환후가 즉시 평복되실 것이요, 평복되시면 대왕은 무려히 만세나 향수(享壽)하실 것이니 어언간 소신은 일등공신이 아니되옵나이까. 이러한 좋은 일에 어찌 일초나 기망하여 아뢰올 가망이 있사오리까."
하며 첩첩이구로 발람발람하며, 용왕을 폭신 삶아 내는데 언사가 또한 절절이 온당한지라. 이 고지식한 용왕은 폭 곧이듣고 자기 생각에 헤오되, '만일 제 말과 같을진대 저 죽은 후에 누구더러 물을손가. 차라리 잘 달래어 간을 얻음만 같지 못하다.' 하고 토끼를 궁중으로 불러 올려 상좌에 앉히고 공경하여 가로되,

"과인의 망령됨을 허물치 마라."

하니 토끼가 무릎을 싹 쓰러뜨리고 단정히 앉아 공손히 대답하여 가로되,

"그는 다 예사올시다. 불의의 환과 낙미의 액을 성현도 면치 못하거던, 하물며 소신 같은 것이야 일러 무엇하오리까. 그러하오나 별주부의 자세치 못하고 충성치 못함이 가엾나이다."

하니 문득 한 신하가 출반주하여 가로되,

"신은 듣사오니 옛 글에 일렀으되 하늘이 주시는 것을 받지 아니하면 도리어 그 앙화를 받는다 하오니, 토끼 본시 간사한 짐승이라 흐지부지하다가는 잃어버릴 염려가 있을 듯하오니 원컨대 대왕은 잃어버리지 마옵소서. 어서 급히 잡아 간을 내어 지극히 귀중하신 옥체를 보중케 하옵소서."

하거늘 모두 보니 이는 수천 년 묵은 거북이라. 별호는 귀위선생(龜位先生)이러라. 왕이 크게 노하사 꾸짖어 가로되,

"토처사는 충효가 겸전한 자이라, 어찌 허언이 있으리요. 너는 다시 잔말 말고 물러가 있거라."

하시거늘 귀위선생이 무료히 물러나와 탄식을 마지 아니하더라. 왕이 크게 잔치를 배설하여 토처사를 대접할 새 오음육률(五音六律)[29]을 갖추고 배반(杯盤)이 낭자(狼藉)하매 서왕모[30]는 숙설을 차지하고 연비는 옥소반을 받들어 드릴 적에 천일주와 포도주에 신선 먹는 교이화조로 안주하고, 백낙천의 장진 주시(將進酒詩)[31]로 노래하며, 무궁무진 권할 적에 한잔 한잔 또 한잔이라 병속건곤[32]에 취하여 세상의 갑자를 잃어버리는도다.

토끼 제 마음에 생각하되, '만일 내 간을 내어 주고도 죽기만 아니할 양이면 내어 주고 수부에 있어 이런 호강 아니할 코납작이 없

다.' 하니라.

날이 저물어 잔치를 파하매 용왕이 토처사를 향하여 가로되,

"토공은 과인의 병만 낫게 하면 천금상에 만호후를 봉하고 부귀를 한가지로 누릴 것이니, 수고를 생각지 말고 속히 나아가 간을 가져와 과인을 먹이라."

하니 토끼가 못 먹는 술에 취한 중에 혼잣말로, '한번 속기로 절통하거늘 두 번조차 속을손가.' 하며 대답하여 가로되,

"대왕은 염려 마옵소서. 대왕의 거룩하신 은혜를 만분의 일이라도 갚고자 하오니 급히 별주부를 같이 보내어 소신의 간을 가져오게 하옵소서."

이때 날이 서산에 떨어지고 달이 동령에 나오는지라. 사신을 명하여 토처사를 사관으로 보내매 토끼 사관으로 돌아와 본즉 백옥 섬돌이며, 황금 기와요, 호박 주추며, 산호 기둥에 수정발을 높이 걸고 대모 병풍 둘러치고 야광주로 촛불 삼고 원앙금침 잣베개와 요강 타구 재떨이를 발치발치 던져주고 오동 복판 거문고를 새줄 얹어 세워 놓고 부용 같은 용녀들은 밝은 노래와 맵시 있는 춤으로 쌍쌍이 희롱하니, 옛날에 주무왕이 그림 속의 서왕모와 희롱하는 듯, 옥소반에 안주 담고 금잔에 술을 부어 권주가로 권권하니, 토처사 산간에서 이러한 선경(仙景) 어찌 보았으리요.

밤이 밝도록 즐겁게 놀고, 이튿날 왕께 하직하고 별주부의 등에 올라 만경창파 큰 바다를 순식간에 건너와서 육지에 내려 자라한테 하는 말이,

"내 한번 속은 것도 생각하면 진저리가 나거늘 하물며 두 번까지 속을쏘냐. 내 너를 다리뼈를 추려 보낼 것이로되, 십분 용서하노니

너의 용왕에게 내 말로 이렇게 전하여라. 세상 만물이 어찌 간을 임의로 꺼내었다 넣었다 하리요. 신출귀몰한 꾀에 넘어가 미련한 용왕이 잘 속았다 하여라."

자라 하릴없이 뒤통수 툭툭 치고 무료히 회정(回程)하여 들어가니, 용왕의 병세와 별주부의 소식을 다시 전하여 알 일이 없더라.

토끼 별주부를 보내고 희희낙락하며 평원광야 넓은 들에 이리 뛰고 저리 뛰며 흥에 겨워 하는 말이,

"어화 인제 살았구나. 수궁에 들어가서 배째일 뻔하였더니 요내 한 꾀로 살아와서 예전 보던 만산풍경 다시 볼 줄 그 뉘 알며, 옛적에 먹던 산실과며 나무 열매 다시 먹을 줄 뉘 알쏘냐. 좋은 마음 그지 없네."

한참 이리 노닐 적에 난데없는 독수리가 살 쏘듯 달려들어 사족을 훔쳐들고 반공에 높이 나니, 토끼 정신이 또 위급하도다. 토끼 스스로 생각하되, '간을 달라하던 용왕은 좋은 말로 달랬거니와 미련하고 배고픈 이 독수리는 무슨 수로 달래리요.' 하며 창황망조(蒼黃罔措)[33]한 중 문득 한 꾀를 얻고 이르되,

"여보 수리 아주머니, 내 말 잠깐 들어보소. 아주머니 올 줄 알고 몇몇 달 경영하여 모은 양식 쓸데 없어 한이러니, 오늘로서 만나니 늦었으나 어서 바삐 가사이다."

수리 하는 말이,

"무슨 음식 있노라 감언이설로 날 속이려 하느냐. 내가 수궁 용왕이 아니어든, 내 어찌 너한테 속을쏘냐."

토끼 하는 말이,

"여보 아주머니, 토진하는 정담 들어 보시오. 사돈도 이리할 사돈

있고 저리할 사돈 있다 함과 같이 수부의 왕은 아무리 속여도 다시 못볼 터이어니와, 우리 터에는 종종 서로 만날 터이어늘 어찌 감히 일초라도 속이리요. 건넛마을 이동지(李同知)가 납제(臘祭) 사냥 하노라고 나를 심히 놀래기로 그 원수 갚기로 생각더니, 금년 정이월에 그 집 맏배 병아리 40여 수를 둘만 남기고 다 잡아오고, 제일 긴한 것은 용궁에 있던 의사 주머니가 내게 있으니 이 주머니는 생후에 듣도 보도 못한 물건이오나 가지기만 하면 전후 조화가 다 있지만 내게는 부당한 물건이요, 아주머니한테는 긴요할 것이라, 나와 같이 갑시다. 음식도 매일 잔치를 한 대로 다 못 먹을 것이요, 의사 주머니는 가만히 앉았어도 평생을 잘 견디는 것이니, 이 좋은 보배를 가지고 자손에게까지 전하여 누리면 그 아니 좋을손가."

한즉 이 미련한 수리가 마음에 솔깃하여,

"아무려나 가 보자."

하고 토끼 처소로 찾아가니, 토끼가 바위 아래로 들어가며,

"조금만 놓아 주오."

하니 수리 가로되,

"조금 놓아 주다가 아주 들어가면 어찌하게."

토끼 하는 말이,

"그러하면 조금만 늦춰 주오."

하니, 수리 생각에 조금 늦춰 주는데야 어떠 하랴 하고 한 발로 반쯤 쥐고 있더니 토끼가 점점 들어가며 조금 조금 하다가 톡 채치며 하는 말이,

"요것이 의사 주머니지."

하며 보이지 않더라.

·보·충·학·습·

1) 강사포(絳紗袍). 조하(朝賀) 때 임금이 입는 예복. 빛이 붉고 모양 은 관복 같음.

2) 장자(莊子)가 꿈에 나비를 보았는데, 후에 장주(莊周)가 나비되었 는가 나비가 장주되었는가의 판단이 어렵다 하여 물아일체의 도리 를 말한 것임.

3) 꿈을 보는 것이며, 모두가 헛된 꿈임.

4) 고지식하고 변통성이 없음.

5) 강태공(姜太公)을 일컬음.

6) 전국시대 위소왕(魏昭王)의 아들. 신릉(信陵)은 봉호. 식객(食客) 이 3천. 제후는 그가 현명하다는 말을 듣고 위(魏)를 치지 않음.

7) 죽어 백골이 되어도 깊은 은덕을 잊을 수 없음.

8) 옥문 구멍으로 죄수에게 주는 밥.

9) 몹시 분하여 이를 갈고 속을 썩임.

10) 밤낮으로 생각함.

11) 남의 일을 방해함.

12) 좀처럼 만나기 어려운 기회.

13) 속세의 번화한 거리.

14) 칼날이 쉬 빠지지 못하게 누르기 위해 장도집에 끼우는 쇠붙이 젓 가락.

15) 큰 아름드리의 굵은 재목.

16) 말을 거침없이 잘함.

17) 전한(前漢)의 정치가. 처음엔 항우(項羽)를 섬겼으나, 후에 한고조 (漢高祖)를 섬겨 도위(都尉)가 되고, 여태후(呂太後)가 죽은 후 여 씨 일쪽의 반란을 평정함.

18) 마음과 힘을 있는 대로 다함.

19) 삼국시대(三國時代) 촉한(蜀漢)의 무장. 운장(雲長)은 자(字). 장비
(張飛)·유비(劉備)와 의형제를 맺고 전공치적이 현저함. 뒤에 손
권(孫權)에게 모살되었으나 후세인이 각처에 관왕묘(關王廟)를 세
움.

20) 있는 꾀를 다 써봐도 별 수 없음.

21) 아름다운 꽃과 풀.

22) 감히 마음을 낼 수가 없음.

23) 일을 거짓 꾸미어 관청에 고소함.

24) 지인지감(知人之鑑)의 준말. 남을 알아보는 감식력.

25) 사물이 유래한 근본.

26) 지내온 내력.

27 부정이 있나 없나를 캐어 살핌.

28) 관계.

29) 옛날 중국 음악의 다섯 가지 소리〔音〕와 여섯 가지 율(律).

30) 상대(上代)의 신선. 주목왕(周穆王)이 곤륜산에 사냥가 서왕모(西
王母)를 만나 요지(瑤池)에서 노닐며, 돌아옴을 잊었다 함.

31) 이백(李白)의 시를 잘못 인용한 듯함.

32) 항상 술에 취하여 있음.

33) 너무 급하여 어찌할 길이 없음.

작 품 이 해

작 품
감 상
〈토끼전〉의 근원 설화인 구토 설화는 신라의 김춘추가 백제를 치려고 고구려에 원병을 청하러 갔다가 오히려 보장왕에게 잡혀 죽음의 지경에 이르게 되자, 청포 삼백보를 뇌물로 주고 들은 이야기이다. 김춘추는 이야기의 의미에 깨달은 바 있어 이야기 속의 토끼처럼 보장왕을 속이고 위험을 벗어나 목숨을 구했다는 것이다.

이런 설화가 민간에 구전되다가 소설로 정착된 시기는 대개 영·정조 시대라고 추정된다. 본래의 내용은 토끼가 자라를 속이는 기지가 중심이 되어 있으나, 조선시대에 들어와서 자라가 좋은 구변으로 토끼를 꾀는 이야기와 자라의 충성에 초점을 두어 유교적인 색채가 강하게 가미되었다.

〈토끼전〉의 가장 큰 특징으로는 특정한 대상을 풍자하기 위해 동물을 의인화하여 내세운 우화적 수법을 들 수 있다. 즉 〈토끼전〉은 17, 8세기의 서민 의식을 바탕으로 그 서민 계층의 의식과 당시의 지배계층 및 정치·사회 현상을 동물 세계에 비유하여 풍자하고 있다.

우화 소설이기에 날카롭고 노골적인 풍자가 가능한 이 소설 속에서 동물로 나타나고 있는 인간상에 특히 주의를 기울여야 하는데, 토끼의 허욕과 기지, 자라의 충성, 용왕의 고지식하면서도 무능한 모습, 이런 것들은 바로 당시 인간들의 모습이다. 또한 수궁과 산중에서 일어나고 벌어지는 일들 역시 당시 사회상의 축도인 것이다.

이렇듯 외래의 짤막한 동물 우화를 장편의 의인체 풍자소설로 발전시킨 데서 조선 후기 서민들의 높은 예술적 창작력을 느낄 수 있다.

의인화의 수법을 쓴 소설적 원형은 이미 신라시대 설총의 〈화왕계〉를 필두로 고려시대의 〈국순전〉·〈국선생전〉·〈죽부인전〉 등으로 이어지다가 조선시대에 임제의 〈화사〉·〈수성지〉 등이 그 전통을 이어받고 있다.

이 이야기의 기본적 발상은 외국에서도 많이 발견되는데, 인도의 불전(佛典)《자타카》에도 나오고, 《별미후경》에도 자라와 원숭이를 소재로 한 비슷한 설화가 있으며, 일본에도 《수모원(水母猿)》이 있다. 동일한 소재의 이들 민화(民話)들은 모두 하나의 기원에서 각 민족에 전파되었다고 보아야 할 것이다.

〈토끼전〉은 소설·판소리·전래동화 등으로 전해지고, 지금도 마당극이나 창무극(唱舞劇)으로 계속 공연되고 있는 우리 민족의 살아 있는 고전이다.

문제
제기

(1) 〈토끼전〉은 토끼와 자라라는 동물을 통한 우화적 수법을 사용하고 있다. 이러한 '우화 소설'은 조선시대 후기에 많이 등장하게 되는데, 이것은 어떤 필요성 때문이었는지 이 작품을 토대로 생각해 보시오.

● 길라잡이

우화(寓話)에는 반드시 동물들이 주인공으로 등장하여 한 부류의 인간군(人間群)을 대변한다. 우화는 풍자가 수반되는데 이것이 단지 도덕적 교훈만을 목적으로 삼는 다른 의인화 소설과 다른 점이다. 〈토끼전〉을 비롯하여 〈장끼전〉·〈두껍전〉 등의 우화소설은 서민의식이 크게 대두되던 조선 후기에 등장하였는데, 이는 양반 계층을 비판·공격하기 위해서는 풍자성이 깃든 의인화의 방법이 가장 적절했기 때문이었다.

(2) 이 작품에 나타난 **토끼와 자라의 행위**를 중심으로, 각각의 편에서 작품의 주제가 어떻게 다른지를 생각해 보시오.

● 길라잡이

이 작품의 주제는 두 가지로 볼 수 있다. 우선 위기를 만났다가 기지를 발휘해 살아 돌아온 토끼를 중심에 놓고 본다면, 아무리 어려운 상황에 놓여도 제대로 지혜를 발휘하면 그것을 이겨낼 수 있다는 것이다. 토끼가 선뜻 자라를 따라나선 데는 그의 어려운 생활 처지가 한몫 했음을 알 수 있다. 잘 먹지도 못하고 호랑이와 다른 동물들의 위협에 늘 시달리는 여려운 처지를 자라가 은근히 강조한 것이다. 그런데 이런 토끼의 처지는 왕에 대한 충성심으로 불타는 자라와 용궁의 여러 모습과 견주어 민중들의 현실을 풍자하고 있다고 볼 수 있다. 또한 토끼가 무사히 용궁을 빠져나오는 것은 왕을 비롯한 지배계급에게 시달리고 있는 민중들이 슬기와 기지로 승리하는 날이 언젠가는 올 것이라는 믿음을 보여 준다.

두 번째는 자라를 중심으로 놓고 보는 태도이다. 자라는 왕의 병을 고치기 위해 자원해서 육지로 나가고, 나중에 토끼를 놓치고는 왕께 불충한 일로 자살을 생각한다. 그만큼 자라는 '충신'이고 그의 행동은 용궁에서 찬양을 받는다. 그는 오직 왕의 병을 낫게 하는데 공을 세워 신하의 도리를 다하겠다는 생각밖에 없다. 이것은 유교적인 사회에서 가장 중요한 가치인 충(忠)을 그대로 보여 주는 본보기가 된다. 곧 임금에 대한 맹목적 충성을 강조하는 유교적 가치관을 자라를 통해 드러내고 있는 것이다.

또 자라에게 도인이 나타나, "네 정성이 지극하기로 내 천명을 받자와 한 개의 선약(仙藥)을 주노니, 너는 빨리 돌아가 용왕의 병을 고치게 하라."고 말하는 대목에서는 지극한 정성을 다했을 때 하늘도 감동해서 상을 내려준다는 유교적 가치가 물씬 풍겨나고 있다. 이렇게 본다면, 자라와는 반대로 토끼의 모습은 자기 분수도 모르고 벼슬 자리와 부귀영화에 눈이 멀어 스스로 화를 자초하는 얄팍한 인간에 대한 풍자라고 할 수 있다.

적 벽 가

신재효(申在孝)

(1812~1884)

〈적벽가〉는
판소리 열두 마당 중의
하나로, 일명 〈화용도(華容道)〉라고도
한다. 《삼국지(三國誌)》의 적벽대전을 소재로
하여 만든 극가(劇歌)로서, 조선 시대 고종 때의
창극가인 오위장(五衛將) 신재효가 개작한 것이다.
관운장이 적벽대전중 화용도에서 포위된
조조를 죽이지 않고 달아나게 한
이야기를 소재로 하고 있다.

건영(建寧) 2년에 태어난 유비는 탁군의 장비, 하동의 관운장과 함께 도원에서 결의한다. 그들이 구국의 일념으로 와룡(제갈공명) 선생을 만나기 위해 삼고초려하는 이야기로 〈적벽가〉는 시작되고, 결국 와룡 선생은 유비의 청을 받아들인다. 이때 조조는 의기양양하여 온갖 호기를 다 부리던 중 마침내 적벽에 대군을 이끌고 와 유비와 한판 전쟁을 치르려 한다. 그런데 모든 상황이 조조에게 유리하게 전개되지만, 몇 가지 불길한 전조가 보이기 시작한다.

한편 유비와 뜻을 같이 한 공명은 도술을 써서 바람의 방향을 바꾸어 조조의 진중으로 불게 한다. 그리고 모든 장수들에게 각자 맡은 바 책무를 부여하나, 관우에게만은 옛날에 조조에게 입은 은혜 때문에 사정을 봐 줄 것이라 하여 부르지 않는다. 그러나 관우는 절대 그런 일이 없을 것이라 약속하고 매복에 나아간다.

황개의 화공계에 말려 적벽대전에서 크게 패한 조조는 화용도로 도망하여 여러 번 죽을 고비를 넘기면서도 남의 실수를 비웃거나 자신의 재주 있음을 자랑하며 위세를 부린다. 그러다가 500 도부수(刀斧手)를 거느린 관운장을 만나는데, 이때 조조는 구차스럽게 목숨을 구걸하고, 관운장의 너그러운 덕으로 무사히 화용도를 빠져나간다.

　제시된 본문은 유비가 제갈공명을 모셔온 후 조조가 적벽에 자신의 대군을 이끌고 와 제갈공명과 한판 전쟁을 치르기 전의 상황을 그리고 있다. 〈적벽가〉에 나타나는 희극미와 판소리의 묘미를 음미해 가며 글을 읽어 보자.

적벽가(赤壁歌)

　천하대세(天下大勢) 분구필합(分久必合)[1]이요, 합구필분(合久必分)[2]이 성탄(聖歎) 선생의 만고 학론이다.

　한 영제(靈帝) 건영(建寧) 2년 4월 망일 온덕전에 전좌하여 백관 조회받으실새 난데 없는 푸른 배암 양상(梁上)[3]으로 기어 내려 어탑(御榻)[4]을 두르더니, 인홀불견 간데 없이 뇌성대우 우박하고 그 후 4년 2월 일에 낙양에 지진하여 해수가 넘쳐 흐르고 그 후 광화(光和) 원년에 암탉이 수탉되어 6월에 검은 기운, 7월에 무지개요, 오원산이 무너지니, 이때 천하가 분분하여 사방병이 일어날 제 황건적도 어렵거든 17진 웬일인고. 파적안민(破賊安民) 중흥지주(中興之主)[5] 탁군(涿郡)에서 일어나니, 경제(景帝)의 각하 현손(玄孫) 탁록(涿鹿) 정후(亭候) 후손인데 신장이 8척이요, 시년이 28에, 두 귀가 훨썩 커서 손수 돌아보시오며 두 손을 드리우면 무릎에 지나간다. 빛 고운 입술은 주사(朱砂)를 발랐는 듯, 성정이 관화하여 언어가 적으시며 희로를 불형어색(不形於色)[6] 품은 것이 큰 뜻이라, 모친을 효양하고 호걸을 교결하니 성함은 유비(劉備)시요, 자호는 현덕(玄德)이라.

탁군의 장비(張飛)하고 하동의 관운장(關雲長)과 도원에서 결의하셔, 상보국가(上報國家)[7]하고 하안백성(下安百姓)[8]하시기로 경륜지사(經綸之士) 만나럴 제, 와룡 선생 높은 이름 수경(水鏡) 선생 말씀이요, 서원직(徐元直)의 천거로다. 춘풍세우(春風細雨) 밭갈 제와 백설한풍 깊은 겨울 두 번 가서 못 뵈옵고 세 번 찾아가실 적에, 융중경물(隆中景物) 둘러보니 양양성서(襄陽城西) 이십리에 일대고강침류수(一帶高岡枕流水)[9]라, 산불고이수려(山不高而秀麗)[10]하고 수불심이징청(水不深而澄淸)[11]하며, 지불광이평탄(地不廣而平坦)[12]이요, 임불대이무성(林不大而茂盛)[13]이라, 원학(猿鶴)은 서로 보고 송황(松篁)은 푸르렀다.

시비를 두드리며 동자 불러 물은 말씀, "선생이 계옵시냐." 동자가 대답하되, "이번에는 계옵시나 초당에서 낮졸음 아직 아니 깨시니다." 현덕이 눈을 들어 초당을 바라보니 벽상에 붙인 글씨 담박이명지(澹泊以明志)[14]하고 영정이치원(寧靜以致遠)[15]이라 단정히 붙였구나.

공손히 국궁(鞠躬)하고 계하에 오래 서서 기침키를 기다릴 제, 반향[16]이 지나도록 동정이 없는지라, 장비의 급한 성정 참다가 못 견디어 초당 뒤에 불 놓기로 떨뜨리고 냅다 서니, 관공이 손을 잡고 간신히 만류하여 문외에 등후(等候)터니, 선생이 돌아누워 풍월을 읊으시되, "대몽을 수선교(誰先覺)[17], 평생을 아자지(我自知)[18]라, 초당에 춘수족(春睡足)[19]하니 창외(窓外)에 일지지(日遲遲)[20]라." 읊기를 파한 후에 동자 불러 물으시되, "속객이 와 계시냐." 동자가 여쭈오되, "유황숙이 여기 있어 기다린 지 오랩니다."

선생이 일어나 후당에 들어가서 의관을 정제하고 황숙을 영접할 제 공명 기상 바라보니 신장은 8척이요, 얼굴은 관옥이라. 머리에 윤건이며 몸에 입은 학창의가 표연한 신선이라. 황숙이 배례하고 꿇어앉아 여쭈오되, "한왕실의 말주(末冑)요, 탁군의 우부(愚夫)로서 선생의 큰 이름을 우러른 지 오랜 고로 두 번 찾아왔삽다가 못 뵈옵고 가옵기에 흉중의 소회사(所懷事)와 이 몸의 천한 이름 기록하고 갔삽더니 선생이 보시니까."

공명이 여쭈오되, "남양의 들사람이 소라한 성정인데 장군의 귀한 행차 여러 번 왕림하니 불승괴란[21]하여이다." 빈주의 예를 차려 차 올려 파한 후에 공명이 여쭈오되, "나 어리고 재조 없어 위국위민(爲國爲民)[22] 물은 말씀 대답할 수 없나이다."

황숙이 여쭈오되, "사마덕조(司馬德操) 서원직이 어찌 허담하올는지, 경세지재(經世之才) 속에 품고 공로임천(空老林泉)하오리까, 천하 창생 생각하여 가르쳐 주옵소서." 공명이 웃으시고 세 번 사양하신 후에, "장군의 장한 뜻이 어찌코자 하나이까."

사람을 물리치고 황숙이 하는 말씀, "한왕실이 경퇴(傾頹)[23]하고 간신히 절명키로 대의를 펴자 하되 지술[24]이 단천[25]하니 선생만 바라내다."

공명이 여쭈오되, "조조는 간웅이라 백만중 거느리고 협천자 호령, 제후 쟁봉치 못할 테요, 강동의 손권이는 국험(國險) 민부(民富)하여 삼세(三世)가 되었으니 구원은 청하여도 도모는 못할 테요, 형주는 용무지지(用武之地), 익주는 천부지토(天府之土), 형·익을 차지하여 천하 일을 도모하면 대업을 이루시고 한실을 흥하리다." 익주도 펴서 걸고 가리켜 보이면서, "조조는 천시옵고, 손권은 지리옵고, 장군은 인화되면 삼분정족 되오리다."

황숙이 배례하고 다시 꿇어 여쭈오되, "명미덕박[26]하온 몸을 비천타 마시고 출산상조하옵소서." 공명이 사양하고 나올 뜻이 없었으니, 황숙의 슬픈 눈물 의금[27]이 다 젖는다.

공명이 하릴없어 예단을 받으시고 관·장과 한가지로 하룻밤 동숙 후에 그 아우 균을 불러 매학을 맡기시고 부탁을 하는 말씀, "제실지주(帝室之胄) 유황숙이 삼고지은 중하기로 부득이 나가노니 전묘[28]를 잘 다스려 황무케 말지어다. 공명을 이룬 후에 돌아와 숨으리라."

. 사륜거에 높이 앉아 황숙을 모시옵고 신야로 돌아오니 병불만천(兵不滿千)[29]이요, 장불만십(將不滿十)[30]이라.

군사를 소모하여 박망에 소둔하고 백하에 용수하니 초출 모려 제일공에 조조가 혼이 나서 십만병 거느리고 팔로로 달려드니, 장판에 대전하고 하구에 웅거하여 조조를 잡으려고 경륜을 꾸밀 적에, 강동의 손권이가 유형주 조상차로 노숙을 보냈구나. 의사 많은 공명선생 황숙 전에 여짜오되, "양이 재조 없사오나 노숙과 한가지로 동오에 들어가서 세 치 되는 혀를 놀려 조조와 손권으로 한 번 싸움 붙인 후에 남군승즉 위를 치고 북군승즉 오를 쳐서 방휼지세[31] 다투는데 어인지공(漁人之功)[32]되사이다."

암암 약속하신 후에 노숙과 한가지로 일범선 빌어 타고 강동을 건너가서, 설전군유(舌戰群儒)한 연후에 대교·소교 한 말씀에 동작대부 송전하니 주공근이 분을 내어 조조를 치려할 제 장하다 손중모는 벽안자염(碧眼紫髥)[33] 당당하다. 찼던 칼 빼어내어 서안을 깨친 후에 81주 넓은 땅에 백만 웅병 조발할 제 대도독 주공근과

부도독 정보이며 찬군교위(贊軍校尉) 노숙이라. 전부선봉(前部先鋒) 한당·황개, 제2대에 장흠·주태, 제3대에 능통·반장, 제4대에 태사자·여몽, 제5대에 육손·동습, 순경사에 여범·주치, 수군·육군 점고하고 선척 군기 수습하여 수륙 병진하올 적에 대도독 주공근이 장대에 높이 앉아 제장을 호령한다.

"방금의 조조 권세 동탁보다 심한지라 천자를 위협하여 허창에 가두고, 폭병을 몰아다가 경상에 둔취키로 주공의 명을 받아 역적을 치려 하니, 제군은 힘을 써서 대군이 간 데마다 백성을 침로 말고 공 있는 자 상 주기와 죄 있는 자 벌하기를 상벌이 분명하여 각수내직(各守乃職)하라. 왕법은 무친이라 인검이 예 있으니 각별히 조심하라."

호령이 엄숙하니 수륙이 진동한다. 삼강구 오륙십 리 전선으로 둘러싸고 서산을 의지하여 영채(營寨)를 세웠으니.

이때에 공명 선생 주도독을 따라와서 일엽소선(一葉小船) 혼자 타고 군중사무(軍中事務) 의논할 제, 애달프다 주도독은 재조를 시기하여 공명을 해하련들 신출귀몰 저 재조를 뉘라서 알 수 있나. 취철산 양식 끊기 한 말로 모면하고, 조조의 십만전을 삼일 내에 빼앗아오니 도독의 놀란 마음 갈수록 더하구나. 유예주를 청하여서 살해코자 하였더니 관공이 따라오니 어찌할 수 있겠느냐. 하직하고 가실 적에 공명이 아시고 강변에 대후타가 대강 사연 고한 후에 은근히 여짜오되, "11월 20일에 일엽소선 자룡[34] 주어 남안변에 매었으되 부디 실기 마옵소서. 동남풍이 일어나면 양이 돌아가오리다." 하직하고 돌아오니.

조조의 보낸 편지 외봉이 괘씸하구나. 주도독이 분을 내어 훼서참사(毀書斬使)[35]하온 후에, 감녕·한당·장흠으로 조조와 일장 대전 승전하고 돌아오니, 조조가 겁을 내어 수채를 새로 꾸며 수군을 조련할 제, 주도독이 배를 타고 다 둘러보았구나. 장간의 어린 소견 원섭강호 웬일인고. 매국 지적, 채모 장윤, 조조 손에 죽단 말가. 주도독과 공명 선생 조조 파할 꾀를 돌아앉아 의논할 제, 장중에 쓰인 글자 서로 보니 여덟 팔, 사람 인자라 화공을 하려 할 제, 온갖 비계 다 꾸미니 황개의 고육계와 감택의 사항서며 봉추선생 연환계라. 쓰고 달고 매운 약을 한데 모두 고를 내며 83만 먹이렬 제, 도독은 불을 때고 부채질 누가 할까.

이때는 건안 12년 11월 15일이라, 천기 명랑하고 파도 고요하니 조조 대연 배설하여 술 많이 거르고, 떡 많이 치고, 소 많이 잡고, 돝 많이 잡고, 개 잡고, 닭 잡아서 호군을 질끈하고, 연환한 큰 전선을 대강 중앙에 덩실 띄워 푸른 복판 황금대자 크나큰 수자기를 두둥렷이 앞에 세우고, 양편 전선 수백 척을 수채를 굳게 꾸며 궁노수 1천 명을 단단히 매복하고 조조의 거동 보소. 홍포옥대(紅袍玉帶) 금관으로 한가운데 좌기(坐起)하니 좌우에 모신 장수 황금 투구, 비단 갑옷, 창도 메고 칼도 차고 반차로 벌였는데, 동산에 달 오르니 백일과 한가지라. 일대장강(一帶長江) 맑은 물은 흰 비단을 폈는 듯, 남병산 고운 봉은 그림 병풍 둘렀는 듯, 동시시상(東視柴桑)하고, 서관하구(西觀夏口)하고, 남망번성(南望樊城)하고, 북저오림하니 사고공활(四顧空闊)[36]하여 호기가 절로 난다.

창을 빼어 손에 쥐고 제장더러 하는 말이, "내가 이 창 가지고서 황건적을 부수고, 여포를 사로잡고, 원술을 초멸하고, 원소를 거두고, 심입새북(深入塞北)[37]하고, 직저요동[38]하여, 남으로 가리키며, 유종(劉琮)이 속수하니 천하에 횡행하되 대장부 먹은 마음 저버리지 아니하니 사해를 삭평하고 못 얻은 게 강남이라, 백만 웅수(雄帥) 거느리고 제군의 힘을 입어 강남을 얻으면 좋은 일이 별로 있다. 교공의 두 여자가 국색으로 유명터니 손책·주유 아내 됨을 내 매양 한탄이라. 강남을 얻은 후에 이교녀(二橋女)를 데려다가 동작대 봄바람에 모년행락(暮年行樂)하여 볼까."

남안을 가리키며, "주유와 노숙이는 천시를 모르느냐. 내 군사 거짓 항복 네 복심(腹心)이 되었으니 하늘이 도움이오."

하구를 가리키며, "유비와 제갈량이 어찌 그리 우미(愚迷)하여 개미의 약한 힘이 태산을 흔들쏘냐." 장담을 한참 할 제, 난데 없는 까마귀가 남천을 바라보고 까욱까욱 울고 가니 조조가 물어, "어떠한 까마귀가 이 밤에 울고 가노." 좌우가 여짜오되, "그 까마귀 달 밝으니 새벽인가 의심하여 나무를 떠나 우나이다."

조조가 크게 웃고 교기가 잔뜩 나서 노래 지어 부르기를, "대주당가(對酒當歌)[39]하니 인생기하(人生幾何)[40]요. 비여조로(臂如朝露)[41]하여 거일이 무다로다. 월명성희(月明星稀)에 오작이 남비로다. 요수삼잡(遶樹蔘匝)[42]에 무지가의(無枝可依)[43]로다."

제장이 화답하고 한참 서로 즐길 적에 양주자사 유복이 썩 나서서 하는 말이, "대군이 상당하여 장사가 용명할 제 승상의 지은 노래 불길조는 웬일이오. 월명성희 오작남비요, 요수삼잡 무지가의 좋지 않은 말씀이오."

조조가 대로하여, "내 속에 나는 흥을 네가 감히 파하느냐." 창으로 퍽 찌르니 좌중이 다 놀란다.

이때에 만군 중에 무론 장졸 다 취하여 그런 야단이 없구나. 노래 부르는 놈, 춤추는 놈, 이야기하는 놈, 싸움하는 놈, 과음식 많이 하고 더럭더럭 게우는 놈, 투전·골패하는 놈, 서러워 엉엉 우는 놈, 언문책 보는 놈, 왕왕이 사중에 늘어앉아 각색으로 장난할 제, 한 군사가 썩 달려드는데 이 손이 인물도 준수하고 기력이 과인하여, 매우 덤벙여 수인사 목44)을 권(權)판45) 비슷하게 문자로 내놓는데, 매우 유식하여, "고읍황금편(高揖黃金鞭)에 피차 없이 초면이요, 남정부북환(南征復北還)에 수고가 어떠하고, 빈년불해병(頻年不解兵)에 싸움으로 늙어오니, 창망문가실(蒼茫問家室)에 고향이 어느 곳인고. 겁억루첨건(劫憶淚沾巾)에 생각하면 눈물이라, 금석이 시하석(是何夕)고 달이 밝고 밤 길었네. 장검대준주(仗劍對樽酒)에 술이 좋고 안주 있다. 만사 삼소파(萬事三笑罷)에 웃음 웃고 놀아보세."

한 군사 나앉으며, "너는 유식하고 호기 있는 사람이다. 내 서러운 말 들어보라. 당상의 학발노친(鶴髮老親) 이별한 지 몇 해 되고, 부혜생아(父兮生我)하고 모혜국아(母兮鞠我)하사 호천망극(昊天罔極) 큰 은혜를 어찌하여 다 갚을꼬. 혼정신성(昏定晨省) 출고반면(出告反面), 조석이면 숙수공양(菽水供養) 지성으로 다한대도, 수욕정이풍부지요 자욕양이친부대라, 서산에 지는 해를 붙들 수가 없삽는데, 슬하를 한번 떠나 몇 해 소식 없었으니 우리 부모 날 기다려 바람 텅텅 부는 날에 의문망(倚門望)이 몇 번이며, 비가 죽죽 오는 밤에 의려망(倚閭望)이 몇 번인고. 피호피기 올라가서 바라나 보자 하되, 군법이 지엄하여 잠시 천이할 수 없네. 무상타 조승상은 군법도 모르던가. 무형제 독신 나를 귀양하라 아니하고 천리 전장 데려다가 불효자가 되게 하네. 애고애고 설운지고."

한 군사가 나앉으며, "너는 부모 생각하여 우니 효자다. 내 설움 들어보라. 내 팔자 무상하여 10세 전에 조실부모 혈혈한 이 목숨이 기식인가(寄食人家) 자라나서, 적수(赤手)로 돈 냥 모아 이십 넘어 장가드니, 처복은 있었던지 우리 아내 얌전하지. 운빈화안(雲鬢花顔) 어여쁘고 침선방적 다 잘하네. 친척 어른 대접하고 동네 사람 화목하여 백집사가감하니, 가빈에 사현처 가난한 살림살이 차차 나아가더구나. 길쌈으로 모은 돈은 올해 심을 논을 사고, 바느질 삯을 모아 송아지 사서 남을 주고, 집안을 둘러보면 묵은 침채(沈菜), 묵은 간장, 솥 빚은 얼른얼른, 채전에 풀이 없네. 내 비위에 똑 맞으니 그 정지가 어떻겠나. 마주앉아 밥을 먹고 꼭 껴안고 잠을 자서 잠시도 이별 말고 사즉동혈(死則同穴)하겠더니 생이별 전장에 와서 못 본 지가 몇 해던고. 우리 아내 이내 생각 오죽이 간절할까. 채채권이(采采卷耳) 불영경광(不盈頃筐) 나물 캐며 날 바라는가. 제롱망채엽(提籠忘採葉) 뽕을 따며 생각하는가. 꾀꼬리 우는 소리 이주몽(伊州夢) 못 이루고 기러기 날아갈 제 금자를 붙였는가. 형용이 눈에 암암 욕망난망(欲忘難忘) 못 살겠네. 애고애고 설운지고."

한 군사 나앉으며, "너는 아내 생각으로 우는구나. 너 내 설움 들어보라. 나는 남의 오대 독자, 사십이 넘어가되 남녀간에 자식 없어 불효지죄(不孝之罪) 많은 중에, 무자한 죄 크다기에 자식을 보려 하고 온갖 정성 다 들였다. 명산대찰·영신당(靈神堂)과 고묘총사(古廟叢祠)·성황당·석불·미륵 서 계신 데 지성으로 제사하고 가사시주(袈裟施主), 인등시주(引燈施主), 창호시주(窓戶施主), 백일산제 무수히 하였더니 공든 탑이 무너지며, 신든 나무 꺾어질까. 우리 아내 포태하여 또독또독 배가 불러 오륙삭이 넘어가니 부부의 좋은

마음 조심이 극진하다. 석부정부좌(席不正不坐), 할부정불식(割不正
不食), 목불시악색(目不視惡色), 이불청음성(耳不聽淫聲) 태교를 다
하여서, 십삭이 찬 연후에 순산으로 득남하니, 천지간 좋은 일이 이
밖에 또 있는가. 칠일까지 소를 하고 칠칠일에 큰 굿하고 백일에 대
연하고 첫돌에 큰 불공, 젖살이 점점 올라 빵긋빵긋 웃는 양, 터덕
터덕 뒤집는 양, 아장아장 걷는 양, 작강작강 길라아비[46] 훨훨 온갖
장난 다할 적에, 그 사랑이 어떻겠나. 선영의 음덕인가 석가님이 보
내셨는가. 금을 주고 너를 사랴 옥을 주고 너를 사랴 사씨네 집 보
배나무, 서씨네 집 기린 새끼, 상호봉시(桑弧蓬矢) 이사사방(以射四
方) 호반(虎班)질을 시켜볼까. 인생 8세 개입소학 글공부를 시켜볼
까. 밤낮으로 농장지경(弄璋之慶) 철 가는 줄 모르더니, 전장에 잡
혀와서 내 아들 못 본 지가 지금 벌써 몇 해 된고. 아빠아빠 우는 소
리 귀에 그저 쟁쟁하네. 이 몸이 아니 죽고 설령 살아간다 하되, 아
동상견불상식(兒童相見不相識) 소문객종하처래(笑問客從何處來)인
데, 만일 불행 이몸 죽어 골포사장(骨暴沙場)하거드면 자식 다시 볼
수 있나. 애고애고 설운지고."

보·충·학·습

1) 나누어진 것은 급기야 꼭 합쳐짐.

2) 합쳐진 것은 급기야 꼭 나누어짐.

3) 들보.

4) 임금이 앉는 평상.

5) 도적을 쳐부수고 백성을 편안히 하는 중흥의 주인공.

6) 얼굴 색으로 나타내지 않음.

7) 위로는 국가를 보위함.

8) 아래로는 백성을 편안케 함.

9) 일대의 높은 언덕에서 물이 흐르다.

10) 산이 높지 않고 수려하다.

11) 물이 깊지 않고 맑고 푸르다.

12) 땅은 넓지 않고 평평하다.

13) 나무는 크지 않고 무성하다.

14) 마음이 욕심이 없고 깨끗함으로써 밝은 뜻을 삼는다.

15) 편안하고 고요함으로써 원대한 임무를 다한다.

16) 반나절.

17) 모름지기 먼저 깨닫다.

18) 내가 스스로 안다.

19) 봄잠으로 족하다.

20) 해가 머물었다.

21) 부끄러워서 얼굴이 붉어짐을 참지 못함.

22) 나라와 백성을 위함.

23) 무너짐으로 기울어짐.

24) 지략과 술수.

25) 짧고 얕음.

26) 명은 미미하고 덕은 박함.

27) 옷깃.

28) 밭이랑.

29) 병졸은 천 명을 채우지 못함.

30) 장군은 십 명을 채우지 못함.

31) 도요새가 방합을 먹으려는 순간, 방합이 껍질을 닫는 바람에 서로 다툰다는 것으로, 서로 적대하여 버티고 양보하지 않음.

32) 어부의 공이 되었다.

33) 파란 눈과 붉은 수염.

34) 조자룡.

35) 편지를 찢고, 사신을 참함.

36) 사방을 둘러 보니 공간이 넓다.

37) 깊이 들어가 북을 막는다.

38) 곧바로 요동과 부딪치다.

39) 술을 대하고 노래를 부르다.

40) 인생은 그 얼마냐.

41) 비유하여 아침 이슬과 같다.

42) 나무를 둘러싼 지 30일.

43) 가지가 없어도 의지할 수 있다.

44) 소리.

45) 권삼득의 창법.

46) 길라잡이의 사투리.

작 품 이 해

저자소개 **신재효** : 조선시대의 판소리 연구가로, 자는 백원(百源), 호는 동리(桐里)다. 전라도 고창 출신으로 가산이 넉넉해지자 판소리 사설을 정리하는 등 판소리 연구에 전념하여, 여생을 오로지 작품 생활에 힘썼다.

그는 판소리의 이론적 체계를 모색하여 〈광대가〉를 지어 인물·사설·득음(得音)·너름새라는 4대 법례를 마련하였다. 흥선대원군이 경복궁을 중수하고 낙성연을 할 때, 〈경복궁타령〉·〈방아타령〉 등을 지어 제자인 진채선(陳彩仙)에게 부르게 하여, 여자도 판소리를 할 수 있는 길을 열었다.

만년에는 〈춘향가〉·〈심청가〉·〈흥부가〉·〈수궁가〉·〈적벽가〉·〈변강쇠타령〉의 판소리 여섯마당을 골라 그 사설을 개작하여, 합리적이고 체계적인 구성을 갖추고 전아(典雅)하고 수식적인 문투를 활용하였다. 따라서 하층계급 특유의 신랄한 현실 비판이 약화되기는 하였으나, 중인계급으로서 지닌 비판적 의식이 부각되고 사실적인 묘사와 남녀 관계의 비속한 모습을 생동감 있게 그렸다. 이로써 판소리가 신분을 넘어서 민족 문학으로 성장할 수 있는 기반을 마련하였다. 판소리 사설 외에도 30여 편의 단가 또는 허두가(虛頭歌)라고 하는 노래를 지었다.

작 품
감 상 판소리는 광대의 소리와 대사를 총칭하며, 평민 문화가
발흥하기 시작한 조선 숙종조에 발생했다. 조선 중기 이
후 남도 지방 특유의 곡조를 토대로 하여, 고수(鼓手)의 장단에 맞
추어 일정한 극적 내용을 광대 혼자 육성과 몸짓의 창극조로 두서
너 시간씩 부르던 민속 예술의 형태가 바로 판소리다. 남도의 향토
적 선율을 토대로 진양조·중모리·자진모리 등 여러 가지 장단에
따라 변화시키고, 또 아리니와 발림으로써 극적인 효과를 높였는
데, 이 때 대사만을 가리켜 극가라고도 한다.

〈적벽가〉는 판소리 열두마당 중의 하나로, 가곡의 창법이 보급·
유행됨에 힘입어 하한담·최선달을 효시로 영·정조 때 권삼득을
거쳐, 순조 때에 고수관·송흥록·염계달·모홍갑 등의 명창에 이
르러 불려지게 되었다. 이어 신재효가 종래 되는 대로 불러오던 광
대소리 열두마당을 〈춘향가〉·〈심청가〉·〈흥부가〉·〈수궁가〉·〈적
벽가〉·〈변강쇠타령〉 등 여섯마당으로 개작, 그 대문과 어귀도 실
감에 맞도록 고쳐, 이후 광대들은 이 극본을 부르게 되었다. 판소리
는 원래 중부 이남 지방에서 발달했고, 광대도 전라도 무인(巫人)
출신들이 많았으며, 원래 단창(單唱)에 고수 한 명만으로 신재효 이
후 근 일백 년 동안 연창(演唱)되어 왔다.

신재효의 〈적벽가〉는 다른 이본과 비교해 볼 때 독자적 성격을
지니고 있다. 이 점은 작품에 등장하는 인물의 재창조 과정에 잘 나
타난다. 《삼국지연의》에서 전쟁 영웅을 빛내주기 위한 장식품 구실
을 하였던 일반 군사들이 판소리화된 〈적벽가〉에서는 주동적 역할
을 하는 인물로 변모되었는데, 신재효는 이를 더욱 부각시켰다.

〈적벽가〉의 중심을 이루는 적벽대전을 서술하는 부분에서 신재효

는 조조의 심복 모사(心腹謀士)인 정욱(程昱)이라는 인물의 성격에 가장 두드러진 특성을 부여하였다. 이 작품에는 적벽대전에서 크게 패하여 화용도로 도주하는 조조를 정욱이 풍자하고 비판하는데, 이 것은 판소리 사설이 지니는 일반적인 속성과 신재효의 작가의식이 복합되어 나타난 결과로 보인다.

한 사람의 창자가 긴 이야기를 소리로 엮어가는 판소리라는 공연 물에서 청중의 흥미를 계속 지속시킬 수 있는 길은 희극적인 효과 를 적절히 구사하는 데 있다. 〈적벽가〉에 나타난 군사들의 언행은 《삼국지연의》에 일관된 엄숙하고 숭고한 분위기를 파괴하고 계속적 인 희극미를 표출시킨다. 여기에 현실 비판의식이 결합될 때에는 풍자적인 수법이 두드러지는데, 신재효의 〈적벽가〉에서는 정욱을 통하여 이러한 현상이 더욱 강화되어 나타난다.

신재효의 〈적벽가〉는 뜻이 세기 때문에 판소리 창자들이 수용하 여 소리책으로 삼기를 꺼려한 듯하다. 이러한 사실은 그의 〈적벽가〉 를 바탕 삼아서 소리하는 창자를 확인하기가 어렵다는 점에서 확인 된다.

문제 제기

(1) 다음 부분에 제시된 판소리 사설을 읽어보고, 〈적벽 가〉를 만든 이의 의도가 어디에 있었는지를 잘 생각해 보 시오.

얼레설레판에 조조와 제장들이 다 살아 도망가니 관공의 높은 의기 천고에 뉘 당하리.

홋 사람 글을 지어 관공을 송덕하되, …… 이러한 장한 일을《사기(史記)》로만 전하오면 무식한 사람들이 다 알 수가 없삽기로, 타령으로 만들어서 광대와 가객들이 풍류좌상(風流座上) 부르니 늠름한 그 충의가 만고에 아니 썩을까 하노라.

○ 길라잡이

〈적벽가〉의 내용이 중국의《사서》등에만 있으면 무식한 민중들이 잘 알 수가 없으니 이를 잘 알려 주기 위하여, 더불어 관우의 용감성과 의리, 충성됨을 길이 보전하기 위해서 판소리로 만들었다는 것을 알 수 있다. 또한 제시된 글을 통해 우리 나라 사람들이 관우의 용감한 기상과 의리를 얼마나 숭앙하고 있었나를 알 수 있다.

(2) 〈적벽가〉에 나타나는 조조와 제갈공명의 성격에서 우리가 배워야 할 점은 무엇인지 논해 보시오.

○ 길라잡이

조조는 정세를 너무 낙관하는 기질이 있으며, 경망스러운 점이 많다. 예를 들면, 전쟁에 임하여 자신의 대군과 군장비만 믿고 호기를 부리는 짓이며, 전쟁에 패하여 도망하는 중에도 작은 남의 실수를 비웃고, 자신의 재주 있음을 자랑한다. 그러나 정말 위기에 처했을 때는 비굴하게 옛 정에 호소하고 목숨을 빈다.

제갈공명은 총명하고 만사를 용의 주도하게 처리하며, 장수들을 믿고 그 능력을 일일이 알아 적재적소에 배치하며, 남의 사정을 잘 이해해 준다.

오늘날 우리 사회는 조조 같은 사람이 출세하고, 돈도 많이 버는 경우가 많다. 잔재주에 능하고 남에게 아부하며, 지조를 아침저녁으로 바꾸는 것을 처세의 방법으로 생각한다. 그러나 어느 시대든지 정세를 면밀히 분석하고, 나의 사정보다 남의 사정을 잘 이해하며 의리를 지키는 사람이 궁극적으로 승리자가 된다는 것을 우리는 배워야 한다.

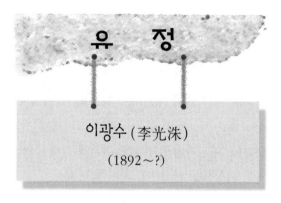

유　정

이광수 (李光洙)

(1892~?)

1933년
10월 1일부터 12월 31일까지
《조선일보》에 연재된 《유정》은, 세상이
비웃는 불륜의 사이인 최석과 남정임의 사랑을
부녀간의 애정에서 차츰 이성에 대한 애정을 포함한
절대 유일한 애정으로 승화시켜 화제가 된 작품이다.
1인칭 서술로 되어 있으며 편지 · 일기 등을 삽입한
고백체 소설로서, 여행의 주제를 함께
사용하고 있는 것이 특징이라
할 수 있다.

여학교 교장인 최석은, 중국에서 독립운동을 함께 하던 남백파와 그의 중국인 아내 사이에서 낳은 남정임을 맡아 기르는데, 정임이 자라면서 그녀에게 여인으로서의 사랑을 느낀다. 마찬가지로 정임도 최석에 대하여 보호자로서가 아닌 사랑의 대상으로 이성애를 가지게 된다.

일본으로 유학간 정임이 입원하였다는 소식을 듣고 일본으로 건너간 최석은 정임에게 수혈을 하고 돌아오는데, 그 사이 최석의 아내는 정임의 일기를 보고 둘 사이를 오해한다. 그녀는 질투 끝에 남편을 마구 헐뜯어 이야기하고 그것이 신문에 기사화되어, 최석은 비교육자로 낙인 찍혀 여학교 교장직을 그만 두게 된다.

재산을 정리한 최석은 일본으로 다시 건너가 정임의 고백을 듣고 서로 포옹한 후 양심의 가책을 느껴 시베리아로 떠난다. 최석은 시베리아 바이칼호로 가는 도중 R이라는 사람을 만나 그도 자신과 같은 처지에서 문제의 여학생을 아내로 맞아 조선을 떠났다는 이야기를 듣는다. 그러나 그는 그것이 옳지 않음을 이야기하고, 바이칼호보다도 더 먼 곳으로 가서 쓸쓸히 죽음을 맞이한다.

　　제시된 본문은 작품의 마지막 부분으로, 최석이 쓸쓸히 죽어가며 남긴 일기를 통해 그가 얼마나 정임을 사랑하며 괴로워했는가를 잘 알 수 있다. 주인공들의 이룰 수 없는 사랑의 고통을 생각하며 작품을 감상해 보자.

　　나는 넉넉하지 못한 영어로 그 노파에게서 최석이가 아직 살았다는 말과 정임의 소식은 들은 지 오래라는 말과 최석과 순임은 여기서 삼십 마일이나 떨어진 F역에서도 썰매로 더 가는 삼림 속에 있다는 말을 들었다.

　　나는 그 밤을 여기서 지내고 이튿날 아침에 떠나는 완행차로 그 노파와 함께 이르쿠츠크를 떠났다.

　　이날도 천지는 오직 눈뿐이었다. 차는 가끔 삼림중으로 가는 모양이나 모두 회색빛에 가리워서 분명히 보이지를 아니하였다.

　　F역이라는 것은 삼림 속에 있는 조그마한 정거장으로 집이라고는 정거장 집밖에 없었다. 역부 두어 명이 털옷에 하얗게 눈을 뒤쓰고 졸리는 듯이 오락가락할 뿐이었다.

　　우리는 썰매 하나를 얻어타고 어디가 길인지 분명치도 아니한 눈 속으로 말을 몰았다.

　　바람은 없는 듯하지마는 그래도 눈발을 한편으로 비끼는 모양이어서 아름드리 나무들의 한쪽은 하얗게 눈으로 쌓이고 한쪽은 검은 빛이 더욱 돋보였다. 백 척은 넘을 듯한 꼿꼿한 침엽수(전나무 따위가)들이 어디까지든지, 하늘에서 곧추 내려박은 못 모양으로, 수없이 서 있는 사이로 우리 썰매는 갔다. 땅에 덮인 눈은 새로 피워 놓은 솜같이 희지만 하늘에서 내리는 눈은 구름빛과 공기빛과 어울려서 밥 짖힐 때 굴뚝에서 나오는 연기와 같이 연회색이었다.

바람도 불지 아니하고 새도 날지 아니하건마는 나무 높은 가지에 쌓인 눈이 이따금 덩치로 떨어져서는 고요한 수풀 속에 작은 동요를 일으켰다.

우리 썰매가 가는 길이 자연스러우면서도 복잡한 커브를 도는 것을 보면 필시 얼음 언 개천 위로 달리는 모양이었다.

한 시간이나 달린 뒤에 우리 썰매는 늦은 경사지를 올랐다. 말을 어거하는 러시아 사람은 쭈쭈쭈쭈, 후르르하고 주문을 외우듯이 입으로 말을 재촉하고 고삐를 이리 들고 저리 들어 말에게 방향을 가리킬 뿐이요, 채찍은 보이기만 하고 한 번도 쓰지 아니하였다. 그와 말과는 완전히 뜻과 정이 맞는 동지인 듯하였다.

처음에는 몰랐으나 차차 추워짐을 깨달았다. 발과 무르팍이 시렸다.

"얼마나 머오?"

하고 나는 오래간만에 입을 열어서 노파에게 물었다. 노파는 털수건으로 머리를 싸매고 깊숙한 눈만 남겨 가지고 실신한 사람 모양으로 허공만 바라보고 있다가, 내가 묻는 말에 비로소 잠이나 깬 듯이,

"멀지 않소. 이젠 한 십오 마일."

하고는 나를 바라보았다. 그 눈은 아마 웃는 모양이었다.

그 얼굴, 그 눈, 그 음성이 모두 이 노파가 인생 풍파의 슬픈 일,

괴로운 일에 부대끼고 지친 것을 표하였다. 그리고 죽는 날까지 살아간다 하는 듯하였다.

경사지를 올라서서 보니 그것은 한 산등성이였다. 방향은 알 수 없으나 우리가 가는 방향에는 더 높은 등성이가 있는 모양이나, 다른 곳은 다 이보다 낮은 것 같아서 하얀 눈바다가 끝없이 보이는 듯하였다. 그 눈보라가 들쭉날쭉이 있는 것을 보면 삼림의 꼭대기인 것이 분명하였다. 더구나 여기저기 뾰족뾰족 눈송이 붙을 수 없는 마른 나뭇가지가 거뭇거뭇 보이는 것을 보아서 그러하였다. 만일 눈이 걷어 주었으면 얼마나 안계가 넓으랴. 최석군이 고민하는 가슴을 안고 이리로 헤매었구나 하면서 나는 목을 둘러서 사방을 바라보았다.

우리는 그 등성이를 내려갔다. 말이 미처 발을 땅에 놓을 수가 없을 정도로 빨리 내려갔다. 여기는 산불이 났던 자리인 듯하여 거뭇거뭇 불탄 자국 있는 마른 나무들이 드문드문 서 있었다. 그 나무들은 찍어 가는 사람도 없으매 저절로 썩어서 없어지기를 기다릴 수밖에 없었다. 그들은 나서 아주 썩어 버리기까지 천년 이상은 걸린다고 하니 또한 장한 일이다.

이 대삼림에 불이 붙는다 하면 그것은 장관일 것이다. 달밤에 높은 곳에서 이 경치를 내려다본다 하면 그도 장관일 것이요, 여름에 한창 기운을 펼 때도 장관일 것이다. 나는 오뉴월경에 시베리아를 여행하는 이들이 끝없는 꽃바다를 보았다는 기록을 생각하였다.

"저기요!"

하는 노파의 말에 나는 생각의 줄을 끊었다. 저기라고 가리키는 곳을 보니 집이라고 생각되는 물건이 나무 사이로 보였다. 창이 있으니 분명 집이었다.

우리 이스보스치카가 가까이 오는 것을 보았는지, 그 집 같은 물건의 문 같은 것이 열리며 검은 외투를 입은 여자 하나가 팔을 허우적거리며 뛰어나왔다. 아마 소리라도 치는 모양이겠지만 그 소리는 아니들렸다. 나는 그것이 순임인 줄을 얼른 알았다. 또 순임이밖에 될 사람도 없었다.

순임은 한참 달음박질로 오다가 눈이 깊어서 걸음을 걷기가 힘이 드는지 멈칫 섰다. 그의 검은 외투는 어느덧 흰 점으로 얼어 어깨가 희게 되는 것이 보였다.

순임의 갸름한 얼굴이 보였다.

"선생님!"

하고 순임도 나를 알아보고는 또 팔을 허우적거리며 소리를 질렀다.

나는 반가워서 모자를 벗어 둘렀다.

"아이 선생님!"

순임은 내가 썰매에서 일어서기도 전에 내게 와서 매어 달리며 울었다.

"아버지는 어떠시냐?"

하고 나는 순임의 등을 두드렸다. 나는 다리가 마비되어서 곧 일어설 수가 없었다.

"아버지는 어떠시냐?"

나는 한 번 더 물었다.

순임은 벌떡 일어나 두 주먹으로 흐르는 눈물을 쳐내 버리며,

"대단하셔요."

하고도 울음을 금치 못하였다.

　노파는 벌써 썰매에서 내려 기운 없는 걸음으로 비틀비틀 걷기 시작하였다.

　나는 순임을 따라서 언덕을 오르며,

　"그래 무슨 병환이시냐?"

하고 물었다.

　"몰라요. 신열이 대단하셔요."

　"정신은 차리시든?"

　"처음 제가 여기 왔을 적에는 그렇지 않더니 요새는 가끔 혼수 상태에 빠지시는 모양이에요."

　이만한 지식을 가지고 나는 최석이가 누워 있는 집 앞에 다다랐다.

　이 집은 통나무를 맷켜 우물정자로 가로놓고 지붕은 무엇으로 했는지 모르나 눈이 덮이고, 문 하나 창 하나를 내었는데 문은 나무껍질인 모양이나 창은 젖빛 나는 유리창인 줄 알았더니 뒤에 알아본즉 그것은 유리가 아니요, 양목을 바르고 물을 뿜어서 얼려 놓은 것이었다. 그리고 통나무와 통나무 틈바구니에는 쇠털과 같은 마른 풀을 꼭꼭 박아서 바람을 막았다.

　문을 열고 들어서니 부엌에 들어서는 모양으로 쑥 빠졌는데 화끈화끈하는 것이 한증과 같다. 그렇지 않아도 침침한 날에 인 눈으로 광선 부족한 방에 들어오니, 캄캄 절벽이어서 아무것도 보이지 아니하였다.

　순임이가 앞서서 양초에 불을 켰다. 촛불빛은 방 한편 쪽 침대라고 할 만한 높은 곳에 담요를 덮고 누운 최석의 시체와 같은 흰 얼굴을 비추었다.

"아버지, 아버지, 샌전 아저씨 오셨어요."

순임은 최석의 귀에 입을 대고 가만히 불렀다.

그러나 대답이 없었다.

나는 최석의 이마를 만져 보았다. 축축하게 땀이 흘렀다. 그러나 그리 더운 줄은 몰랐다.

방안의 공기는 숨이 막힐 듯하였다. 그 난방 장치는 삼굿의 원리를 이용한 것이었다. 돌멩이로 아궁이를 쌓고 그 위에 큰 돌멩이들을 많이 쌓고 거기다가 불을 때어서 달게 한 뒤에 거기 눈을 부어 뜨거운 증기를 발하는 것이었다.

이 건축법은 조선 동포들이 시베리아로 금광을 찾아다니면서 하는 법이란 말을 들었으나, 최석이가 누구에게서 배워 가지고 어떤 모양으로 지었는지는 최석의 말을 듣기 전에는 알 수 없는 일이다.

나는 내 힘이 미치는 데까지 최석의 병 치료에 대한 손을 쓰고 어떻게 해서든지 이르쿠츠크의 병원으로 최석을 데려다가 입원시킬 도리를 궁리하였다. 그러나 냉정하게 생각하면 최석은 살아날 가망이 없는 것만 같았다.

내가 간 지 사흘 만에 최석은 처음으로 정신을 차려서 눈을 뜨고 나를 알아보았다.

그는 반가운 표정을 하고 빙그레 웃기까지 하였다.

"다 일 없나?"

이런 말도 알아들을 수가 있었다.

그러나 심히 기운이 없는 모양이기로 나는 많이 말을 하지 아니하였다.

최석은 한참이나 눈을 감고 있더니, "정임이 소식 들었나?" 하였다.

"괜찮대요."

하고 곁에서 순임이가 말하였다.

그러고는 또 혼몽하는 듯하였다.

그날 또 한 번 최석은 정신을 차리고 순임이더러는 저리로 가라는 뜻을 표하고 날더러 귀를 가까이 대라는 뜻을 보이기로 그대로 하였더니,

"내 가방 속에 일기가 있으니 그걸 자네만 보고는 불살라 버려. 내가 죽은 뒤에라도 그것이 세상 사람의 눈에 들면 안 되지. 순임이가 볼까 걱정이 되지만 내가 몸을 꼼짝할 수가 있나."

하는 뜻을 말하였다.

"그러지."

하고 나는 고개를 끄덕여 보였다.

그러고 난 뒤에 나는 최석이가 시킨 대로 가방을 열고 책들을 뒤져서 그 일기책이라는 공책을 꺼내었다.

"순임이 너 이거 보았니?"

나는 곁에서 내가 책 찾는 것을 보고 섰던 순임에게 물었다.

"아니오. 그게 무어예요?"

순임은 내 손에 든 책을 빼앗으려는 듯이 손을 내밀었다.

나는 순임의 손이 닿지 않도록 책을 한편으로 비키며,

"이것이 네 아버지 일기인 모양인데 너는 보이지 말고 나만 보라고 하셨다. 네 아버지가 네가 이것을 보았을까 해서 염려를 하시는데 안 보았으면 다행이다."

하고 나는 그 책을 들고 밖으로 나왔다.

날이 밝다. 해는 중천에 있다. 중천이래야 저 남쪽 지평선 가까운 데다. 밤이 열여덟 시간, 낮이 대여섯 시간밖에 안 되는 북쪽 나라다. 멀건 햇빛이다.

나는 볕이 잘 드는 곳을 골라서 나무에 몸을 기대고 최석의 일기를 읽기 시작하였다. 읽은 중에서 몇 구절을 골라 볼까.

'집이 다 되었다. 이 집은 내가 생전 살고 그 속에서 이 세상을 마칠 집이다. 마음이 기쁘다. 시끄러운 세상은 여기서 멀지 아니하냐. 내가 여기 홀로 있기로 누가 찾을 사람도 없을 것이다. 내가 여기서 죽기로 누가 슬퍼해 줄 사람도 없을 것이다. 때로 곰이나 찾아올까. 지나가던 사슴이나 들여다볼까.

이것이 내 소원이 아니냐. 세상의 시끄러움을 떠나는 것이 내 소원이 아니냐. 이 속에서 나는 나를 이기기를 공부하자.'

첫날은 이런 평범한 소리를 썼다.

그 이튿날에는,

'어떻게나 나는 약한 사람인고. 제 마음을 제가 지배하지 못하는 사람인고. 밤새도록 나는 정임을 생각하였다. 어두운 허공을 향하여 정임을 불렀다.

정임이가 나를 찾아서 동경을 떠나서 이리로 오지나 아니하나 하고 생각하였다. 어떻게나 부끄러운 일인고? 어떻게나 가증한 일인고?

나는 아내를 생각하려 하였다. 아이들을 생각하려 하였다. 아내와 아이들을 생각함으로써 정임의 생각을 이기려 하였다.

최석아, 너는 남편이 아니냐. 아버지가 아니냐. 정임은 네 딸이 아니냐. 이런 생각을 하였다.

그래도 정임의 일류전은 아내와 아이들의 생각을 밀치고 달려들 절대 위력을 가진 듯하였다.

아, 나는 어떻게나 파렴치한 사람인고. 나이 사십이 넘어 오십을 바라보는 놈이 아니냐. 사십에 불혹이라고 아니하느냐. 교육가로, 깨끗한 교인으로 일생을 살아 왔다고 자처하는 내가 아니냐 하고 나는 내 입으로 내 손가락을 물어서 두 군데나 피를 내었다.'

최석의 둘쨋날 일기는 계속된다.

'내 손가락에서 피가 날 때 나는 유쾌하였다. 나는 승첩의 기쁨을 깨달았다.

그러나 아아 그러나 그 빨간, 참회의 핏방울 속에서도 애욕의 불길이 일지 아니하는가. 나는 마침내 제도할 수 없는 인생인가.'

이 집에 든 지 둘쨋날에 벌써 이러한 비관적 말을 하였다. 또 며칠이 지난 뒤 일기에,

'나는 동경으로 돌아가고 싶다. 정임의 곁으로 가고 싶다. 시베리아의 광야의 유혹도 아무 힘이 없다. 어젯밤은 삼림의 좋은 달을 보았으나 —— 그 달을 아름답게 보려 하였으나 아무리 하여도 아름답게 보이지를 아니하였다. 하늘이나 달이나 삼림이나 모두 무의미한 존재다. 이처럼 무의미한 존재를 나는 경험한 일이 없다. 그것은 다만 기쁨을 자아내지 아니할 뿐더러 슬픔도 자아내지 못하였다. 그것은 잿더미였다. 아무도 듣는 이 없는 데서 내 진정을 말하라면 그것은 이 천지에 내게 의미 있는 것은 정임이밖에 없다는 것이다.

나는 정임의 곁에 있고 싶다. 정임을 내 곁에 두고 싶다. 왜? 그것은 나도 모른다.

만일 이 움 속에라도 정임이가 있다 하면 얼마나 이곳이 즐거운 곳이 될까.

그러나 이것은 불가능한 일이다. 이 일이 있어서는 아니 된다. 나는 이 생각을 죽여야 한다. 다시 거두를 못하도록 목숨을 끊어 버려야 한다.

이것을 나는 원한다. 원하지만 내게는 그 힘이 없는 모양이다.

나는 종교를 생각해 본다. 철학을 생각해 본다. 인류를 생각해 본다. 나라를 생각해 본다. 이것을 가지고 내 애욕과 바꾸려고 애써 본다. 그렇지만 내게 그러한 힘이 없다. 나는 완전히 헬플리스함을 깨닫는다.

아아 나는 어찌할꼬?

나는 못생긴 사람이다. 그까짓 것을 못이겨? 그까짓 것을 못 이겨?

나는 예수의 광야에서의 유혹을 생각한다. 천하를 주마 하는 유혹을 생각한다. 나는 싯달타 태자가 왕궁을 버리고 나온 것을 생각하고, 또 스토아 철학자의 의지력을 생각한다.

그러나 나는 그러한 생각으로도 이 생각을 이길 수 없는 것 같다.

나는 혁명가를 생각하였다. 모든 것 —— 사랑도 목숨도 다 헌신 짝같이 집어던지고 피 흐르는 마당으로 뛰어나가는 용사를 생각하였다. 나는 이 끝없는 삼림 속을 혁명의 용사 모양으로 달음박질치다가 기운이 진한 곳에서 죽어 버리는 것이 소원이었다. 그러나 거기까지도 이 생각은 따르지 아니할까.

지금 곧 죽어 버릴까. 나는 육혈포를 손에 들어 보았다. 이 방아쇠를 한 번만 튕기면 내 생명은 없어지는 것이 아닌가. 그리 되면 모든 이 마음의 움직임은 소멸되는 것이 아닌가. 이것으로 만사가 해결되는 것이 아닌가.

아 하나님이시여, 힘을 주시옵소서. 천하를 이기는 힘보다도 나 자신을 이기는 힘을 주시옵소서. 이 죄인으로 하여금 하나님의 눈에 의롭고 깨끗한 사람으로 이 일생을 마치게 하여 주시옵소서, 이렇게 나는 기도를 한다.

그러나 하나님은 나를 버리셨다. 하나님은 내게 힘을 주시지 아니하셨다. 나를 이 비참한 자리에서 썩어져 죽게 하셨다.'

최석은 어떤 날 일기에 또 이런 것도 썼다. 그것은 예전 내게 보낸 편지에 있던 꿈 이야기를 연상시키는 것이었다. 그것은 이러하다.

'오늘밤은 달이 좋다. 시베리아의 겨울 해는 참 못생긴 사람과도 같이 기운이 없지만 하얀 땅 검푸른 하늘에 저쪽 지평선을 향하고 흘러가는 반달은 참으로 맑음 그것이었다.

나는 평생 처음 시 비슷한 것을 지었다.

임과 이별하던 날 밤에는 남쪽 나라에 바람비가 쳤네.

임 타신 자동차의 뒷불이, 빨간 뒷불이 빗발에 찢겼네.

임 떠나 혼자 헤매는 시베리아의 오늘밤에는 지려는 쪽달이 눈덮인 삼림에 걸렸구나.

아아 저 쪽달이여!

억지로 반이 갈려진 것도 같아라.

아아 저 쪽달이여!

잃어진 짝을 찾아 차디찬 허공 속을 영원히 헤매는 것도 같구나.

나도 저 달과 같이 잃어버린 반쪽을 찾아 무궁한 시간과 공간에서 헤매는 것만 같다.

에잇. 내가 왜 이리 약한가.

어찌하여 크나큰 많은 일을 돌아보지 못하고 요마한 애욕의 포로가 되는가.

그러나 나는 차마 그 달을 버리고 들어올 수가 없었다. 내가 왜 이렇게 센티멘털하게 되었는고. 내 쇠 같은 의지력은 어디로 갔는고. 내 누를 수 없는 자존심은 어디로 갔는고. 나는 마치 유모의 손에 달린 젖먹이와도 같다. 내 일신은 도시 애욕덩어리로 화해 버린 것 같다.

이른바 사랑 —— 사랑이란 말은 종교적 의미인 것 이외에도 입에 담기도 싫어하던 말이다 —— 이란 것은 내 의지력과 자존심을 녹여 버렸는가. 또 이 부자연한 고독의 생활이 나를 이렇게, 내 인격을 이렇게 파괴하였는가.

그렇지 아니하면 내 자존심이라는 것이나, 의지력이라는 것이나, 인격이라는 것이 모두 세상의 습관과 사소에 휩쓸리던 것인가. 남들이 그러니까 —— 남들이 옳다니까 —— 남들이 무서우니까 이 애욕의 무덤에 회를 발랐던 것인가. 그러다가 고독과 반성의 기회를 얻으매 모든 회칠과 가면을 떼어 버리고 발가벗은 애욕의 뭉텅이가 나온 것인가.

그렇다 하면, 이것이 참된 나인가. 이것이 하나님이 지어 주신 대로의 나인가. 가슴에 타오르는 애욕의 불길, 이 불길이 곧 내 영혼의 불길인가.

어쩌면 그 모든 높은 이상들 —— 인류에 대한, 민족에 대한, 도덕에 대한, 신앙에 대한 그 높은 이상들이 이렇게도 만만하게 마치 바람에 불리는 재 모양으로 자취도 없이 흩어져 버리고 말까. 그리고 그 뒤에는 평소에 그렇게도 미워하고 천히 여기던 애욕의 검은 흙만 남고 말까.

아아 저 눈 덮인 땅이여, 차고 맑은 달이여, 허공이여! 나는 너희들을 부러워하노라.

불교도들의 해탈이라는 것이 이러한 애욕의 불붙는 지옥에서 눈과 같이 싸늘하고 허공과 같이 빈 곳으로 들어감을 이름인가.

석가의 팔 년 간 설산 고행이 이 애욕의 뿌리를 끊으려 함이라 하고, 예수의 사십 일 광야의 고행과 겟세마네의 고민도 이 애욕의 뿌리 때문이었던가.

그러나 그것을 이겨 낸 사람이 천지 개벽 이래에 몇몇이나 되었는고? 나 같은 것이 그 중에 한 사람 되기를 바랄 수가 있을까.

나 같아서는 마침내 이 애욕의 불길에 다 타서 재가 되어버릴 것만 같다. 아아 어떻게나 힘 있고 무서운 불길인고.'

이러한 고민의 자백도 있었다.

또 어떤 날 일기에 최석은 이런 말을 썼다.

'나는 단연히 동경으로 돌아가기를 결심하였다.'

그러고는 그 이튿날은,

'나는 단연히 동경으로 돌아가리라 결심한 것을 굳게세 취소한다. 나는 이러한 결심을 하는 나 자신을 굳세게 부인한다.'

또 이런 말도 있다.

'나는 정임을 시베리아로 부르련다.'

또 그 다음에는,

'아아 나는 하루바삐 죽어야 한다. 이 목숨을 연장하였다가는 무슨 일을 저지를는지 모른다. 나는 깨끗하게 나를 이기는 도덕적 인격으로 이 일생을 마쳐야 한다. 이 밖에 내 사업이 무엇이냐.'

또 어떤 곳에는,

'아아 무서운 하룻밤이었다. 나는 지난 하룻밤을 누를 수 없는 애욕의 불길에 탔다. 나는 내 주먹으로 내 가슴을 두드리고 머리를 벽에 부딪혔다. 나는 주먹으로 담벼락을 두드려 손등이 터져서 피가 흘렀다. 나는 내 머리카락을 쥐어뜯었다. 나는 수없이 발을 굴렀다. 나는 이 무서운 유혹을 이기려고 내 몸을 아프게 하였다. 나는 견디다 못하여 문을 박차고 뛰어나갔다. 밖에는 달이 있고 눈이 있었다. 그러나 눈은 핏빛이요, 달은 찌그러진 것 같았다. 나는 눈 속으로 달음박질쳤다. 달을 따라서 엎드러지며 자빠지며 달음질쳤다. 나는 소리를 질렀다. 나는 미친 사람 같았다.'

그러고는 어디까지 갔다가 어느 때 어떠한 심경의 변화를 얻어 가지고 돌아왔다는 말은 쓰지 아니하였으나 자신의 병의 원인을 설명하는 것 같았다.

'열이 나고 기침이 난다. 가슴이 아프다. 이것이 폐렴이 되어서 혼자 깨끗하게 이 생명을 마치게 하여 주소서 하고 빈다. 나는 오늘부터 먹고 마시기를 그치련다.'

이러한 말을 썼다. 그러고는,

'정임, 정임, 정임, 정임.'

하고 정임의 이름을 수없이 쓴 것도 있고, 어떤 데는,

'Overcome, Overcome.'

하고 영어로 쓴 것도 있었다.

그리고 마지막에,

'나는 죽음과 대면하였다. 사흘째 굶고 앓은 오늘에 나는 극히 맑고 침착한 정신으로 죽음과 대면하였다. 죽음은 검은 옷을 입었으나 그 얼굴에는 자비의 표정이 있었다. 죽음은 곧 검은 옷을 입은 구원의 손이었다. 죽음은 아름다운 그림자였다. 죽음은 반가운 애인이요, 결코 무서운 원수가 아니었다. 나는 죽음의 손을 잡노라. 감사하는 마음으로 죽음의 품에 안기노라. 아아.'

이것을 쓴 뒤에는 다시는 일기가 없었다.

이것으로 최석이 그동안 지내온 일을 —— 적어도 심리적 변화만은 대강 추측할 수가 있었다.

다행히 최석의 병은 점점 돌리는 듯하였다. 열도 내리고 식은땀도 덜 흘렸다. 안 먹는다고 고집하던 음식도 먹기를 시작하였다.

정임에게로 갔던 노파에게서는 정임도 열이 내리고 일어나 앉을 만하다는 편지가 왔다.

나는 노파의 편지를 최석에게 읽어 주었다. 최석은 그 편지를 듣고 매우 흥분하는 모양이었으나 곧 안심하는 빛을 보였다.

나는 최석의 병이 돌리는 것을 보고 정임을 찾아볼 양으로 떠나려 하였으나 순임이가 듣지 아니하였다. 혼자서 앓는 아버지를 맡아 가지고 있을 수 없다는 것이었다. 그래서 노파가 오기를 기다리기로 하였다.

나는 최석이 먹을 음식도 살 겸 우체국에도 들를 겸 시가까지 가기로 하고, 이곳 온 지 일주일이나 지나 처음으로 산에서 나왔다.

나는 이르쿠츠크에 가서 최석을 위하여 약품과 먹을 것을 사고 또 순임을 위해서 먹을 것과 의복과 또 하모니카와 손풍금도 사가

지고 정거장에 나와서 돌아올 차를 기다리고 있었다.

나는 순후해 보이는 러시아 사람들이 정거장에서 오락가락하는 것을 보고 속으로는 최석의 병이 좀 나은 것을 다행으로 생각하고, 또 최석과 정임의 장래가 어찌 될까 하는 것도 생각하면서 뷔페(식당)에서 뜨거운 차이(차)를 마시고 있었다.

이때 밖을 바라보고 있던 내 눈은 문득 이상한 것을 보았다. 그것은 그 노파가 이리로 향하고 걸어오는 것인데, 그 노파와 팔을 걸은 젊은 여자가 있는 것이다. 머리를 검은 수건으로 싸매고 입과 코를 가리웠으니 분명히 알 수 없으나, 혹은 정임이나 아닌가 할 수밖에 없었다. 정임이가 몸만 기동하게 되면 최석을 보러 올 것은 정임의 열정적인 성격으로 보아서 당연한 일이기 때문이었다.

나는 반쯤 먹던 차를 놓고 뷔페 밖으로 뛰어갔다.

"오 미시즈 체스터필드?"

하고 나는 노파 앞에 손을 내밀었다. 노파를 체스터필드라는 미국 남편의 성을 따라서 부르는 것을 기억하였다.

"선생님!"

하는 것은 정임이었다. 그 소리만은 변치 아니하였다. 나는 검은 장갑을 낀 정임의 손을 잡았다. 나는 여러 말 아니하고 노파와 정임을 뷔페로 끌고 들어왔다.

늙은 뷔페 보이는 번쩍번쩍하는 사모바르에서 차 두 잔을 따라다가 노파와 정임의 앞에 놓았다.

노파는 어린애에게 하는 모양으로 정임의 수건을 벗겨 주었다. 그 속에서 헬쑥하게 여윈 정임의 얼굴이 나왔다. 두 볼에 볼그스레하게 홍훈이 도는 것도 병 때문인가.

"어때? 신열은 없나?"

나는 정임에게 물었다.

"괜찮아요."

하고 정임은 웃으며,

"최 선생님은 어떠세요?"

라고 묻는다.

"좀 나으신 모양이야. 그래서 나는 오늘 정임을 좀 보러 가려고 했는데 이 체스터필드 부인이 아니 오시면 순임이가 혼자 있을 수가 없다고 해서, 그래 이렇게 최 선생 자실 것을 사가지고 가는 길이야."

말을 하면서도 나는 정임의 눈과 입과 목에서 그의 병과 마음을 알아보려고 애를 썼다.

중병을 앓은 깐 해서는 한 달 전 남대문서 볼 때보다 얼마 더 초췌한 것 같지는 아니하였다.

"네."

정임은 고개를 숙였다. 그의 안경알에는 이슬이 맺혔다.

"선생님 댁은 다 안녕하셔요?"

"응, 내가 떠날 때는 괜찮았어."

"최 선생님 댁도?"

"응."

"선생님, 퍽은 애를 쓰셨어요."

하고 정임은 울음인지 웃음인지 모를 웃음을 웃는다.

말을 모르는 노파는 우리가 하는 말을 눈치나 채려는 듯이 멀거니 보고 있다가 서투른 영어로,

"아직 미스 남은 신열이 있답니다. 그래도 가 본다고 죽어도 가 본다고 내 말 안 듣고 따라왔지요."

하고 정임에게 애정 있는 눈흘김을 준다. 그녀는 다시,

"유 노티 차일드(말썽구러기)!"

하고 입을 씰룩하며 정임을 안경 위로 본다.

"니체워, 마투슈카(괜찮아요, 어머니)."

정임은 노파를 보고 웃었다. 정임의 서양 사람에게 대한 행동은 서양식으로 트였다고 생각하였다.

정임은 드디어 유쾌한 빛을 보였다. 다만 그의 붉은빛 띤 눈과 마른 입술이 그의 몸에 열이 있음을 보였다. 나는 그의 손끝과 발끝이 싸늘하게 얼었을 것을 상상하였다.

마침 이 날은 날이 온화하였다. 엷은 햇빛도 오늘은 두터워진 듯하였다.

작 품 이 해

저자 소개

이광수 : 호는 춘원(春園)으로, 평북 정주에서 태어났다. 일찍이 11세에 부모를 잃고 고아로 자랐으며, 14세 때 일본으로 건너가 메이지학원 중학부에서 수학했다. 당시 톨스토이에 심취하여 큰 영향을 받았으며, 19세 때 오산학교 교사를 역임하였다.

그 후 중국·시베리아 등지를 전전하다 일본 와세다대학 철학과에 입학하였다. 1919년 동경 유학 시절에 '조선청년 독립단 선언서(2·8 독립 선언서)'를 기초하고 상해 임정에 가담하였으며, 수양동우회를 이끌고 문필보국으로 헌신하였다.

1917년 한국 최초의 근대 소설이자 출세작이기도 한 장편《무정》을 발표하였다. 문필 활동 34년 동안에《개척자》·《재생》·《마의 태자》·《단종애사》·《군상》·《흙》·《이순신》·《그 여자의 일생》·《이차돈의 사(死)》·《그의 자서전》·《사랑》·《원효대사》등 60여 편의 소설과 수필·시가·논문·평론 등을 발표하였다.

근대 문학의 개척자로서 한국 문단에 큰 업적을 남겼으며, 1950년 6·25 전쟁중 납북되어 아직까지 생사불명이다.

작품 감상　1933년 10월부터 12월까지 《조선일보》에 77회에 걸쳐 발표되었던 장편소설 《유정》은 세상 사람들이 부녀간으로 보는 최석과 남정임의 사랑을 절대 유일한 정신지상주의 애정으로 승화시켜 화제가 된 작품이다.

춘원의 그 이전 작품들이 주로 인도주의적인 계몽사상과 민족성의 개조를 주장하는 경향이 짙은 반면, 《유정》에서는 그런 경향은 사라지고 종교적인 구도 정신이 철저하게 고조되어 있다. 그리고 그러한 정신적인 전환이 《유정》에서는 문학적인 형식으로 뚜렷하게 구현되었다.

이 작품은 일인칭 서술로 되어 있고, 편지·일기 등이 삽입된 고백적 소설이며, 여행의 주제를 아울러 사용하고 있다. 주제와 형식이 잘 조화되어 있는 소설로 평가되기도 하는 이 작품은, 애정 문제를 소재로 한 연애 소설로, 여기서도 절대적 애정 내지는 이상적 사랑을 추구하는 작자의 연애관을 엿볼 수 있다.

문제 제기　(1) 《유정》은 형식면에 있어서나 내용면에 있어서 춘원의 소설 중 획기적인 작품이라고 평가된다. 종래의 작품들과 비교해 볼 때 그 경향이 어떻게 다른지 살펴보시오.

◑ 길라잡이

작자는 이 작품 속에서, '지위·명성·습관·시대사조 등등으로 일생에 눌리고 눌렸던 내 자아의 일부분이 혁명을 일으킨 것이오.'

하고 말한 일이 있다. 춘원의 초기 작품은 강한 민족의식을 보이고 있으나 중기에서는 '민족성의 개조, 향상'으로 기울게 된다. 이러한 경향은《유정》에 이르러, 종교적 측면이 중시되어 민족보다는 인류 전체의 '영의 구원'으로 흐르게 된다. 따라서, 이러한 춘원의 정신적 전환이 문학의 형식에까지 구현되고 있다.《유정》은 신문에 연재한 소설이었음에도 불구하고 서한체 형식을 띠고 있는데, 처음에는 서한체로 써 내려 가다가, 중간에 가서는 일기체 · 설화체가 되더니, 나중에 가서는 '최석'이라는 주인공은 쑥 빠지고 수신자인 '형'이 서술하는 형태로 바뀌어 버린다. 즉, 춘원은《유정》에서 종래의 문학적인 형식에 조금도 구애됨이 없이 자신이 그려 보고자 하는 내용을 자유 분방하게 써 내려 갔다고 할 수 있다.

그리고 내용면에 있어서도 주인공 최석과 그의 부인, 여주인공 정임과 딸 순임 사이에서 벌어지는 갈등과 고뇌를 그렸는데, 종전과는 달리 민족 문제를 떠나 순전히 인류 전체의 입장에서 작품을 이끌어나가고 있음을 알 수 있다.

(2)《유정》에 드러난 사랑을 통해 이광수의 애정관에 대해 설명해 보시오.

○ 길라잡이

선생님이며, 동시에 아버지 대신 자기를 길러준 최석에 대한 남정임의 정신적인 애정을 그린《유정》은 도덕적인 애정관을 넘어선 정신지상주의 애정관을 제시해 보이고 있다.

최석과 남정임은 세상이 비웃는 떠들썩한 사이였으나, '나'는 러시아에서 온 최석의 편지를 읽고 소문이 사실과 다름을 알게 된다. 정임은 친구의 딸로, 친구가 옥사할 때 최석은 정임의 보호를 위탁받았다. 정임은 아버지와 같은 애정에서 차차 이성에 대한 애정을 포함한 절대 유일한 애정을 석에게 품고, 석도 그 애정에 감동하지만 끝내 무서운 의지로써 딸로서의 한계를 타이른다. 그러나, 아내의 오해와 질투로 인해 석은 여학교 교장 자리를 물러날 수밖에 없고, 멀리 시베리아에서 방랑을 하게 된다. 동경에서 폐결핵을 앓고 있던 정임이 석을 찾으러 갔으나 그는 이미 숨이 멎은 뒤였고, 그녀는 거기에 혼자 남는다.

'나'는 그녀마저 죽는다면, 다시 시베리아로 가서 '두 별의 무덤'이라는 비를 세워 주리라 생각한다. 여기에서 알 수 있듯이 《유정》은 이광수의 이상주의적 애정관이 처음으로 체계화되어 나타난 작품이라 할 수 있다.

영랑 시선

김영랑(金永郎)

(1903~1950)

김영랑은
정서를 한껏 순화하여
맑고 고요한 호수의 마음과도
같은 시의 경지 위에 섬세한 가락을
접목시켜 한국시 문학사에서 김소월과 함께
서정시의 극치를 이룩하고 있다. 《영랑 시선》은
이러한 김영랑의 주옥 같은 시를 모아 놓은
작품집으로, 우리는 이 시선집을 통해
그의 아름다운 시 세계를
엿볼 수 있다.

1930년 《시문학》이 창간된 시기부터 우리 시문학사에 모습을 드러낸 김영랑의 시는 대중적인 공감을 얻을 만한 몇 가지 요소를 지니고 있다.

첫째, 김영랑은 서구 문학의 영향을 받았으면서도 전통적인 시형을 현대시 속에 끌어들여, 전통적인 것을 현대 서구적인 것과의 접목에 성공하고 있다.

그 예로 〈돌담에 속삭이는 햇발같이〉에서는 3·4조의 전통적인 운율이 적용되고 있다. 겉모양으로 보아 구김새없이 짜여진 시어들 하나하나가 나타내고 있는 이미지의 선명도는 물론, 그 율격조차도 곱게 다듬어진 이 작품은 서구적인 현대시의 흐름을 완강히 외면하고 우리 고유의 시형을 그대로 고집하고 있다. 이처럼 오랜 전통적 시형을 계승하면서 독자의 사랑을 받아온 영랑의 시는 〈모란이 피기까지는〉, 〈가늘한 내음〉, 〈5월〉, 〈내 마음을 아실 이〉 등 좀더 현대 자유시의 형태도 의식하면서 전통시의 자칫 진부해지기 쉬운 요소를 극복하여 서구의 것을 발전적으로 수용, 전통시를 계승해 가고 있다.

둘째, 한국의 전통적인 서정시의 맥을 이어왔다는 것이다. 물론 이런 점에서는 김소월이 더욱 전형적인 성격을 드러내고 있지만, 영랑의 시는 보다 더 개성화된 소재의 특수성을 통해서 그 같은 정서를 표출하고 있는 것이 다르다. 즉 소월이 우리 민족의 가장 보편적이고 전통적인 정서로서의 한, 그리움 등을 '님'이나 '고향' 등의 소재를 통해 나타내고 있는 데 비하여, 영랑은 그 같은 시어에서 좀더 많이 벗어나 '하늘'·'돌담'·'모란' 등 자기나름의 소재 선택을 하고 있다.

특히 항상 이별과 그리움을 말하고 그것을 주로 자연 소재를 통해서 드러내고 있는데, 이런 뜻에서 그의 문학은 전통적인 서정시의 맥락에서 평가된다. 그러면서도 그 같은 서정성은 영랑 나름의 특성을 지니고 있다. 이 같은 서정성을 〈모란이 피기까지는〉에서 살펴보자.

모란 속에서 자신의 삶의 보람을 느낀 영랑은 이 시에다가 '기다리는 정서'와 '잃어버린 설움'을 통합시키고 있다. 모란은 그의 정신적 의지처로서, 이상의 실현과 더불어 보다 강렬한 집념의 표상이다. 영랑이 참고 기다리고 또 우는 것도 모란이 피고 지는 까닭이다. '삼백 예순날'은 모란이 피는 날과 그것이 피기를 기다리는 시간의 연속으로, 그 감정의 밑바닥에는 상실감과 허전함이 깔려 흐르고 있다. 특히 모란이 진다는 것은 누구에게나 쉽게 슬픔을 감염시키고 시적 상상의 공감대를 형성시키고 있다.

영랑의 시는 이 밖에 시형과 발상법이 다르게 나타난 것도 많다. 해방 후 1950년에 작고하기까지는 색다른 그의 시 세계를

엿볼 수 있다. 일제 말기에 반항의식을 나타낸 〈독(毒)을 차고〉
도 주목해야 할 것이지만, 〈북〉에 나타나는 인생론적 한의 설화
성은 특히 무르익은 시의 경지로서 일품이다. 그리고 호남 지방
의 토착적인 언어를 시 속에서 탄력적으로 구사하여 언어 예술
로서의 시의 참맛을 살려나가고 있다.

김영랑은 우리 말을 아름답게 다듬어 낭만적인 서정시를 써냈으며 더불어 우리 고유의 전통적인 시형을 현대시로 승화시켰다. 김영랑의 우리말을 바탕으로 한 시어들을 하나하나 음미해 가며 다음 작품들을 감상해 보자.

모란이 피기까지는

모란이 피기까지는
나는 아직 나의 봄을 기다리고 있을 테요
모란이 뚝뚝 떨어져 버린 날
나는 비로소 봄을 여읜 설움에 잠길 테요
오월 어느 날, 그 하루 무덥던 날
떨어져 누운 꽃잎마저 시들어 버리고는
천지에 모란은 자취도 없어지고
뻗쳐 오르던 내 보람 서운케 무너졌느니
모란이 지고 말면 그뿐, 내 한 해는 다 가고 말아
삼백 예순 날 하냥 섭섭해 우옵내다
모란이 피기까지는
나는 아직 기다리고 있을 테요, 찬란한 슬픔의 봄을

돌담에 속삭이는 햇발

돌담에 속삭이는 햇발같이
풀 아래 웃음짓는 샘물같이
내 마음 고요히 고운 봄길 위에
오늘 하루 하늘을 우러르고 싶다

새악시 볼에 떠오는 부끄럼같이
시의 가슴 살포시 젖는 물결같이
보드레한 에메랄드 얇게 흐르는
실비단 하늘을 바라보고 싶다

뉘 눈결에 쏘이었소

뉘 눈결에 쏘이었소
왼통 수줍어진 저 하늘빛
담안에 복숭아꽃이 붉고
밖에 봄은 벌써 재앙스럽소

꾀꼬리 단둘이 단둘이로다
빈 골짝도 부끄러워
혼란스런 노래로 흰 구름 피어올리나
그 속에 든 꿈이 더 재앙스럽소

함박 눈

'바람이 부는 대로 찾아가오리'
홀린 듯 기약하신 님이시기로
행여나! 행여나! 귀를 종금이
어리석다 하심은 너무로구려

문풍지 설움에 몸이 저리어
내리는 함박눈 가슴 헤어져
헛보람! 헛보람! 몰랐으료만
날더러 어리석단 너무로구려

오 — 매 단풍 들것네

'오 — 매 단풍 들것네'
장광에 골붉은 감잎 날아와
누이는 놀란 듯이 치어다보며
'오 — 매 단풍 들것네'

추석이 내일 모레 기둘리리
바람이 잦이어서 걱정이리
누이의 마음아 나를 보아라
'오 — 매 단풍 들것네'

독(毒)을 차고

내 가슴에 독을 찬 지 오래로다
아직 아무도 해한 일 없는 새로 뽑은 독
벗은 그 무서운 독 그만 흩어버리라 한다
나는 그 독이 선뜻 벗도 해할지 모른다고 위협하고

독 안 차고 살아도 머지 않아 너 나 마주 가버리면
억만 세대가 그 뒤로 잠자코 흘러가고
나중에 땅덩이 모지라져 모래알이 될 것임을
'허무한듸!' 독은 차서 무얼 하느냐고?

아! 내 세상에 태어났음을 원망 않고 보낸
어느 하루가 있었던가 '허무한 듸!' 허나

앞뒤로 덤비는 이리 승냥이 바야흐로 내 마음을 노리매
내 산 채 짐승의 밥이 되어 찢기우고 할퀴우라 내맡긴 신세임을

나는 독을 차고 선선히 가리라
막음 날 내 외로운 혼 건지기 위하여

한 줌 흙

본시 평탄했을 마음 아니로다
굳이 톱질하여 산산 찢어 놓았다

풍경이 눈을 흘리지 못하고
사랑이 생각을 흐리지 못한다

지쳐 원망도 않고 산다

대체 내 노래는 어데로 갔느냐
가장 거룩한 것 이 눈물만

아신 마음 끝내 못 빼앗고
주린 마음 그득 못 배불리고

어차피 몸도 괴로워졌다
바삐 관에 못을 다져라

아모려나 한 줌 흙이 되는구나

내 마음을 아실 이

내 마음을 아실 이
내 혼자 마음 날같이 아실 이
그래도 어데나 계실 것이면

내 마음에 때때로 어리우는 티끌과
속임 없는 눈물의 간곡한 방울방울
푸른 밤 고이 맺는 이슬 같은 보람을
보밴 듯 감추었다 내어드리지

아! 그립다
내 혼자 마음 날같이 아실 이
꿈에나 아득히 보이는가

향 맑은 옥돌에 불이 달아
사랑은 타기도 하오련만
불빛에 연긴 듯 희미론 마음은
사랑도 모르리 내 혼자 마음은

가늘한 내음

내 가슴속에 가늘한 내음
애끈히 떠도는 내음
저녁해 고요히 지는 제
먼 산 허리에 슬리는 보랏빛

오! 그 수심 띤 보랏빛
내가 잃은 마음의 그림자
한이틀 정열에 뚝뚝 떨어진 모란의
깃든 향취가 이 가슴 놓고 갔을 줄이야

얼결에 여읜 봄 흐르는 마음
헛되이 찾으려 허덕이는 날
뻘 위에 철 — 석 갯물이 놓이듯
얼컥 이 — 는 후끈한 내음

아! 후끈한 내음 내키다 마는
서언한 가슴에 그늘이 도나니
수심 뜨고 애끈하고 고요하기
산허리에 슬리는 저녁 보랏빛

언덕에 바로 누워

언덕에 바로 누워
아슬한 푸른 하늘 뜻없이 바라다가
나는 잊었습네 눈물 도는 노래를
그 하늘 아슬하야 너무도 아슬하야

이 몸이 서러운 줄 언덕이야 아시런만
마음의 가는 웃음 한 때라도 없더라냐
아슬한 하늘 아래 귀여운 맘 질기운 맘
내 눈은 감기었네 감기었네

5월

들길은 마을에 들자 붉어지고
마을 골목은 들로 내려서자 푸르러졌다
바람은 넘실 천 이랑 만 이랑
이랑 이랑 햇빛이 갈라지고
보리도 허리통이 부끄럽게 드러났다
꾀꼬리는 여태 혼자 날아볼 줄 모르나니
암컷이라 쫓길 뿐
수놈이라 쫓을 뿐
황금 빛난 길이 어지럴 뿐

얇은 단장하고 아양 가득 차 있는
산봉우리야 오늘밤 어디로 가버리련?

땅 거 미

가을날 땅거미 아렴풋한 흐름 위를
고요히 실리우다 훤뜻 스러지는 것

잊은 봄 보랏빛의 낡은 내음이요
임의 사라진 천 리 밖의 산울림
오랜 세월 시닦인 으스름한 파스텔

애달픈 듯한
좀 서러운 듯한

오! 모두 다 못 돌아오는
먼 지난 날의 놓친 마음

묘 비 명

생전에 이다지 외로운 사람
어이해 뫼 아래 뉘돌 세우오

초조론 길손의 한숨이라도
헤어진 고총에 자주 떠오리
날마다 외롭다 가고 말 사람
그래도 뫼 아래 빗돌 세우리
'외롭건 내 곁에 쉬시다 가라'
한되는 한 마디 새기실는가

북

자네 소리하게 내 북을 잡지

진양조 중머리 중중머리
엇머리 잦아지다 휘몰아 보아

이렇게 숨결이 꼭 맞아서만 이룬 일이란
인생에 흔치 않아 어려운 일 시원한 일

소리를 떠나서야 북은 오직 가죽일 뿐
헛 때리면 만갑이도 숨을 고쳐 쉴밖에

장단을 친다는 말이 모자라오
연창(演唱)을 살리는 반주쯤은 지나고
북은 오히려 콘덕터요

떠받는 명고(名鼓)인듸 잔가락을 온통 잊으오
떡 궁 ─ 동중정(動中靜) 이오 소란 속에 고요 있어
인생이 가을같이 익어 가오

자네 소리하게 내 북을 치지

작 품 이 해

저자소개 김영랑 : 시인으로 전라남도 강진에서 출생했다. 영랑은 아호인데 《시문학》에 작품을 발표하면서 사용하기 시작하였다. 1917년 휘문의숙에 입학하여 홍사용(洪思容)·박종화(朴鍾和)·정지용(鄭芝溶)·이태준(李泰俊)을 만나 문학적 안목을 키우게 되었다.

1920년 일본으로 건너가 아오야마학원 중학부를 거쳐 영문과에 진학하였는데, 이 무렵 독립투사 박렬(朴烈)·박용철(朴龍喆)과도 친교를 맺게 되었다. 광복 후 강진에서 우익 운동을 주도하였고, 강진대한청년회단장을 지냈으며 1949년에는 공보처 출판국장을 지냈다.

시작(詩作) 활동은 1930년 박용철·정지용 등과 더불어 《시문학》 동인으로 참가, 시 〈동백잎에 빛나는 마음〉·〈언덕에 바로 누워〉 등 6편과 〈4행소곡 7수〉를 발표하면서 시작되었다.

그의 초기 시는 섬세하고 순수한 한국적 정서를 세련된 감각과 율동적인 언어로 읊고 있어서, 시문학 동인인 정지용 시의 감각적 기교와 더불어 한국 순수시의 새로운 경지를 개척하였다. 그러나 1940년을 전후하여 발표된 〈거문고〉·〈망각〉·〈묘비명〉 등은 민족 항일기의 강박관념에서 나온 회의와 죽음의식이 드러나 있고, 광복 후 그의 시의 주제는 새나라 건설의 대열에 참여하려는 의욕으로 충만해 있다.

주요 저서로는 《영랑 시집》·《영랑 시선》·《모란이 피기까지는》 등이 있다. 광주 공원과 강진에 시비가 세워져 있다.

작품
감상
영랑 김윤식은 1930년 3월에 창간된 《시문학》 동인의 한 사람으로 시단에 처음 등장하였다. 그는 당시 세속의 명예를 탐하기보다는 은둔하여 대숲과 바다를 벗삼아 곱게 피는 모란을 어루만지며 시심(詩心)을 가꿀 수밖에 없는 시대적 상황에 처해 있었다.

모란이 피기까지 줄기차게 기다리던 '봄'의 상징적 의미가 그 무엇이었든지간에 영랑은 다분히 혁명가적 기질의 일면을 지니고 있었다. 17세의 어린 나이로 맞이한 기미독립운동의 대열에 흔쾌히 참가했다가 옥고를 치른 일하며, 일본 유학 당시 혁명가인 박렬과 함께 나라 잃은 국민의 비애를 나누던 일, 그리고 일제 말기의 억압 속에서도 끝내 창씨 개명을 거부하고 신사 참배를 한 번도 하지 않았던 곧은 의절은 그 시대 누구나 할 수 있었던 쉬운 일은 아니었다.

그러나 영랑은 이러한 전력과 지사적 기질을 가졌음에도 시 세계에 있어 전대의 시인이나 작가와 같이 사회나 현실을 직접적으로 표방하고 나서지는 않았다. 그는 맑고 아름다운 가락으로 나라를 빼앗긴 한을 정화하여 인간 각자의 속에 깃든 비애와 절정을 그 자체의 순수한 정감으로 나타낸 것이다.

그의 시 세계는 전기와 후기로 크게 구분된다. 초기시는 1935년 박용철에 의하여 발간된 《영랑 시집》 초판의 수록시편들이 해당되는데, 여기서는 '슬픔'이나 '눈물'의 용어가 수없이 반복되면서 그 비애의식은 영탄이나 감상에 기울지 않고, '마음'의 내부로 향해져 정감의 극치를 이루고 있다. 요컨대, 그의 초기시는 같은 시문학 동인인 정지용 시의 감각적 기교와 더불어 당시 한국 순수시의 극치를 보여주고 있다.

그러나 1940년을 전후하여 민족항일기 말기에 발표된 〈거문고〉·〈독(毒)을 차고〉·〈망각(忘却)〉·〈묘비명(墓碑銘)〉 등 일련의 후기시에서는 그 형태적인 변모와 함께 인생에 대한 깊은 회의와 '죽음' 의식이 나타나 있다.

광복 이후에 발표된 〈바다로 가자〉·〈천리를 올라온다〉 등에서는 적극적인 사회 참여 의욕을 보여주고 있는데, 민족 항일기에서의 제한된 공간의식과 강박관념에서 나온 자학적 충동인 회의와 죽음 의식을 떨쳐버리고, 새나라 건설의 대열에 참여하려는 의욕으로 충만된 것이 광복 후의 시편들에 나타난 주제의식이다.

문제 제기

(1) 〈모란이 피기까지는〉을 통해 김영랑이 기다리고 또 보내기를 꺼려하는 '봄'의 상징적인 의미는 무엇인지 생각해 보시오.

◐ 길라잡이

모란이 피는 '오월'이 가면 또다시 그 모란이 피기를 기다리는 '봄'은 영랑이 살던 시대 배경이나 사회 환경으로 보아, 식민지 치하 지식인들이 가졌던 좌절감에서 벗어나 그들의 보람과 이상이 꽃 피어나기를 기다리는 날인 것이다. 그렇다고 이 시에서 영랑이 기다리는 '봄'의 의미를 이것만으로 한정할 수는 없다. 스스로의 생명에서 더욱 큰 이상과 가치의 세계로까지 확대되는 보람과 최고 목적이 여기에 포용되어지고 있는 것이다.

(2) 영랑의 시에서는 '슬픔'이나 '눈물'의 용어가 많이 반복되고 있다. 김영랑은 이 시어들을 어떻게 특징있게 사용하였는지에 대해 생각해 보시오.

◐ 길라잡이

영랑의 시에서 '슬픔'이나 '눈물'이 나타내는 비애의식은 그보다 앞선 시인들처럼 영탄이나 감상에 그치지 않고, 마음의 내부로 향해 있을 뿐만 아니라 면면한 정한의 율조로 극복되고 있다.

또한 영랑 시의 '눈물'은 외부로 흐르는 영탄의 '눈물'이 아니라, 하나의 소재로서 소화되고 있다. 더불어 이 눈물은 감성의 차원에 머물러 흐르는 것이 아니고 그 뒤에 지성의 뒷받침이 작용하고 있다. 영랑의 초기 시어로 '슬픔', '서러운', '눈물' 등과 같은 용어의 빈도수와 이들 용어가 나타내고 있는 비애의식은 섬세한 율조에 의해서 순화되고, 눈물조차도 겉으로 나타나지 않은 채 마음속으로 여울지고 있는 것이다. 이런 그의 특징은 아래의 시를 비롯한 여러 편의 시에서 나타난다.

좁은 길가에 무덤이 하나
이슬에 젖으며 밤을 샌다
나는 사라져 저별이 되오리
뫼 아래 누워서 희미한 별을

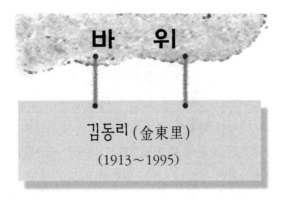

바 위

김동리 (金東里)
(1913~1995)

문학은
역사와 전통의 토양 속에
피어나는 꽃이다. 김동리는 그런
점에서 가장 한국적이고 보편적인 서민들의
삶과 이야기를 문학적으로 형상화한 작가라 할 수
있다. 〈바위〉는 토속적 소재를 운명론적 인생관으로
다룬 짧은 단편으로, 한 지방의 구수한 삶의 양식과
더불어 그 속에서 웃고 울면서 살다 죽어간
식민지하 우리 민족의 진솔한 삶의
역경이 생생히 그려져 있다.

거지들과 같이 살아가는 문둥병자인 '아주머이'는 기차 다리 옆에 있는 바위 때문에 그곳을 떠나지 못한다. 그 바위는 영험한 바위로서 정성껏 돌로 갈다가 그 돌이 바위에 붙으면 소원이 이루어진다고 하여, '복바위', '원바위', 또는 호랑이처럼 생겼다 하여 '범바위'라고도 불린다.

아주머이에게는 성실하게 살던 노총각 아들 술이가 있었다. 그러나 그녀가 몹쓸 병에 걸려 술이가 모아 놓은 돈을 모두 치료비로 날리자, 술이는 나머지 돈을 노름과 술로 탕진한 후 집을 나가 버린다. 더불어 착하던 남편마저 구박하고, 급기야 '아주머이'에게 비상 넣은 떡을 주고 죽기를 바라자, 집을 나와 토막 하나를 지어 놓고 '복바위'를 갈며 살아간다.

그 영험이었는지 아주머이는 술이를 한 번 만나게 된다. 하지만 술이가 다시 찾아오겠다고 한 말을 믿고 기다리며 바위를 갈다가 동네 사람들에게 들켜 죽도록 매를 맞는다. 그 뒤로는 바위를 갈지도 못하고, 그래서 바위를 그리워하며 아쉽고 원망스럽게 생각한다. 시장에서 음식을 얻어 오던 날, 아주머이가 시장에서 들은 이야기(아마도 술이가 죄를 지어 여섯 달이나 감옥에 있어야 한다는)를 얼핏 듣고 확인하지 못했음을 후회하며 토막에 돌아오니, 토막은 이미 불길에 쌓이고, 결국 아주머이는 복바위를 끌어안고 죽는다.

이 작품은 경상도 어느 지방을 무대로 문둥이 여인과 복바위에 얽힌 이야기를 소재로 하고 있다. 당시 우리 민족이 처해 있던 상황과 샤머니즘적인 믿음에 집착하는 주인공의 인간적 측면을 음미하면서 글을 읽어 보자.

북쪽 하늘에서 기러기가 울고 온다. 가을이 온다. 밤이 되어도 반딧불이 날지 않고 은하수가 점점 하늘 한복판으로 흘러내린다. 아무데서나 쓰러지는 대로 하룻밤을 세울 수 있던 집 없는 사람들에게는 기러기 소리가 반갑지 않다.

읍내에서 가까운 기차 다리 밑에는 한떼의 병신과 거지와 문둥이들이 모여 있다. 거적으로 발을 싸고 누운 자, 몸을 모래에 묻고 누운 자, 혹은 포대로 어깨를 두르고 앉은 자, 그들은 모두 가을 오는 것이 근심스럽다.

"아, 인제 밤으론 꽤 싸늘해."

늙은 다리 병신 하나가 이렇게 말하자,

"싸늘이라니, 사지가 마구 옹굴러 드는구만."

하고 곁에 있던 곰배팔이가 이렇게 받았다.

한쪽에서는 장타령을 가르치느라고 법석이다.

"요놈의 각설이 요래도 정승 판사 자제로 팔도 감사 마다고 동전 한 푼에 팔려서……."

이까지 할 즈음에 '선생'은 또 손을 들어 그것을 중지시키고 나서 훈시를 주었다.

"몸짓이 젤이야. 엉덩이 뽑는 거며 고개질 허는 거며 빼딱허게 서서 침을 뽑는 거며 모두 장단이 맞아야 돼."

훈시가 끝나자 두 거지 아이는 이내 소리를 지른다.

"네 선생이 누구냐, 나보다도 잘헌다. 시전 서전을 읽었나, 유식허게도 잘헌다. 논어 맹자를 읽었나, 대문대문 잘헌다."

이번에는 고개질이며 손짓이며 엉덩이 놀림새며 모두가 잘 되었다. 일동은 만족한 듯이 '아아' 하고 웃었다.

문둥이 떼가 모인 아랫머리에서는 기차가 지나가자 곧 새로운 화제가 생긴다.

"아주머이, 아들 소문 자주 듣는교?"

"……"

'아주머이'는 고개만 내두른다. 그녀는 같은 무리 중에서도 제일 신참자이다.

한참 동안 침묵, 검은 우울만이 그들을 싸고 있다.

"참, 인제 왜놈들이 풍병든 사람들을 다 죽일 게라더군."

"설마 죄 없는 사람들을 죽일라구."

마을에서 온 '아주머이'가 대꾸하였다.

"아아, 인제 날씨가 차워서."

곁에 있는 젊은 자가 또 이렇게 중얼거리자 '아주머이'는 불현듯 아들 생각이 난다. 작년까지는 그에게도 아들과 영감이 있었던 것이다.

아들은 술이(述伊)란 이름이었다. 그는 나이 삼십이 가깝도록 그

때까지 아직 장가를 들지는 못했으나, 그에게는 일백 몇십 원이란 돈이 저축되어 있어서 같은 동무들 중에서는 그를 부러워들 했다 한다. 그는 항상 이백 원이 귀가 차면 장가를 들고 살림을 차리리라 했다고 한다. 하여, 먹고 싶은 술도 늘 참고, 겨울에 버선도 대개 벗고 지냈으며, 그 흉악한 병마의 손이 그의 어미에게 뻗치지 않았던들 그래도 처자나 거느리고 얌전한 사람의 일생을 보냈을 것이라 한다.

술이는 그의 저축에서 어미의 약값으로 쓰다 남은 이십여 원을 하룻밤에 술과 도박으로 없애버리고, 그날부터 곧 환장한 사람이 되어 버렸다. 두 눈에 핏대를 세워 거리에 돌아다니며 마을 사람들에게 공연히 욕하고, 싸우고, 그의 어미의 토막에다 곧잘 불을 놓으려 들고 하다가, 금년 이른 봄 나뭇가지에 움이 틀 무렵, 표연히 어디로 떠나 버린 것이라 한다.

아들을 잃은 영감은 날로 더 거칠어져 갔다. 밤마다 술에 취해 와서는 아내를 때렸다. 때로는 여러 날씩 아내의 밥을 얻다 줄 것도 잊어버리고 노상 죽어 버리라고만 졸랐다.

"그만 자빠지라문."

"……."

"나도 근력이 이만할 때라사 꽝꽝 묻어나 주지."

아내는 이 말을 들을 때마다 몹시 울었다. 몇 달 전까지만 해도 그는 아내와 함께 남의 집 행랑살이에서 쫓겨나와 마을 뒤에 조그만 토막을 지어 아내를 있게 하고, 자기는 집집마다 돌아다니며 날품도 들고 술집 심부름도 하여, 얻어 온 밥과 술과 고기 부스러기 같은 것을 그녀에게 권하며,

"먹기나 낫게 먹어라."

하고 측은한 듯이 혀를 차곤 하던 그가 아니던가.

금년 이른 여름 보리가 무륵히 팰 때다. 먼 마을에서는 늑대가 아이를 업어 갔다는 둥, 어느 보리밭에는 문둥이가 있다는 둥 흉흉한 소문이 마을에 퍼질 무렵이었다. 영감은 술에 취해서 아내의 토막을 찾아왔다. 그의 품속에는 비상 섞인 찰떡 한 뭉치가 신문지에 싸여 들어 있었다. 그것은 저녁때였다. 아내는 거적문을 열어 놓고, 모지라진 숟가락으로 사발에 말라 붙은 된장 찌개를 긁고 있었다. 영감을 보자, 손을 들어 낯에 엉기는 파리 떼를 날리며 우는 상으로 비죽이 웃어 보였다.

"허엄."

영감은 당황히 품속에 든 떡뭉치를 만졌다. 토막 안에 들어가서도 영감은 술기운에 알쑥해진 눈으로 한참 동안 덤덤히 그의 아내를 바라보고 있다가 문득 또 한 번 품속을 더듬었다.

처음, 떡을 받아든 아내는 고맙다는 듯이 영감을 쳐다보며 또 한 번 비죽이 웃어 보였다. 그러나, 비상 빛깔을 짐작할 줄 아는 그녀는 떡 속에 섞인 그 거무푸레하고 불그스레한 것을 발견한 다음 순간, 무서운 얼굴로 한참 동안 영감의 낯을 노려보고 있었다.

먼 영에서 뻐꾸기 우는 소리가 들려 왔다.

이윽고 여인은 모든 것을 이해하고 얼굴을 수그렸다. 송장처럼 검고 불긋불긋한 얼굴에 눈물이 흘러내렸다.

영감은 난처한 듯이 외면을 하였다. 그는 침을 뱉으며 자리에서 일어났다.

"이 원수야, 그만 자빠지라문."

그는 무안스러운 듯이 또 한 번 침을 뱉었다.

이튿날 마을 사람들은 다음과 같은 이야기들을 수군거렸다. 아내는 남편이 나와 버린 뒤에도 혼자서 얼마나 더 울고 나서 마침내 그 떡을 먹기는 먹었으되 쉽사리 죽지도 못하고, 할 수 없이 어디로 떠나 버렸다는 것이었다. 그리고 토막 속에는 벌건 떡을 수두룩히 토해 내놓았더라는 것이었다.

여인은 그의 힘으로 갈 수 있는 여러 마을을 헤매었다. 그것은 저 잣거리보다 구걸이 쉬움이 아니라, 행여 그리운 아들을 볼까 함이라 하였다. 노숙과 구걸로 여름 한철이 헛되이 갔다. 설마 가을 안에야 아들을 만나겠지 한 것이 사뭇 헛턱이었다. 이즈음엔 영감도 그립다.

"나도 이만할 때라사 꽝꽝 묻어나 주지."

하고 못견디게 죽음을 권하던 영감이 본다면 그래도 겨우살이 토막 하나는 곧잘 지어 줄 것 같았다.

어느 날 그녀는 하다못해 자기 손으로, 기차 다리 가까이 있는 밭 언덕 안에 조그만 토막 하나를 지었다. 토막이래야 모래흙에다 나무 막대 서너 개 치고, 게다가 거적을 두른 것쯤이니 고작 서리나 피할 정도였다. 하나, 이것만으로도 그녀에게는 여러 날 씨름이었다. 입으로 코로 눈으로 구멍마다 모래가 박혔다. 살은 터질 대로 터지고 뼈속은 저리고 쑤셨다.

이틀을 정신없이 누워 앓았다.

사흘째는 밭 임자가 왔다. 그는 무어라고 한참 동안 욕질을 하고 나더니,

"오늘이라도 곧 뜯어내지 않으면 불을 놔 버릴 게다!"
하고 큰 소리로 외치고는 돌아갔다. 그러나 또다시 지을 힘도 없을
뿐더러, 그 근처에는 달리 적당한 자리도 없었으므로, 그녀는, 비록
불에 살리는 한이 있더라도 그것을 뜯어낼 수는 없었다. 기어이 이
기차 다리 부근에서 떠나가기가 싫었던 것이다. 그것은 기차 다리
에서 장터로 들어가는 마을 어귀에 커다란 바위 하나가 있었기 때
문이었다. 복을 주는 바위라 하여 '복바위'라고도 하고, 소원 성취
를 시켜 준다고 하여 '원바위'라고도 하고, 범이 누운 것 같다고 하
여 '범바위'라고도 부르며, 이 바위의 이름은 이 밖에도 여럿이 있
었다. 복을 빌러 오는 여인네는 사철 끊이지 않았다. 주먹만한 돌멩
이를 쥐고 온종일 바위 위에 올라앉아 바위 등을 갈다가는 손의 돌
이 바위에 붙으면 소원이 성취되는 것이라 하였다. 어떤 여자들은
연 사흘씩 밥을 싸고 와서 '복바위'를 갈기도 하였다.

　이 바위를 아끼고 중히 여기는 것은 복을 빌러 오는 여자들만이
아니었다. 동네 아이들은 와서 말놀이를 하고, 노인들은 와서 여기
다 허리를 기대어 들구경을 하고, 마을 사람들은 누구나 다 이 바위
를 대단하게 여기는 것이었다.

　술이 어머니도 어쩐지 이 바위가 좋았다. 자기도 저 바위를 갈기
만 하면 그리운 아들의 얼굴을 만나 볼 수 있으리라 여겨졌다. 그녀
는 몇 번인가 마을 사람들의 눈을 피해 가며 술이의 이름을 부르며
복바위를 갈았던 것이다.

　그녀가 '복바위'를 갈기 시작한 지 한 보름 지난 뒤, 우연인지 혹
은 '복바위'의 영검이었는지, 그녀가 주야로 그렇게 그리워하던 아
들을 만나 보게 되었다. 사방에서 장꾼이 모여드는 아침 장터에서

그녀가 바가지를 들고 음식전으로 들어가려 할 때 문득 소매를 잡는 사람이 있었다. 순간 그녀는 직감적으로 그가 술이인 것을 깨달았다. 고개를 들었다. 그리하여 아들의 낯을 보았다. 순간 어미의 희고 긴 덧니가 잠깐 보였다.

아들은 어미의 손을 잡고 걸음을 옮겼다. 장터에서 조금 나가면 무너진 옛 성터가 있고 그 옆으로 오래된 지름길이 있었다. 길은 가을풀로 덮이고, 지나다니는 사람의 그림자도 보이지 않았다.

두 사람은 풀로 덮인 길바닥 위에 앉은 채 서로 잡고 불렀다.

"엄마!"

"술아!"

그들의 눈에서는 쉴새없이 눈물이 흘러내렸다.

"엄마, 어디서 어째 지냈노. 어째 살았노…… 엉엉엉 …… 엄마……."

"……."

어미는 긴 덧니를 젖히며 자꾸 울기만 하였다. 피와 살은 썩어 가도 눈물은 역시 옛날과 변함없이 많았다.

"엄마, 날 얼마나 찾았등교, 얼마나……."

술이는 어머니의 무릎에 얼굴을 묻으며 목을 놓고 울었다. 길바닥 잡풀 속에 섞여 핀 돌메밀꽃 위에 빨간 고추쨍이 한 마리가 날아와 앉았다. 길 건너 언덕에서는 알록달록한 뱀 한 마리가 돌틈으로 들어가고 있었다.

"내 얼른 돈 벌어 올게. 엄마 나하고 살자…… 내 돈 벌어 올 때까지 부디 죽지 마라."

아들은 어미의 어깨와 팔을 만져 주며 이렇게 당부했다. 그의 붉은 두 눈에서는 하염없는 눈물이 자꾸 솟아 나왔다. 그들은 다시 장터로 들어갔다.

술이는 주머니에서 돈 '석 냥 반'을 털어 어미의 손에 잡혀 주며, '한 사날' 뒤에 다시 찾아오기를 약속하고 떡전에서 헤어졌다. 해는 벌써 설핏하였다. 사람들은 바쁜 듯이 소리를 지르며 오고가고 하였다. 소를 몰고 오는 사람, 나무를 지고 가는 사람, 아이를 등에 업은 채 함지에 무엇인지 담아 이고 섰는 여자, 자전거를 타고 달리는 소년, 인력거 위에 앉아 흔들거리며 가는 '하까마' 짜리, 그들은 혹은 지껄이고, 웃고, 혹은 멱살을 잡고 싸우고, 혹은 무엇을 먹으며 울고…… 벌떼처럼 쑤알거리고 들끓는 속에, 그는 고개를 수그린 채 어정거렸다.

'복바위 지나 기차 다리…….'

그는 혼자서 몇 번이나 입속으로 이렇게 중얼거리며 빈 지게를 등에 걸친 채 장터를 서성거렸다. 그는 오래간만에 읍내 장에 들어와서 아주 그의 아버지 소식도 알고 나갔으면 하는 것이었다. 그러나 아무도 그에게 똑똑한 소식을 전해 주는 사람은 없었다. 중풍으로 반신불수가 되어 거리에 돌아다닌다고도 하고, 천만에 걸려 헐떡이며 읍내 어느 주막에서 심부름을 해 주고 있다고도 하고, 하나도 들어 시원한 소식은 없었다.

술이 어머니는 아들을 한 번 만나 보고 난 뒤부터는 아들 생각이 더 간절해졌다. 그녀는 날마다 장터에 기웃거리며 돌아다니고 있었다. 그러나 아들은 제가 약속한 사날이 지나고 보름이 지나고 한 달이 지나도 나타나지 않았다. 그럴수록 다만 한 가지 믿고 의지할 곳은 저 바위뿐이었다. 저 '복바위'가 저대로 땅 위에 있는 날까지는 언제든 그의 아들을 다시 만날 수 있을 것이며, 그리고 자기의 병도 어쩌면 아주 고칠 수 있을른지도 모른다고 생각하였다.

'그저 비가 오나 눈이 오나 '복바위'만 같아라.'

그녀는 사람들이 다 잠이 든 밤이면 그 아프고 무거운 몸을 끌고 언제나 남몰래 바위를 찾아와 어루만지는 것이었다.

그러나 이번에는 '복바위'의 영검이 먼저와 같이 그렇게 쉽사리 나타나지 않았다. 이것은 아마 그녀가 언제나 캄캄한 어둠 속에서만 갈아서 이 '바위'가 잘 응해 주지 않는 것이라고 생각하였다. 그래 그 이튿날부터는 사람들이 보지 않는 틈을 타서 될 수 있는 대로 낮에 갈기로 하였다. 그러나 이와 같이 낮에 사람의 눈을 피하기란 지극히 어려웠다. 그날도 그녀는 역시 자기의 아들을 만나게 해 달라고 바위를 갈고 있다가 마을 사람의 눈에 띄게 되었다. 어느덧 새끼줄이 몸에 걸리는가 하더니 그녀의 몸은 곧 바위 위에서 떨어졌다. 그리하여 다리 밑까지 새끼줄에 걸린 채 개같이 끌려갔을 때는 온 몸이 터져 피투성이가 되고 의식조차 잃고 있었던 것이다. 나중 간신히 정신을 차려 눈을 떠 보았을 때, 동 소임은 물을 길어다 바위를 씻고 있었다.

그 뒤부터 여인은 언제나 이 바위 곁을 지나칠 적마다 발을 멈추고 한참 동안 그것을 물끄러미 바라보는 것이었다. 곁에 오면 절로 발이 붙는 것도 같았다. 그녀에게 있어서는 바위가 한없이 그립고 아쉽고 그리고 또 원망스럽고 밉살머리스럽기도 하였다. 자기의 모든 행복과 불행이 전부 다 저 바위에 매인 것만 같이 생각되었다. 이날도 진종일 장터에서 헤매다 돌아오는 길이었다. 저녁때였다.

산과 내와 마을이 모두 놀에 싸여 있었다. 그녀는 여느 때와 같이 바가지를 안고 마을 앞을 지나가고 있었다. 바가지에는 밥, 떡, 엿, 홍시, 묵, 대추, 두부, 국수, 콩나물, 조깃대가리, 북어꼬랑이 이런 것들이 한데 섞여 범벅이 되어 있었다. 머리는 깊이 떨어뜨려졌고, 다리는 무겁게 끌리었다. 그녀는 가끔 머리를 돌리고 한참씩 섰다가는 바가지를 한 번씩 들여다보고 나서 다시 발을 옮기곤 하는 것이었다.

"내가 아까 왜 좀 다지고 묻지 못했던고?"

그녀는 몇 번이나 이렇게 중얼거렸다. '아까'라고 하는 것은 묵전에서 묵을 얻고 있을 때 그 곁에서 감을 팔고 있는 늙은이가 어떤 사람과 더불어,

"술이가 아주 나올라 몰았나?"

"여섯 달 받았다는데 하마 나와?"

라는 이야기를 주고받고 하던 것을 귓전으로 얼핏 들은 것 같았기 때문이었다. 그때 자기는 묵을 얻느라고 곁의 사람의 이야기에 귀를 기울이지 않았고, 또 거기서 자기 아들의 이야기를 하고 있으리라고는 꿈에도 생각하지 못했던 것이라, 아주 무심히만 흘려듣고 말았던 것인데, 이제 동네 앞길을 지나 저만큼 '복바위'를 바라보고 내려오노라니까 문득 장에서 들은 그 말이 머리에 떠오르는 것이었다. 분명히 그때 그 늙은이들은 '술이'라고 하던 것같이 지금은 생각되는 것이다.

'아차, 분명히 술이라고 하던거로.'

생각할수록 확실히 술이라고 한 것이었다. '술이'라고 하던 것이 지금도 곧 귀에 들리는 것 같았다. 그녀는 발을 멈추고 서서 도로

장으로 나갈까 하고 망설이다가 또 한 번 바가지를 들여다보고는 그대로 바위를 향해 걸어 내려가고 있었다. 온몸은 욱신거리고 아팠다. 두 다리는 그 자리에 그냥 거꾸러질 것같이 무겁고 머릿속은 열병을 앓듯 어찔어찔하였다.

그녀가 바위 앞까지 왔을 때 해는 이미 떨어진 뒤였다. 먼 들 끝에서 어둠이 날개를 펴기 시작하는 어슬녘이었다. 그녀는 언제나와 마찬가지로 바위 앞까지 와서는 걸음을 멈추고 고개를 들어 그것을 물끄러미 바라보았다. 그러고는 다시 고개를 돌려 토막 있는 곳을 바라보았다. 바로 그때였다. 그녀의 눈에 비친 것은 언제나 그 자리에서 바라보던 그 조그만 토막이 아니라 훨훨 타오르는 불길이었다. 한순간 그녀는 자기의 눈을 의심하고 나서 다시 보아도 역시 불길이었다. 순간 그녀는 화석이 되는 듯했다. 감은 눈에도 찬연한 불길은 역시 훨훨 타오르고 있었다. 감아도 불, 떠도 불, 불, 불, 불…… 그녀는 나무 토막처럼 바위 위에 쓰러졌다.

이미 감각도 없는 두 손으로 바위를 더듬었다. 그리하여 바위를 안은 그녀는 만족한 듯이 자기의 송장같이 검은 얼굴을 비비었다.

바위 위로는 싸늘한 눈물 한 줄기가 흘러내렸다.

이튿날 마을 사람들이 이 바위 곁에 모였다. 그들은 모두 침을 뱉으며 말했다.

"더러운 게 하필 에서 죽었노."

"문둥이가 복바위를 안고 죽었네."

"아까운 바위를……."

바위 위의 여인의 얼굴엔 눈물이 번질번질 말라 있었다.

작품이해

김동리 : 소설가이며 본명은 시종(始鐘)으로, 경상북도 경주 출생이다. 1929년 경신고보를 중퇴하고 귀향하여 문학을 섭렵하였다.

1934년 《조선일보》에 응모한 시 〈백로〉가 입선, 1935년에는 단편 〈화랑의 후예〉가 《중앙일보》에 당선하여 문단에 등단했다. 토속적 소재를 운명론적 인생관으로 다룬 〈무녀도〉·〈바위〉·〈황토기〉, 식민지하의 비참한 현실을 묘사한 〈찔레꽃〉·〈동구〉 등으로 일약 신세대 작가의 기수가 되었고, 〈순수이의〉·〈신세대 문학정신〉 등의 논문을 발표했다.

광복 후 문단의 좌·우 투쟁에 뛰어들어 순수 문학을 옹호하고 청년문학가협회를 조직, 그 회장이 되었다. 이 무렵 〈달〉·〈혈거부족(穴居部族)〉·〈역마〉 등의 단편과 〈순수문학의 진의(眞義)〉·〈조선문학의 지표〉 등의 평론을 발표했다.

6·25전쟁 이후 전쟁에서 취재한 〈귀환장정〉·〈흥남철수〉, 현실적 소재를 다룬 〈실존무〉·〈밀다원시대〉, 신(神)과 인간의 문제를 다룬 장편 《사반의 십자가》 등을 발표하고 1955년 자유문학상, 1958년 예술원상을 받았다.

1953년 이래 서라벌예대(현재의 중앙대 예술대학) 교수로 재직하면서 초기의 운명론적 경향으로 돌아가 〈등신불〉·〈까치소리〉 등을 발표했으며 1967년 3·1문화상 수상, 1970년 한국문인협회 이사장이 되었다. 1973년 중앙대 예대학장, 1981년 예술원회장, 1983년 문협 이사장을 역임하였으며, 예술원 원로회원이 되었다.

그는 평생을 순수 문학과 신인간주의 사상으로 일관해 왔다. 시집에는《바위》·《패랭이꽃》이 있으며, 저서로는《문학개론》·《문학이란 무엇인가》 등이 있다.

작품감상 김동리는 해방 전에는 신비적·허무적 색채가 짙은 작품들을 발표하였으나, 해방 후에는 인간성의 옹호와 생의 근원적 의위를 탐구하는 주제를 곁들여 작품의 사상적 깊이를 더했다. 특히 한국적 토착 정서의 세계에서 점차 인간의 보편적인 문제에로 관심을 확대해 나가, 민족적인 바탕과 범인간적인 문제성의 일치를 추구하였다.

〈바위〉의 주인공 문둥이 여인은 아들을 잃고 남편에게마저 버림받는다. 그리하여 아들을 만나게 해 달라고 열심히 복바위를 갈지만 동네 사람들한테 들켜서 피투성이가 되도록 맞는다. 마침내 그녀가 살던 토막은 불태워지고, 그녀는 싸늘한 복바위를 안고 눈물을 흘리며 죽어간다.

흔히 이 작품을 샤머니즘적 관점에서 쓴 것으로 보기도 하나, 작품의 끝에 나타나는 참담한 결말은 당시 작가의 비관적 세계 인식을 표출한 것이라고 할 수 있다. 즉 〈바위〉는 당시의 우리 민족이 처해 있던 비참한 현실을 대변하고 있는 것으로, 복바위를 안고 죽

어 간 문둥이 여인의 운명은 식민지하에서 신음하던 우리 민족의
운명을 상징적으로 나타내고 있는 것이다.

문제 제기 (1) 이 작품에서는 그 배경이 되는 경상도 지방의 사투리
가 그대로 쓰이고 있는데, 이러한 요소들로 인해 나타나
는 효과는 무엇인지 논해 보시오.

◑ 길라잡이

소설에서는 그 삼대 요소 중 하나인 배경을 빼놓을 수 없다. 배경
이 되는 장소는 그 지방 사람들이 사는 곳이며, 자동적으로 그 지방
사투리를 사용하게끔 되어 있는데, 만약 등장 인물들이 표준어를
쓴다든지 다른 지방의 사투리를 사용하면 어색할 수밖에 없는 것이
다. 더구나 그 지방 사투리는 그 소설의 내용에 어울리는 어감과 용
어가 있을 것이므로, 다른 지방의 언어로 나타내는 것보다는 훨씬
효과적이다.

그러므로 독자들은 소설의 구체적인 배경은 언급되고 있지 않지
만, 사투리로 미루어 경상도 북부의 어느 지방일 것이라는 짐작을
할 수 있으며, 당시 그 지방의 풍습과 사회적 상황을 어느 정도 이
해할 수 있다.

(2) 이 소설에서는 '복바위'라는 샤머니즘의 대상이 등장하는데, 이런 것이 작품의 현대적인 관점에서는 어떠한 의의가 있는지 논해 보시오.

○ 길라잡이

샤머니즘은 우리 민족이 까마득한 옛날부터 믿어 온 하나의 신앙 형태로서, 그 효험이 과학적으로 증명되든 안 되든 간에 열심히 믿어왔다. 그런데 그것이 어떤 면으로는 종교화된 것도 있고 풍습으로 남아 있는 것도 있다.

어느 민족이든지 원시시대에는 원시적인 신앙이 있었으며, 나중에 다른 종교가 나타나서 그것으로 대치되기도 한다. 하지만, 어떤 민족에게는 그런 다른 종교의 힘이 미치지 못한다든지, 그 종교와 결합하여 원시적 신앙이 존속되는 경우도 있기 마련이다.

이 소설에서는 '복바위'를 믿는 주인공을 등장시켜, 우리의 샤머니즘을 상기시킴으로써, 뿌리 깊은 민족 정서를 드러내고 있다는 점에 의의가 있다.

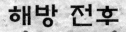

해방 전후

이태준 (李泰俊)

(1904~?)

일제
강점기하의 소시민적
지식인이 광복 후 실천적 지식인으로
변모하는 과정을 그린 이태준의 단편소설
〈해방 전후〉는 1946년 8월 《문학》지에 발표된
그의 자전적 소설이다. 이 작품은 좌익 문단의 모체가
되었던 조선문화중앙건설협의회의 성립 과정과
이태준 및 주동 인물들의 비극적 삶을 통해
드러나는 문학의 사회적 책임을
보여주고 있다.

주인공 현은 일본 경찰에 요시찰 인물로 지목되어 있는 작가로, 사상가·주의자·전과자도 아닌데 파출소 순사로부터 본서 출두 명령을 받는다. 그는 일제의 대동아전기(大東亞戰記) 번역에 사역되고, 그것이 싫어 강원도 산읍으로 이사를 간다. 그곳에서 김 직원 노인을 만나는데, 이 노인은 창씨 개명을 거부하고 갓과 상투를 고수하며 사는, 3·1운동 때 옥살이를 하였던 사람이다.

한편 현은 서울의 문인보국회에서 문인궐기대회에 참석하라는 전보를 받고 부득이 참석하지만, 일본을 찬양하는 분위기 속에서 자신의 연설 순서가 되자 식장을 나가버린다. 그리고 집으로 돌아와 음풍농월로 세월을 보낸다.

8·15 광복을 맞은 현은 좌익문학단체인 조선문화중앙건설협의회 임원으로 활동하면서 많은 갈등을 겪는다. 그런 가운데 김 직원 노인이 찾아와 좌익단체에 몸담은 현을 나무란다. 특히 찬탁을 주장한 좌익을 비판하고 돌아가지만, 현은 다시 프로 예맹과의 합동에 몰두한다. 그러나 사상적 갈등을 느낀 현은 다시 시골로 내려가고, 좌우익의 대립은 점점 심해져만 간다.

    제시된 본문은 작품의 서두로, 소설가인 주인공 현이 일제의 간섭
이 싫어 강원도 산읍으로 이사를 가지만 부득이한 사정으로 문인궐기
대회에 참석했다가 식장을 떠난다는 내용이다. 식민지 지식인의 고뇌
를 중심으로 작품을 감상해 보자.

호출장이란 것이 너무 자극적이어서 시달서
라 이름을 바꾸었다고는 하나, 무슨 이름의 쪽지이든, 그 긴치 않은
심부름이란 듯이 파출소 순사가 거만하게 던지고 간, 본서(本署)에
의 출두 명령은 한결같이 불쾌한 것이었다. 현 자신보다도 먼저 얼
굴빛이 달라지는 아내에게는 의례건으로 심상한 체하면서도 속으로
는 정도 이상 불안스러워, 오라는 것이 내일 아침이지만 이 길로 가
진작 때우고 싶은 것이, 그래서 이 날은 아무 일도 손에 잡히지 않
고, 밥맛이 없고, 설치는 밤잠에 꿈자리조차 뒤숭숭한 것이 소심한
편인 현으로는 '호출장' 때나 '시달서' 때나 마찬가지곤 했다.

  현은 무슨 사상가도, 주의자도, 무슨 전과자도 아니었다. 시골 청
년들이 어떤 사건으로 잡혀서 가택 수색을 당할 때, 그의 저서가 한
두 가지 나온다든지, 편지 왕래한 것이 한두 장 불거진다든지, 서울
가서 누구를 만나보았느냐는 심문에 현의 이름이 끌려든다든지 해
서, 청년들에게 제법 무슨 사상 지도나 하고 있지 않나 하는 혐의로
가끔 오너라 하기 시작한 것이 이젠 저들의 수첩에 준요시찰인(準
要視察人) 정도로는 오른 모양인데 구금을 할 정도라면 당장 데려

갈 것이지, 호출장이니 시달서니가 아닐 것은 짐작하면서도 번번이 불안스러웠고, 더욱 이번에는 은근히 마음 쓰이는 것이 없지도 않았다. 일반지원병제도와 학생특별지원병제도 때문에 뜻 아닌 죽음이기보다, 뜻 아닌 살인, 살인이라도 내 민족에게 유일한 희망을 주고 있는 중국이나 영미나 소련의 우군을 죽여야 하는, 그리고 내 몸이 죽되 원수 일본을 위하는 죽음이 되어야 하는, 이 모순된 번민으로 행여나 무슨 해결을 얻을까 해서 더듬고 더듬다가는 한낱 소설가인 현을 찾아와 준 청년도 한둘이 아니었다. 현은 하루 이틀 동안에 극도의 신경쇠약이 된 청년도 보았고, 다녀간 지 한주일 뒤에 자살하는 유서를 보내 온 청년도 있었다. 이런 심각한 민족의 번민을 현은 제 몸만이 학병 자신이 아니라 해서 혼자 뒷날을 사려해 가며 같은 불행한 형제로서의 울분을 절제할 수는 없었다. 때로는 전혀 초면들이라 저 사람이 내 속을 떠보려는 밀정이나 아닌가 의심하면서도, 그런 의심부터가 용서될 수 없다는 자책으로, 현은 아무리 낯선 청년에게라도 일러주고 싶은 말은 한마디도 굽히거나 남긴 적이 없는 흥분이곤 했다. 그들을 보내고 고요한 서재에서 아직도 상기된 현의 얼굴은 그예 무슨 일을 저지르고 만 불안이었고 이왕 불안일 바엔 이왕 저지르는 바엔 이 한걸음 절박해 오는 민족의 최후에 있어 좀더 보람있는 저지름을 하고 싶은 충동도 없지 않았으나 그 자신 아무런 준비도 없었고, 너무나 오랫동안 굳어버린 성격의 껍데기는 여간 힘으로는 제 자신이 깨트리고 솟아날 수가 없었다. 그의 최근작인 어느 단편 끝에서, '한 사조(思潮)의 밑에 잠겨 사는 것도 한 물밑에 사는 넋일 것이다. 상전벽해(桑田碧海)라 일러는 오나 모든 게 따로 대세의 운행이 있을 뿐 처음부터 자갈을 날라 메우

듯 할 수는 없을 것이다.' 라고 한 구절을 되뇌이면서 자기를 헐가로 규정해 버리는 쓴 웃음을 지을 뿐이었다.

"당신은 며칠 안 남았다고 하지만 특공댄지 정신댄지 고 악지 센 것들이 끝까지 일인일함(一人一艦)으로 뻣댄다면 아무리 물자 많은 미국이라도 일본 병정 수효만치야 군함을 만들 수 없을 거요. 일본이 망하기란 하늘에 별따기 같은 걸 기다리나 보오!"

현의 아내는 이날도 보송보송해 잠들지 못하는 남편더러 집을 팔고 시골로 가자 하였다. 시골 중에도 관청에서 동뜬 두메로 들어가 자농(自農)이라도 하면서 하루라도 마음 편하게 배불리 살다 죽자 하였다. 그런 생각은 아내가 꼬드기기 전에 현도 미리부터 궁리하던 것이나, 지금 외국으로는 나갈 수 없고 어디고 하늘 밑인 바에야 그야말로 민불견리(民不見吏) 야불구폐(夜不狗吠)의 요순(堯舜) 때 농촌이 어느 구석에 남아 있을 것인가? 그런 도원경(桃源境)이 없다 해서 언제까지나 서울서 견딜 수 있느냐 하면 그런 것도 아니요, 소위 시국물(時局物)이나 일문(日文)에의 전향이라면 차라리 붓을 꺾어버리려는 현으로는 이미 생계에 꿀리는 지 오래며, 앞으로 쳐다볼 것은 집밖에 없는데 집을 건드릴 바에는 곶감 꼬치로 없애기보다 시골로 가 다만 몇 마지기라도 땅을 잡아야 한다는 것이 상책이긴 하다. 그러나 성격의 껍데기를 깨치기처럼 생활의 껍데기를 갈아 본다는 것도 그리 쉬운 일이 아니었다.

"좀더 정세를 봅시다."

이것이 가족들에게 무능하다는 공격을 일 년이나 두고 받아오는 현의 태도였다.

동대문서 고등계의 현의 담임인 쓰루다 형사는 과히 인상이 험한 사나이는 아니다. 저희 주임만 없으면 먼저 조선말로 '별일은 없습니다만 또 오시래 미안합니다.' 쯤 인사도 하곤 하는데, 이 날은 뒷박이마에 옴팡눈인 주임이 딱 버티고 앉아 있어 쓰루다까지도 현의 한참씩이나 수그리는 인사는 본 체 안하고 눈짓으로 옆에 놓인 의자만 가리켰다.

현은 모자가 아직 그들과 같은 국방모 아님을 민망히 주무르면서 단정히 앉았다. 형사는 무엇 쓰던 것을 한참 만에야 끝내더니 요즘 무엇을 하느냐 물었다. 별로 하는 일이 없노라 하니, 무엇을 할 작정이냐 따진다. 글쎄요, 하고 없는 정을 있는 듯이 웃어 보이니 그는 힐끗 저희 주임을 돌려보았다. 주임은 무엇인지 서류에 도장 찍기에 골똘해 있다. 형사는 그제야 무슨 뚜껑 있는 서류를 끄집어 내어 뚜껑으로 가리고 저만 들여다보면서 이렇게 물었다.

"시국을 위해 왜 아무것도 안하십니까?"

"나 같은 사람이 무슨 힘이 있습니까?"

"그러지 말구 뭘 좀 허십시오. 사실인즉 도 경찰부에서 현 선생 같으신 몇 분에게 시국에 협력하는 무슨 일 한 것이 있는가? 또 하면서 있는가? 장차 어떤 방면으로 시국 협력에 가능성이 있는가? 생활비가 어디서 나오는가? 이런 걸 조사해 올리란 긴급 지시가 온 겁니다."

"글쎄올시다."

하고 현은 더욱 민망해 쓰루다의 얼굴만 쳐다보는 수밖에 없었다.

"그래두 뭘 허신다구 보고가 돼야 좋을 걸요. 그 허기 쉬운 창씨 왜 안허시나요?"

수속이 힘들어 못하는 줄로 딱해하는 쓰루다에게 현은 역시 이것에 관해서도 대답할 말이 없었다.

"우리 따위 하층 경관이야 뭘 알겠습니까만, 인젠 누구 한 사람 방관시 태도는 용서되지 않을 겁니다."

"잘 보신 말씀입니다."

현은 우선 이번의 호출도 그 강압 관념에서 불안해 하던 구금이 아닌 것만 다행히 알면서 우물쭈물하던 끝에,

"그렇지 않아도 쉬 뭘 한 가지 해보려던 참입니다. 좋도록 보고해 주십시오."

하고 물러 나왔고, 나오는 길로 그는 어느 출판사로 갔다. 그 출판사의 주문이기보다 그곳 주간을 통해 나온 경무국의 지시라는, 그뿐만 아니라 문인 시국강연회 때 혼자 조선말로 했고 그나마 마지못해 춘향전 한 구절만 읽은 것이 군(軍)에서 말썽이 되니, 이것으로라도 얼른 한 가지 성의를 보여야 좋으리라는 대동아전기(大東亞戰記)의 번역을 현은 더 망설이지 못하고 맡은 것이다.

심란한 남편의 심정을 동정해 아내는 어느 날보다도 정성들여 깨끗이 치운 서재에 일본 신문의 기리누키(신문을 오려낸 것)를 한 뭉텅이 쏟아 놓을 때 현은 일찍 자기 서재에서 이처럼 지저분함을 느껴본 적이 없었다.

'철 알기 시작하면서부터 굴욕만으로 살아온 인생 사십, 사랑의 열락도 청춘의 영광도 예술의 명예도 우리에겐 없었다. 일본의 패전기라면 몰라. 일본에 유리한 전기를 내 손으로 주무르는 건 무엇 때문인가?'

현은 정말 살고 싶었다. 살고 싶다기보다 살아 견디어 내고 싶었

다. 조국의 적일 뿐 아니라 인류의 적이요, 문화의 적인 나치스의 타도를 오직 사회주의에 기대하던 독일의 한 시인은 몰로토프가 히틀러와 악수를 하고 독소중립조약이 성립되는 것을 보고는 그만 단순한 생각에 절망하고 자살하였다 한다.

'그 시인의 판단은 경솔하였던 것이다. 지금 독소는 싸우며 있지 않은가? 미·영·중도 일본과 싸우며 있다. 연합군의 승리를 믿자! 정의와 역사의 법칙을 믿자! 정의와 역사의 법칙이 인류를 배반한다면 그때는 절망하여도 늦지 않을 것이다!'

현은 집을 팔지는 않았다. 구라파에서 제이전선이 아직 전개되지 않았고 태평양에서 일본군이 아직 라바울을 지킨다고는 하나 멀어야 이삼 년이겠지 하는 심산으로 집을 최대한도로 잡혀만 가지고 서울을 떠난 것이다. 그곳 공의(公醫)를 아는 것이 반연(맺어지는 인연)으로 강원도 어느 산읍이었다. 철도에서 팔십 리를 버스로 들어오는 곳이요, 예전엔 현감이 있던 곳이나 지금은 면소와 주재소뿐의 한적한 구읍이다. 어느 시골서나 공의는 관리들과 무관하니 무엇보다 그 덕으로 징용이나 면할까 함이요, 다음으로 잡곡의 소산지니 식량 해결을 위해서요, 그리고는 가까이 임진강 상류가 있어 낚시질로 세월을 기다릴 수 있음도 현이 그곳을 택한 이유의 하나였다.

그러나 와서 실정에 부딪혀 보니 이 세 가지는 하나도 탐탁한 것은 아니었다. 면사무소엔 상장이 십여 개나 걸려 있는 모범면장으로 나라에선 상을 타나 백성에겐 그만치 원망을 사는, 이 시대의 모순을 이 면장이라고 예외일 리 없어 성미가 강직해 바른 말을 잘 쏘는 공의와는 사이가 일찍부터 틀린데다가, 공의는 육 개월이나 장기간 강습으로 이내 서울 가버리고 말았으니 징용 면할 길이 보장되지 못했고, 그 외에 아는 사람이라고는 공의의 소개로 처음 지면한 향교 직원으로 있는 분인데, 단 두 번 춘추 제향 때나 고을 사람들의 기억에서 살아나는 '김 직원님'으로는 친구네 양식은커녕 자기 식구 때문에도 손이 흰, 현실적으로는 현이나 마찬가지의, 아직도 상투가 있는 구식 노인인 선비였다.

낚시터 처음 와 볼 때는 지척 같더니 자주 다니기엔 거의 십 리나 되는 고달픈 길일 뿐 아니라 하필 주재소 앞을 지나야 나가게 되었고, 부장님이나 순사 나리의 눈을 피하려면 길도 없는 산등성이 하나를 넘어야 되는데, 하루는 우편국 모퉁이에서 넌지시 살펴보니 가네무라라는 조선 순사가 눈에 띄었다. 현은 낚시도구부터 질겁을 해 뒤로 감추며 한 걸음 물러서 바라보니 촌사람들이 무슨 나무껍질 벗겨 온 것을 면서기들과 함께 점검하는 모양이다. 웃통은 속옷바람이나 다리는 각반을 치고 칼을 차고 회초리를 들고 이 사람 저 사람에게 거드름을 부리고 있었다. 날래 끝날 것 같지 않아 현은 이번도 다시 돌아서 뒷산등을 넘기로 하였다.

길도 없는 가닥숲을 제치며 비 뒤의 미끄러운 비탈을 한참이나 헤매어서 비로소 펑퍼짐한 중턱에 올라설 때다. 멀지 않은 시야에 곰처럼 시커먼 것이 우뚝 마주 서는 것은 순사부장이다. 현은 산짐승에게보다 더 놀라 들었던 두 손의 낚시도구를 이번에는 필썩 놓아버렸다.

"당신 어데 가오?"

현의 눈에 부장은 눈까지 부릅뜨는 것으로 보였다.

"네, 바람 좀 쏘이러요."

그제야 현은 대팻밥 모자를 벗으며 인사를 하였으나 부장은 이미 딴 쪽을 바라보는 때였다. 부장이 바라보는 쪽에는 면장도 서 있었고 자세히 보니 남향하여 큰 정구 코트만치 장방형으로 새끼줄이 쳐져 있는데, 부장과 면장의 대화로 보아 신사(神社) 터를 잡는 눈치였다. 현은 말뚝처럼 우뚝 섰을 뿐 어찌해야 좋을지 몰랐다. 놓아버린 낚시도구를 집어올릴 용기도 없거니와 집어올린댔자 새끼줄을 두 번이나 넘으면서 신사터를 지나갈 용기는 더욱 없었다. 게다가 부장도 면장도 무어라고 수근거리며 가끔 현을 돌아다본다. 꽃이라도 있으면 한 가지 꺾어드는 체하겠는데 패랭이꽃 한송이 눈에 띄지 않는다. 얼마 만에야 부장과 면장이 일시에 딴 쪽을 향하는 틈을 타서 수갑에 채였던 것 같던 현의 손은 날쌔게 그 시국에 태만한 증거물들을 집어들고 허둥지둥 그만 집으로 내려오고 만 것이다.

"아버지, 왜 낚시질 안 가구 도루 오슈?"

현은 아이들에게 대답할 말이 미처 생각나지도 않았거니와 그보다 먼저 현의 뒤를 따라온 듯한 이웃집 아이 한 녀석이,

"너희 아버지 부장헌테 들켜서 도루 온단다."

하는 것이었다.

낚시질을 못 가는 날은 현은 책을 보거나 그렇지 않으면 김 직원을 찾아갔고 김 직원도 현이 강에 나가지 않았음직한 날은 으레 찾아왔다. 상종한다기보다 모시어 볼수록 깨끗한 노인이요, 이 고을에선 엄연히 존경을 받아야 옳을 유일한 인격자요, 지사였다. 현은 가끔 기인여옥(其人如玉, 얼굴의 생김이나 성품이 티없이 맑고 얌전

한 사람)이란 이런 이를 가리킴이라 느꼈다. 기미년 삼일운동 때 감옥살이로 서울에 끌려 왔었을 뿐, 조선이 망한 이후 한 번도 자의로는 총독부가 생긴 서울엔 오기를 피한 이다. 창씨를 안하고 견디는 것은 물론, 감옥에서 나오는 날부터 다시 상투요 갓이었다. 현과는 워낙 수십 년 연장인데다 현이 한문이 부치어 그 분이 지은 시를 알지 못하고, 그 분이 신문학에 무심하여 현대 문학을 논담하지 못하는 것이 서로 유감일 뿐, 불행한 족속으로 억천 암흑 속에 일루의 광명을 향해 남몰래 더듬는 그 간곡한 심정의 촉수만은 말하지 않아도 서로 굳게 합하고도 남아 한두 번 만남으로 서로 간담을 비추는 사이가 되었다.

하루 저녁은 주름 잡혔으나 정채 돋는 두 눈에 눈물이 마르지 않은 채 찾아왔다. 현은 아끼는 촛불을 켜고 맞았다.

"내 오늘 다 큰 조카자식을 행길에서 매질했소."

김 직원은 그저 손이 부들부들 떨며 있었다. 조카 하나가 면서기로 다니는데 그의 매부, 즉 이 분의 조카사위 되는 청년이 일본으로 징용당해 가던 도중에 도망해 왔다. 몸을 피해 처가에 온 것을 이곳 면장이 알고 처남더러 잡아오라 했다. 이 기미를 안 매부 청년은 산으로 뛰어올라 갔다. 처남 청년은 경방단의 응원을 얻어 산을 에워싸고 토끼 잡듯 붙들어다 주재소로 넘겼다는 것이다.

"강박한 처남이로군!"

현도 탄식하였다.

"잡아오지 못하면 네가 대신 가야 한다고 다짐을 받았답디다만 대신 가기루서 제 집으로 피해 온 명색이 매부녀석을 경방단들을 끌구 올라가 돌팔매질을 하면서꺼정 붙들어다 함정에 넣어야 옳소?

지금 젊은 놈들은 쓸개가 없음네다!"

"그러니 지금 세상에 부모기로니 그걸 어떻게 공공연히 책망하십니까?"

"분해 견딜 수가 있소! 면소서 나오는 놈을 노상이면 어떻소. 잠자코 한참 대설대가 끊어져 나가도록 패주었지요. 맞는 제 놈도 까닭을 알게고 보는 사람들도 아는 놈은 알았겠지만 알면 대사요."

이 날은 현도 우울한 일이 있었다. 서울 문인보국회(文人報國會)에서 문인궐기대회가 있으니 올라오라는 전보가 온 것이다. 현에게는 엽서 한 장이 와도 먼저 알고 있는 주재소에서 장문 전보가 온 것을 모를 리 없고, 일본제국의 홍망이 절박한 이 때 문인들의 궐기대회에 밤낮 낚시질만 다니는 이자가 응하느냐 안 응하느냐는 주재소뿐 아니라 일본인이요 방공 감시 초장인 우편국장까지도 흥미를 가진 듯, 현의 딸아이가 저녁 때 편지 부치러 나갔더니, 너희 아버지 내일 서울 가느냐 묻더라는 것이다.

김 직원은 처음엔 현더러 문인궐기대회에 가지 말라 하였다. 가지 말라는 말을 들으니 현은 가지 않기가 도리어 겁이 났다. 그랬는데 다음 날 두 번째 또 그 다음날 세 번째의 좌우간 답전을 하라는 독촉 전보를 받았다. 이것을 안 김 직원은 그 날 일찍이 현을 찾아왔다.

"우리 따위 노혼한 것들이야 새 세상을 만난들 무슨 소용이리까만 현공 같은 젊은이는 어떡하든 부지했다가 그예 한몫 맡아 주시오. 그러자면 웬만한 일이건 과히 뻗대지 맙시다. 징용만 면헐 도리를 해요."

그리고 이 날은 가네무라 순사가 나타나서, 이틀밖에 안 남았는데 언제 떠나느냐, 떠나면 여행 증명 해가지고 가야 하지 않느냐, 만일 안 떠나면 참석 안하는 이유는 무엇이냐, 나중에는, 서울가면 자기의 회중시계 수선을 좀 부탁하겠다 하고 갔다. 현은 역시,

'살고 싶다!'

라고 또 한 번 비명을 하고, 하루를 앞두고 가네무라 순사의 수선할 시계를 맡아 가지고 궂은 비 뿌리는 날 서울 문인보국회로 올라온 것이다.

현에게 전보를 세 번씩이나 친 것은 까닭이 있었다. 얼마 전에 시국 협력을 달갑게 여기지 않는 중견층 칠팔 인을 문인보국회 간부급 몇 사람이 정보과장과 하루 저녁의 합석을 알선한 일이 있었는데, 그 날 저녁에 현만은 참석되지 못했으므로 이번 대회에 특히 순서 하나를 맡기게 되면 현을 위해서도 생색이려니와 그 간부급 몇 사람의 성의도 드러나는 것이었다. 현더러 소설부를 대표해 무슨 진언을 하라는 것이었다. 현은 얼마 앙탈해 보았으나 나타난 이상 끝까지 뻗대지 못하고 이튿날 대회 회장으로 따라나왔다. 부민관인 회장의 광경은 어마어마하였다. 모두 국민복에 예장을 찼고 총독부 무슨 각하, 조선군 무슨 각하, 예복에, 군복에 서슬이 푸르렀고 일본 작가에 누구, 만주국 작가에 누구, 조선 문단 생긴 이후 첫 어마어마한 집회였다. 현은 시골서 낚시질 다니던 진흙 묻은 웃저고리에 바지만은 플란넬을 입었으나 국방색도 아니요, 각반도 치지 않아 자기 복장은 시국 색조에 너무나 무감각했음이 변명할 여지가 없게 되었다. 그러나 갑자기 변장할 도리도 없어 그대로 진행되는 절차를 바라보는 동안 현은 차차 이 대회에 일종 흥미도 없지 않았다. 현이 한동안 시골서 붕어나 보고 꾀꼬리나 듣던 단순해진 눈과

귀가 이 대회에서 다시 한번 선명하게 느낀 것은 파쇼 국가 문화행정의 야만성이었다. 어떤 각하짜리는 심지어 히틀러의 말 그대로 문화란 일단 중지했다가도 필요한 때엔 일조일석에 부활시킬 수 있는 것이니 문학이건, 예술이건, 전쟁 도구가 못되는 것은 아낌없이 박멸해도 좋다 하였고, 문화의 생산자인 시인이며 평론가며 소설가들도 이런 무장각하(武裝閣下)들의 웅변에 박수갈채 할 뿐 아니라 다투어 일어서, 쓰러져 가는 문화의 옹호이기보다는 관리와 군인의 저속한 비위를 핥기에만 혓바닥의 침을 말렸다. 그리고 현의 마음을 측은케 한 것은 그 핏기 없고 살 여윈 만주국 작가의 서투른 일본말로의 축사였다. 그 익지 않은 외국어에 부자연하게 움직이는 얼굴은 작고 슬프게만 보였다. 조선 문인들의 일본말은 대개 유창하였다. 서투른 것을 보다 유창한 것을 보니 유쾌해야 할 터인데 도리어 얄미운 것은 무슨 까닭일까? 차라리 제 소리 이외에는 옮길 줄 모르는 개나 돼지가 얼마나 명예스러우랴 싶었다. 약소민족은 강대민족의 말을 배우기 시작하는 것부터가 비극의 감수였던 것이다. 그렇다고 해서, 그러면 일본 작가들의 축사나 주장은 자연스럽게 보이고 옳게 생각되었느냐 하면 그것도 아니었다. 현의 생각엔 일본인 작가들의 행동이야말로 이해하기에 곤란하였다. 한때는 유종열 같은 사람은, "동포여, 군국주의를 버려라. 약한 자를 학대하는 것은 일본의 명예가 아니다. 끝까지 이 인류를 유린할 때는 세계가 일본의 적이 될 것이니, 그때는 망하는 것이 조선이 아니라 일본이 아닐 것인가?"하고 외쳤고, 한때는 히틀러가 조국이 없는 유대인들을 추방하고, 진시황처럼 번문욕례(繁文縟禮, 번거롭고 까다롭게 만든 예법의 글)를 빙자해 철학·문학을 불지를 때 이것에 제법

항의를 결의한 문화인들이 일본에도 있지 않았는가? 그들은 지금 무엇을 하고 찍소리도 없는 것인가? 조선인이나 만주인의 경우보다는 그래도 조국이나 저희 동족에의 진정한 사랑과 의견을 외칠 만한 자유와 의무는 남아있지 않은 것인가? 진정한 문화인의 양심이 아직 일본에 있다면 조선인과 만주인의 불평을 해결은커녕 위로조차 아니라 불평할 줄 아는 그 본능까지 마비시키려는 사이비 종교가만이 쏟아져 나오고, 저희 민족 문화의 발원지라고도 할 수 있는 조선의 문화나 예술을 보호는 못할 망정, 야만적 관료의 앞잡이가 되어 조선어의 말살과 긴치 않은 동조론이나 국민극의 앞잡이 따위로나 나와 돌아다니는 꼴들은 반세기의 일본 문화란 너무나 허무한 것이 아닌가? 물론 그네들도 양심 있는 문화인은 상당한 수난일 줄은 안다. 그러나 너무나 태평무사하지 않는가? 이런 생각에서 퍼뜩 박수소리에 놀라는 현은, 차츰 자기도 등단해야 될, 그 만주국 작가보다 더 비극적으로 얼굴의 근육을 경련시키면서 내용이 더 구린 일본어를 배설해야 될 것을 깨달을 때, 또 여태껏 일본 문화인들을 비난하며 있던 제 속을 들여다 볼 때 '네 자신은 무어냐? 네 자신은 무엇 하러 여기 와 앉아 있는 거냐?' 현은 무서운 꿈속이었다. 뛰어도 뛰어도 그 자리에만 있는 꿈속에서처럼 현은 기를 쓰고 뛰듯 해서 겨우 자리를 일어섰다. 일어서고 보니 걸음은 꿈과는 달라 옮겨졌다. 모자가 남아 있는 것도 의식 못하고 현은 모든 시선이 올가미를 던지는 것 같은 회장을 슬그머니 빠져나오고 말았다.

'어찌 될 것인가? 의장 가야마 선생은 곧 내가 나설 순서를 지적할 것이다. 문인보국회 간부들은 그 어마어마한 고급관리와 고급군인들의 앞에서 창씨 안한 내 이름을 외치면서 찾을 것이다!'

위에서 누가 내려오는 소리가 난다. 우선 현은 변소로 들어섰다. 내려오는 사람은 절거덕절거덕 칼소리가 났다. 바로 이 부민관 식당에서 언젠가 한번 우리 문인들에게 "너희가 황국 신민으로서 충성하지 않을 때는 이 칼이 너희 목을 용서하지 않을 것이다." 하던 그도 우리 동포인 무슨 중쇠인가 그 자인지도 모르는데 절거덕 소리는 변소로 들어오는 눈치다. 현은 얼른 대변소 속으로 들어섰다. 한참 만에야 소변을 끝낸 칼소리의 주인공은 나가버렸다. 그러나 그 뒤를 이어 이내 다른 구두 소리가 들어선다. 누구든 이 속을 엿볼리는 없을 것이나, 현은 그 시골서 낚시질을 가던 길 산등성이에서 순사부장과 닥뜨리었을 때처럼 꼼짝 못하겠다. 변기는 씻겨 내려가는 식이나 상당한 무더위와 독하도록 불결한 데다. 현은 담배를 꺼내 피워 물었다. 아무리 유치장이나 감방 속이기로 이다지 좁고 이다지 더러운 공기는 아니라 싶어 사람이 드나드는 곳 치고 용무 이외에 머무르기 힘든 곳은 변소 속이라 느낄 때, 현은 쓴웃음도 나왔다. 먼 삼층 위에선 박수소리가 울려왔다. 그러고는 조용하다. 조용해진 지 얼마 만에야 현은 밖으로 나왔다. 그리고 맨머리 바람인 채, 다시 한 번 될 대로 되어라 하고 시내에서 그 중 동뜬 성북동에 있는 친구에게로 달려오고 만 것이다.

작 품 이 해

저자소개　이태준 : 소설가로서 호는 상허(尚虛)이며, 강원도 철원에서 출생했다. 서울 휘문고등 보통학교를 다녔으며, 1925년 단편 〈오몽녀〉로 《조선문단》의 추천을 받아 문단에 나왔다. 1926년 일본 조치대학(上智大學)에 입학하였고, 1929년 개벽사를 거쳐 《조선일보》 학예부장 등을 지냈다.

　1930년대 문단에서 김기림(金起林)·정지용(鄭芝溶) 등과 9인회 회원으로 활동하였는데, 이 시기에 〈가마귀〉·〈복덕방〉·〈밤길〉 등을 발표하였다. 해방 직후에는 임화(林和)와 청년작가대회를 결성하였으며, 1946년 6월에 월북하였다. 이 시기에 발표된 〈해방 전후〉는 조선문학가동맹이 제정한 제1회 해방기념 조선문학상 수상작으로 선정되었다. 월북 직후인 1946년 8월 중순부터 소련을 방문한 뒤 《소련 기행》을 출간했고, 이어서 1948년에는 〈농토〉, 1949년에는 〈첫 전투〉·〈호랑이 할머니〉·〈먼지〉 등을, 그리고 6·25중에는 〈누가 굴복하는가〉·〈미국대사관〉 등을 발표하였다.

　그는 탁월한 미문가(美文家)로서 주로 예술적 정취가 짙은 단편에 재능을 발휘, 허무와 서정의 작품 세계 속에서도 시대 정신의 호소력을 지닌 작품들을 발표하였다. 〈사냥〉·〈영월 영감〉 등에서는 폐쇄된 상황으로부터의 탈출이 갈망되며, 〈농군〉에 이르러서는 만주 이민의 비극적인 투쟁이 그려진다. 〈돌다리〉는 한 농부의 성실과 토착 전통에 대한 외경을 다루어 조선인으로서의 철학 세계가 일제 말까지 건재함을 그린 작품으로 대표작이라 할 수 있다. 1956년 노동당 평양시위원회 산하 문학예술출판부 열성자회의에서 비판을 받고 숙청되었다.

작품 감상 〈해방 전후〉는 일제의 압력으로 강원도 어느 산골에 은둔하다가, 해방이 되어 좌익에 가담하면서 사상적 갈등을 겪는 어느 지식인의 고뇌와 더불어 해방 전후의 사회상을 그린 작품이다.

이 작품의 주인공은 '현'이지만 실제로는 작자 자신 즉 이태준이라고 볼 수 있다. 그러므로 〈해방 전후〉는 허구가 아닌 역사적 사실에 기초하고 있으며, 작자가 일제에 적극적으로 저항하지 못한 자신의 행동을 변호하고, 해방 후에는 어떻게 행동하는 것이 문학자로서 정당한가 하는 견해를 피력하고 있다.

주인공 현은 시골에 내려와 있는 동안에도 서울에서와 마찬가지로 수시로 일제의 간섭을 받는 등 불안한 상황에서 벗어날 수 없게 된다. 일본인들의 발악적인 폭력 앞에서 '정말로 죽고 싶은' 절박한 심정을 느끼던 현은 이름난 소설가이기 때문에 일제 말기에 강요된 이른바 문인보국회에 참석하라는 끈질긴 독촉장에 시달리다가 살고 싶다는 충동으로 서울에 올라온다. 하지만 일본을 찬양하는 대회장의 분위기에 분노를 느끼고 그곳을 빠져나와 다시 시골로 내려온다.

그 후 주인공은 해방이 되어 상경하여 공산당이 조직한 단체에 들어가 일을 하나, 계급에 편향된 좌익에 반감을 느끼는 등 사상적 갈등을 겪는데, 이는 곧 이태준 자신이 처했던 상황과도 같다.

즉 이 작품에서 이태준은 악랄했던 일제의 억압과 폭력을 감수하며 겪어야 했던 그 당시 지식인의 양심과 괴로움을 잘 나타내고 있을 뿐만 아니라, 해방 후 좌익에 가담해서 겪게 되는 자신의 심리적 갈등과 사상의 혼란성을 섬세하게 표출하고 있다고 볼 수 있다.

문제 제기

다음에 제시된 글은 〈해방 전후〉의 한 부분이다. 이 내용에서 작자의 변명이 있다면 어떠한 것인지를 살펴보고 그것이 의미하는 바가 무엇인지를 논해 보시오.

현의 아직까지의 작품 세계는 대개 신변적인 것이 많았다. 신변적인 것에 즐기어 한계를 둔 것은 아니나 계급보다는 민족의 비애에 더 솔직했던 그는 계급에 편향했던 좌익엔 차라리 반감이었고, 그렇다고 일제의 조선민족정책에 정면 충돌로 나서기에는 현만이 아니라 조선 문학의 진용 전체가 너무나 미약했고 너무나 국제적으로 고립해 있었다.

◐ 길라잡이

위 글에서 우리는 다음과 같은 사실을 알 수 있다. 첫째, 주인공은 대개 신변적인 작품을 많이 써왔다. 둘째, 계급보다는 민족의 비애에 더 솔직했다. 셋째, 계급에 편향했던 좌익엔 차라리 반감을 가졌다. 넷째, 일제의 조선민족정책에 정면 충돌로 나설 만한 힘이 그 당시 민족 진영엔 없었다. 다섯째, 국제적으로 고립되어 있었다.

이는 소설의 주인공인 현의 독백이기는 하지만, 이태준의 생애를 비교해 보면, 작자 자신의 이야기라고 보아도 틀림이 없다. 이와 같은 주장은 실제로 외국에서 독립운동을 하였다든지 과감하게 반일운동에 나섰던 사람들과 비교해 볼 때에는 나약한 지식인의 변명으로 보일 수밖에 없는 것임을 부인할 수 없다.

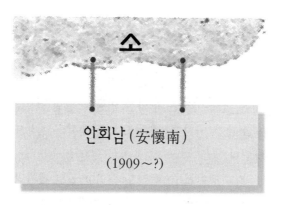

안회남 (安懷南)

(1909~?)

인생의 단면을
주로 묘사한 안회남은 1944년
일본의 탄광에 징용으로 끌려가, 어떻게
하면 목숨을 빼앗기지 않고 살아나갈 수 있을까
하는 것과 어떠한 소설을 쓸까 하는 두 가지 생각만으로
지내다가, 해방 후 귀국하여 자신의 징용 생활의 체험을
기록으로 남겼다. 이 작품 〈소〉도 그러한 맥락에서
발표된 것으로, 일제 강점기하에 징용되어
갔던 순박한 우리 농민의 한과
분노를 그리고 있다.

'나'는 과거 징용갔던 시절에 '소'라는 별명이 붙은, 삼룡이라는 순박한 인물과 일한 적이 있다. 그는 생김새가 소같이 생기고, 행동도 그러해서 사람들이 '소'라고 별명을 붙였다.

삼룡은 말을 잘 안하고, 동작도 느리고 일만 했지만, '소'라고 하는 말에는 질색이었다. 그 이유는 그가 소를 싫어해서 그러는 것이 아니었다. 그가 징용 오기 한 달 전에 이사장 놈네 소 대신 자신의 소가 식용으로 공출되어 가 죽었는데, 자신도 그 소처럼 죽을 것 같아 그런다는 것이었다. 이것은 '나'가 연기대 대장으로 추천되어 사무실에 앉아 그와 나눈 얘기이다. 그는 다른 사람들이 도망을 가라고 해도, 그렇게 하면 집에 있는 식구들이 다 죽게 된다고 거절하였다.

어느 날 갱 안에서 낙반 사고가 나고, 다행히 그는 죽지 않는다. 이때 죽은 박이동이라는 사람이 자기 대신 죽은 것이라 생각한 삼룡은 그 뒤로 생각이 원래대로 바뀌어 소가 자기 대신 죽었으므로 자기는 죽지 않는다고 믿는다.

해방 후 귀국하여 '나'는 삼룡의 청으로 그의 집에 환대를 받고가 담소를 나누는데, 나오다가 소 외양간이 깨끗하게 비어 있는 것을 발견한다. '나'는 죽은 박이동 식구들의 처지가 빈 외양간과 같을 것이라 생각하고 기분이 안 좋았으나, 삼룡은 옛

일은 까맣게 잊어버리고 나의 생각과는 정반대로 이사장 놈의
소를 끌어와야겠다고 말한다.

일제 말기에 억울하게 탄광으로 끌려간 순박한 농민 삼룡은 죽음에 대한 공포를 이기지 못하는데, 한편으로는 자기네 소가 대신 죽어, 자기는 죽지 않을 것이라 믿는다. 작자 자신이 징용 피해자라는 면이 소설에 어떤 영향을 끼치는지를 살펴보며 글을 읽어 보자.

작년 9월 26일에 충청남도 연기군에서 북구주 입천 탄광으로 백삼십사 명이 징용되어 갔다.

그 일행 중에 '삼룡'이라는 사람이 있었는데 별명이 '소'였다. 그와 친하게 지내는 사람들은, 그를 보면 그냥 '이러어' 또는 '어디어' 하기도 했다.

어째서 소냐 하면 그 생김생김이 꼭 소 같기 때문이었다.

커다란 두 눈(참, 하릴없는 소의 눈이라. 선량한, 유순한!), 긴 얼굴과 기다란 코, 홀쭉 들어간 뺨, 우묵한 입, 그 중에서도 기다란 콧등이 보는 사람으로 하여금 소를 연상하게 하였다.

키가 큰데다가 어깨와 등까지 꾸부정해서, 그가 걸어가고 있는 모양은 사실 어슬렁어슬렁 가는 소 그대로였다.

그는 사람과 말을 잘 안했다. 동작도 소처럼 느렸다. 부지런하고 성실하고, 늘 묵묵무언으로 자기 일만 꾸준히 해나가는 것도 그랬다.

그러나 그의 이러한 점과는 정반대로 퍽 신경질적인 점이 한 가지 있었다. 그것은,

"글쎄, 그러지 말어!"

하고 불끈 성을 내며 하는 소리였다.

　동무들이 삼룡이를 붙들고,

"소야, 이놈의 소……."

"어디어 디이."

"어어, 이러……."

"소!"

할라치면 그렇게 느리고 무겁고 묵묵부답이던 그가 일일이,

"글쎄 그러지 말어!"

"글쎄 여기선 그러지 말어!"

"나 소 아녀."

하고 부리나케 야단인 것이다.

　이것으로 보면 그는 소를 대단히 싫어하는 것 같다. 그러나 아니
다. 삼룡이는 소를 싫어하는 것이 아니라 자기가 소의 별명을 듣고,
소라고 불리어지는 것을 싫어하는 것이다. 그 후 나는 그 소로 불리
어지는 것을 대단히 싫어하는 사실과 그 이유를 직접 삼룡이한테
들어서 알게 되었다. 우리가 탄광에 도착한 후 훈련을 받고, 갱내
견학을 한 다음 인제 직접 석탄을 파게 되었을 때 삼룡이는 며칠간
아주 넋이 없는 모양이었다.

　그는 갱내 작업을 모면하기 위하여 훈련소 소장에게 갖은 애원을
다하였고 별별 수단을 다 썼으나 필경 나와 함께 우에산자쿠(上川
尺) 레이가다(零片)에서 채탄(採炭, 석탄을 채굴함)을 하게 되었다.

"으흐흐……."

"응…… 나 죽네!"

그는 지하 수천 척 되는 갱내를 아주 지긋지긋하게 싫어하는 모양으로, 늘 입갱(入坑)할 때면 이렇게 중얼거리며 부르르 떠는 것이었다.

그가 할 수 없이 엉덩이를 쑥 뺀 채, 시꺼먼 아가리로 끌려 들어가는 것을 볼 때마다 나는 도수장으로 가는 소를 연상하곤 하였다.

"어머님두 못 뵈옵구!"

"후…… 나 죽네!"

바람 들어오는 소리가 쏴 나고, 천장에서 물이 뚝뚝 떨어지고, 길이 질척거리고, 지축 밑에서 무슨 괴악한 소리가 들려오는 것 같고, 무한히 길고 어둡기만 하고, 머리 위에서 석탄덩이가 바위와 함께 쉴 새 없이 떨어지고 있는 굴 속에서 그의 이런 목소리를 들으면 그것은 사람의 비명이라느니보다도 무슨 유령의 신음 같았다. 그리고 탄광은 분명히 지옥이다.

그 후 내가 연기대 대장(燕岐隊 隊長)으로 추천되어 사무실에 앉게 되었을 때 삼룡이는 어느 누구보다도 먼저 쫓아와서 나의 손을 붙들고 울었다. 그는 연기군 사람이 한 사람 사무실에 앉게 된 것을 무한 하례하는 동시에 자기를 굴에서 구원해 주기를 애원했으며, 나는 또 구원해 주마고 맹세하였다. 그 때 그는 나에게 다음과 같이 고백했다.

"제가 징용 오기 한 달 전에 우리집 소가 식용으로 공출이 되어 갔에유…… 이사장 놈네 소가 갈 것인데 그것 참…… 소 나이로 보나 일하는 품으로 보나 즈이네 소는 안 갈거거든유. 똑 이사장 놈 소가 갈 텐데 대신 가서 도수장에서 죽었에유…… 참 억울합니다. 그런데 제가 또 이렇게 징용 왔거든유? 집에서 떠날 때부터 소가 나가 죽더니 그것과 마찬가지로 나두 나가 죽나부다 하는 생각이 들더먼유. 사실, 다 뭐 죽으러 온 셈이지유…… 소가 도수장 안으로 끌려들어가 도끼 등으로 골을 맞아 죽는 것이나 사람이 굴 속에서 일하다가 큰 바위에 등골이 치어 죽는 거나 똑 마찬가지 아닙니까?…… 전 굴 속에서 늘 소 생각입네다. ……똑 죽을 거만 같애유. 그런데 이건 다른 사람은 남 속도 모르구 자꾸 날 보구서 소라구…… 날 보구 소라는 건 소처럼 죽으라는 것 아닙니까? 그저 안 상 어른만 믿습니다……."

나는 이 삼룡의 이야기를 들으며 모두 잘 이해할 수가 있어 고개를 연해 끄덕거렸다.

소와 삼룡이, 아니 그의 별명에 쫓으면 소와 소, 그것은 서로 모양새도 같으며 그 운명도 같을 것 같았다. 삼룡이는 하루 이틀 점점 피로해지는 꼴이었다. 그는 딴 사람들처럼 도망을 갈 용기도 갖지 못했다. 내가 도망을 가라고 권고하면,

"아녜유…… 제가 도망을 가면 조선 있는 식구들은 다 죽게유? ……죽어도 안 상 어른 앞에서 죽을 텝니다. …… 또 도망하면 전 붙잡혀유……."

도망을 가면 여기 회사에서 조선 군청으로 통지를 하고 군청에서는 도망간 사람의 가족에게는 양식 배급을 안한다는 것이었다. 삼룡이는 이것을 꼭 믿고, 만약 자기가 도망을 간다면 그것은 저 혼자 살기 위해서 늙은 어머니도 아내와 아이들도 다 죽이는 것이라고 생각했다.

더구나 도망갔던 사람들이 잡혀와서 긴 포승으로 손목을 묶여 그야말로 말이나 소처럼 이리 끌려가고 저리 끌려가고 하는 것을 보

고는 더욱더 그것을 단념하는 것이었다. 그는 소처럼 묵묵히 운명만 기다리는 것 같았다. 하루는 삼룡이가 일을 하고 있는 우에산자쿠 레이가다 하라이에서 낙반(落磐, 광산 갱내의 암석이나 토사가 무너져 떨어짐)이 되었다고 통지가 왔다. 그 동안 나는 삼룡이를 갱외로 끌어올리려고 운동을 해 봤으나 효과가 없었다.

'삼룡이에게 기어이 올 운명이 왔나보다!'
하고 나는 한참 동안 어찌할 줄을 모르고 망연히 서 있었다.

부상자가 많다고 떠들면서 밖에서는 사람들이 왔다갔다 달음질을 쳤다. 담가(擔架, 들것)를 가지고 일면 쫓아갔다. 가보니까 갱구 차도로 사람들이 하나 빽빽이 서 있고 부상자를 하코(열차 차량)로 나르는 판이었다. '들들들들 ──' 하는 무거운 소리를 내며 굵은 철선(鐵線)이 지하에서 올라올 때, 모여선 수백의 군중은 일제히 갱구의 시커먼 아가리를 쏘아보고 있었다.

급기야 하코가 보였다. 숨도 쉴 수 없이 가슴이 벅찬 가운데 부상자의 모양들이 우리 앞에 나타났다. 얼굴도 몸뚱이도 까맣게 석탄가루를 뒤집어 쓴 부상자는 하코 한복판에 누워 있고 피도 석탄가루와 함께 까맣게 흐르고 있었다.

얼굴을 다친 사람, 다리가 부러진 사람 하여 중상자가 세 명이나 되었다. 그들은 말도 못하고 눈물만 흘리고 있었다. 눈물조차 사람의 눈물 같지 않은 꺼먼 흑루(黑淚)였다. 나는 누가 삼룡인지 분간할 수가 없었다. 한 사람은 병원 진찰대 위에 올려 놓자마자 절명하고 말았다. 제천 사는 박이동이라고 하는 사람이었다. 얼굴이 검고 넓적하고 수염털이 거친 그의 모양을 나는 몇 번이고 생각해 보았다.

삼룡이는 기적적으로 살았다. 나는 그가 꼭 중상자 속에 누워 죽은 줄만 알았었다. 스콥(석탄이나 토사 등을 퍼올리는 도구)으로 석탄을 떠서 실은 다음 막 그 자리를 뜨자마자 천장에서 바위가 내려앉았다는 것이다. 아슬아슬한 판이었다.

"박이동이가 제 대신 죽은 것 같애유……."

그는 이렇게 말했다. 박이동이는 일변 가족에게 전보로 알리며 화장을 해 버렸다. 박이동의 장례 때 삼룡이는 그 기다란 얼굴에 기다랗게 눈물을 흘리며 흑흑 느껴 울었다. 그 후로 그는 꿈에 박이동이가 보인다는 둥, 소가 도끼로 맞아 죽는 꿈을 꾸었다는 둥, 오늘은 꼭 보다가 떨어져 사람이 상할 게라는 둥 하며 일을 잘 하지 않았다. 나는 그의 비과학적인 생각과 미신을 깨우쳐 주기 위해 반대하고 싶었으나 그런 것이 문제가 아니요, 무엇보다도 살고 무사한 것만 수라 하는 생각에 될 수 있는 한 그의 청을 들어 주어 쉬게 하였다.

그러나 어느덧 삼룡이에게는 새로운 신념이 하나 생긴 것을 발견할 수 있었다.

"소가 제 대신 죽었에유…… 그러니까 저는 괜찮어유 …… 안 죽어유……."

하는 것이었다. 처음에는 소가 공출 나가 도끼에 맞아 죽은 것처럼 자기는 징용이 되어 탄광 속에 가서 바위에 치여 죽을 것이다 했으나, 소가 먼저 나가 죽어서 주인 대신 주검에 대한 액운을 때워 버렸으니까 인제 자기는 죽지 않고 소의 운명과는 반대로 산다는 것이었다. 그 좋은 증거가 바로 박이동이가 죽던 그 때 일이라고 말하는 것이었다.

"글쎄, 제가 비켜나자마자 바로 그 자리에 떨어졌에유. 박이동이는 그냥 꾸부리구 있구유……."

'참 이상두 해유……."

삼룡이는 딴 사람에게는 말을 잘 안하나, 내가 사무실에 혼자 앉았는 것을 보면 슬며시 와서 이죽이죽 이야기를 곧잘 했다.

딴은 그래서 그런지, 그런 후로는 삼룡이는 태연하게 일을 잘 다녔고 다치지도 않았다. 그러나 동무들이 소라고 놀리면, 그것은 여전히 기겁을 해서 말렸다. 왜 그러냐 하면 자기는 소가 아니어야만 소 대신 액운을 벗어난 주인이 될 수 있으니까…….

그러나 잊지 못할 8월 15일이 우리의 머리 위에 찾아오고 한 달 열흘 후 우리 연기대 일행은 꼭 만 일 년 후인 9월 26일에 고향으로 돌아왔다. 공교한 일이다. 삼룡이가 자기 집에 부디 한 번 와 달라고 여간 짓궂게 청하는 것이 아니어서 나는 그들의 생활 상태도 조사할 겸 어느 날 월하리로 그를 찾아갔다.

어디서나 볼 수 있는 가난한 농가였다. 그가 없는 동안 금년 여름에 무서운 장마를 만나서 담과 지붕이 몹시 후락했다. 그러나 집 모양과는 반대로 그의 가정은 화기애애하고 단란하고 즐거운 빛으로 가득했다.

식구로는 어머니와 아내와 아들이 둘이 있는데, 그의 어머니는 칠십이 넘은 백발 노인이었다. 삼룡이가 죽지 않고 살아온 것이 흡사 내 덕인 것처럼 그들은 나에게 무수히 치하를 하며 술을 받아 온다, 안주를 장만한다 하였다.

그들도 무한히 기쁘고 나도 무한히 기뻤다. 나는 삼룡이와 술잔을 나누면서 그의 기다란 얼굴에다 대고,

"소……."

"이러……."

"워……."

하며 농담까지 퍼부었다. 삼룡이는 그 싫어하는 농담을 달게 받으며 웃었다. 그러나 내가 돌아갈 때 삼룡이가 열어 주는 싸리문을 나서며 나는 가슴이 내려앉는 듯 놀랐다.

텅 빈 외양간은 보송보송했다. 그것은 보기 드문, 부자연하고 불유쾌한 모양이었다. 쇠죽을 담은 구유는 바싹 마르고 먼지조차 뽀얗게 앉았다.

내가 그 앞에 멍하니 섰으려니까 삼룡이는 그제서야 소 생각이 난 모양,

"흥, 소가 있어야지유. 걔가…… 소가 제 대신 나가 죽었으니까유……."

라고 했다. 그러나 이번에는 그의 말이 나의 마음에 다시 꼭 스며들지는 않았다.

'아니, 소가 죽은 것처럼 삼룡이도 역시 죽었다.'

하는 생각이 났다.

"박이동이가 죽은 것을 생각 못하오?"

나는 삼룡이를 쳐다보면서 이 말을 입 밖에 내었다.

박이동이가 죽은 것이 삼룡이가 죽는 것과 뭐가 다른가. 도수장에 끌려가 도끼로 머리를 맞고 쓰러지는 소를 생각하며 굴 속에서 일하다가 등골이 바위를 맞고 죽는 사람을 연상할 수 있는 것처럼, 나는 넉넉히 빈 소 외양간을 보고 기다려도 기다려도 그 주인이 돌아오지 않는 빈 방을 생각할 수 있었다.

연기대 속에서도 일터에서 쓰러진 사람이 칠팔 명 되었다. 세상
이 모두 즐겁고 기쁘되, 지금 어디어디서는 저 보송보송하고 마른
소 외양간처럼 먼지 앉은 빈 방문을 닫아둔 채 늙은 어머니와 그 아
내와 아버지를 잃은 아이들은 문 밖에 서서 헛되이 기다리며 울고
있을 것이 아닌가. 나는 문득 삼룡이를 쳐다봤다.

'역시 소다.'

"자아, 잘 있으시오."

인사를 하고 나왔다. 만천 가지 애연한 생각에 젖으며 산모롱이
를 돌아서려니까,

"저눔의 소, 저눔의 이사장 눔의 소를 내가 끌어와야지……."

하고 삼룡이는 한편 언덕 소 있는 곳을 가리키며 험악한 낯빛으로
내 생각과는 딴판인 말을 하였다.

작 품 이 해

저자
소개 안회남 : 본명은 필승(必承)으로 서울에서 태어났다.
《금수회의록》·《공진회》 등의 작가인 안국선의 외아들
로, 수송보통학교 2학년에 입학하여 3학년을 마친 후, 강습소를 거
쳐 검정으로 휘문고보에 입학했다. 하지만 불량 학생으로 낙인 찍
혀 4학년에서 낙제, 퇴학한 후 문학에 심취하여 1930년대 초반부
터 소설을 쓰기 시작했다.

1940년대 초반 그는 가족을 데리고, 연기군 전의면으로 낙향하
는데, 1944년 여기서 징용으로 일본 북구주 탄광에 끌려간다. 일
년 만에 해방을 맞아 귀국해 그 해 10월 상경, 임화·김남천 등이
중심이 되었던 '조선문학건설부'에 가담한다. 이 건설부가 대립 단
체였던 '조선프롤레타리아문학동맹'을 흡수, '문학가동맹(문맹)'으
로 통합된 후에는 '문맹'의 소설부 위원장으로 활동하였고, 또 '문
학대중화운동위원회' 위원으로 활동하기도 했다. 1948년 월북하였
고, 6·25 전쟁 때는 종군 작가로 참가한 듯하며, 북한에서의 작가
생활은 1954년경에 끝난 것으로 보인다.

주요 작품으로 〈겸허〉·〈탁류를 헤치고〉·〈폭풍의 역사〉·〈농민
의 비애〉 등이 있다.

작 품
감 상
안회남은 일제 말기 일 년 간의 징용 생활을 끝내고 돌아와 1946년 중반에 이르기까지 징용의 체험을 담은 10편의 중·단편들을 잇달아 발표하는데, 〈소〉 역시 징용 생활의 기록을 남기기 위해 회고식으로 집필한 작품이다. 이러한 의도 때문인지 작품들은 역사성이 결여되어 있다거나 소재를 너무 조급히 처리해서, 마치 수필이나 관견기 정도에 그치고 있는 점이 매우 아쉽다.

안회남은 징용 생활의 기록을 담은 여러 편의 소설들에 큰 의미를 부여하지 않고 서둘러 마무리 지으려 했는데, 그것은 징용을 같이 체험한 사람들이 빨리 그것을 잊고, 새로운 생활에 적응해 가기를 바라서였다.

〈소〉도 그러한 범주를 벗어나지 않는데, 이 소설의 주인공 삼룡도 허구의 인물이 아니라, 작자가 함께 징용에 가서 만난 사람 중의 하나이다. 작자는, 소 같은 삼룡이 소같이 보이며 소같이 행동하는 것을, 그가 시골 출신으로 무지하고, 미신을 잘 믿는 것에 빗대어 소와 다를 것이 없다고 생각하는 데서 그 소재를 삼았다.

삼룡은 동료인 박이동이 죽은 것을 자기 대신 죽은 것이라고 생각하다가, 나중에는 식용으로 공출되어 죽은 자기네 소가 대신 죽었기 때문에 자신이 살게 되었다고 생각한다. 해방 후에 귀국해서 행복하게 살게 된 후에는 삼룡이 박이동이에 대한 생각은 까맣게 잊어 버린 데 대하여, '나'는 얄밉게 생각하는 것으로 이 소설은 끝을 맺는다. 차라리 주인공이 정말 소같이 정직하고 근면하나 우매하게 보이는 것은 소를 닮아서이고, 소가 삼룡이 대신 죽었다고 끝까지 밀고 나가거나, 소의 이미지를 일제 치하에서 강제 노역을 당하는 식민지 백성으로서 부각시켰다면 훨씬 현대적인 소설이 되었을 것이라는 미흡함이 남는 작품이다.

문제제기 이 소설에서는 클라이맥스가 될 만한 사건이 보이지 않는다. 다만 끝부분에서 '나'라는 사람이 박이동의 죽음과 소가 죽은 것을 비교해서, 마치 외양간이 비어 있는 것이 박이동이가 죽어서 돌아오지 않아 비어 있을 그의 방을 연상하는 장면이 대단원이라 할 만하다. 이것이 이 소설의 주제가 될 수 있는지를 비판해 보시오.

○ 길라잡이

원래 주인공을 '소'라고 한 것은 그의 모양이나 언행이 소와 같아서 붙인 별명 때문이다. 그런데, 우연히 그가 징용 오기 한 달 전에 그의 소가 억울하게 잡혀 가서 죽고, 그도 억울하게 소처럼 끌려와서 고생을 하며 또 소처럼 죽게 될 것을 두려워하는 등 소와 그 주인공이 연관된 것은 많다. 박이동의 죽음을 자신을 대신해서 죽은 것으로 생각하다가, 나중에는 자기 소가 대신 죽어서 자신은 산 것이라고 생각하는 깃도 그의 별명과 이어진다.

그러나 끝에 가서, '나'라는 사람이 그의 외양간이 깨끗하게 비어 있는 것을 보고, 박이동의 처지를 생각해서 주인공을 얄밉게 생각하는 것은 앞뒤가 잘 안맞는다. 주인공의 정직함이나 우매함 등이 소와 같았고, 그의 미신이 그를 살렸을지도 모른다는 것으로 끝낮으면 그의 농민으로서의 순수함으로 그려졌을 것이나, 갑자기 박이동의 연상으로 그를 매도한 것은 주제가 무엇인지를 애매하게 만든다.

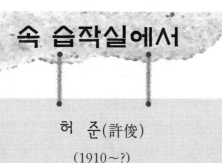

속 습작실에서

허 준(許俊)

(1910~?)

허준의
소설 세계는, 허무주의적
색채가 농도 짙게 깔려 있는데, 등단
작품 〈탁류〉에서부터 《조선일보》에 발표한
〈야한기(夜寒記)〉, 《문장》에 발표한 〈습작실에서〉의
연작 형태 소설에서도 허무의식과 고독감이 주류를
이루고 있다. 〈속 습작실에서〉는 해방 공간의
서울 어느 객줏집을 무대로 자의식에 빠진
문학 지망생이 한 사상 운동가의 만남을
통해 깨닫게 되는 새로운 삶을
그리고 있다.

대학 문과를 중퇴하고 서울로 돌아와 할머니가 운영하는 객줏집에서 하릴없이 시 습작이나 하며 지내고 있는 '나(남몽)'의 더럽고 좁은 방에 어느 날 이병택이라는 사람이 투숙한다.

그는 하룻밤을 '나'와 지내는데, 함께 술을 마시고 시와 인생에 대하여 담론하며 또 바다낚시를 가자고 약속한다. 심한 자의식에 빠져 무기력에 사로잡혀 있던 나는 이병택과 친해지면서 그에게 삶에 대한 여러 조언을 듣는다.

하지만 이병택은 '나'에게 돈을 맡기고 떠나가고, 그의 감방 동료라는 김모가 찾아와 이병택이 서대문 감옥소에 있음을 말하고 그 돈을 빼앗아 사라진다.

그 후 '나'는 감옥에 면회를 하러 가지만 좀처럼 이루어지지 않고, 다만 할머니를 통해 편지가 전달되어 그의 근황과 생각, 돈을 가져간 김모라는 사람의 정체 등을 알게 된다. 더불어 예심중 금지령에 묶여 있던 만주 사건의 주모자가 이병택임을 신문을 통해 알게 된다. '나'는 이병택과 한두 번의 편지를 통해 우의를 다지지만, 그는 곧 극형을 선고받고 조카딸을 '나'에게 부탁하고는 형장의 이슬로 사라진다.

'나'는 이병택의 삶과 죽음을 돌이켜 생각해 보며, 그동안의 삶과 문학을 반성하고 새로운 인생을 준비하게 된다.

제시된 본문은 할머니가 운영하는 객줏집 '나'의 방에 어느 날 이병택이라는 한 투숙객이 찾아와, '나'와 시와 인생에 대해 이야기하는 내용이 그려져 있다. 무기력에 빠진 문학 지망생인 '나'의 허무한 삶이 어디에서 연유하는지를 생각하며 글을 읽어 보자.

건드리면 푸슬푸슬 흙이 떨어지는 납작한 대로 퇴락하고 누추한 형지[1]만의 대문을 허리를 굽혀 들어서서 가느다란 호리병 모가지를 깊숙이 중문까지 뚫고 들어와서도 또한 즌장판같이 즈분즈분[2]한 안마당을 지나 몇 고분쟁이로 꾸불꾸불하게 돌아든 운두란 한끝에 납작하니 달라붙은 그 이상히도 축축하고 어둡고 습기로 뜬 객줏집의 한 칸 뒷방 ── 집을 닮아 역시 과도히 앞뒤만 두드러져 나간 앞짱구 뒤짱구의 기형아 머리와도 같이 생긴 이 우스꽝스러운 방 속에서 대학 문과를 중도에 그만두고 장차 어떻게 될지를 모르는 앞날이 어지러운 한개 대학생이던 나는 그때 그 밑에 깔리고 뭉기는 어둑시근한 습기와 냉기와 곰팡이를 들이마시며 민민(悶悶)한[3] 가운데 형편없는 '제멋대로의 청춘'을 저지르고 있었던 것이다. 그것을 혹은 생존의 이유로 붙잡아서 확실한 내 것으로 손에 쥐고 나설 것이 없었던 안타까움에서였다 할는지 그다지도 안팎으로 매사마다에선 트집이 생기기도 하며 혹은 그것을 반평생 동안을 만들어 내려오는 몸의 어찌하지 못하는 오예(汚穢)[4] 때문이라 할는지 청춘의 끝없는 나태와 무위의 흐름 속에서 그래도 몸을 부여잡고 이에 떠내려보냄이 없이 참고 견디고 악을 쓰며 그것들을 씻어내지 못해 지긋지긋이 식은땀을 흘려 내려오게 할 뿐만 아니라, 그것들 때문에 항상 자기 자신에게 악을 쓰고 반발하며 절망하여 내려온 것 ── 생각하면 앉았다 누웠다 하며 곰불락일락하는 가운데 이것들을 길러 주고 흔들어 주고 빚어 내 준 그 이상한 어둠과 냉랭한 습기와 곰팡이의 한때를 생각하는 것은 나에게는 여남은 즐거움도 될 수 없는 것인 동시에 단순히 혀끝에 남는 쓴맛만도 아니었다. 그리고 그것들이 즐거움이었거나 쓰라림이었거나 내 딴은 내가 아니면 손을 댈 수 없는, 어쨌든 언제든 한번은 누구나가 볼 수 있는 짯짯한[5] 광명 속에 그 모상(貌相)[6]대로를 드러내자고 전심전력으로 노력해 온 이는 또한 나의 지금껏 어찌하지 못하는 염원이기도 하였던 것이다.

하지만 어떻게 하랴. 한때 나의 그 '제멋대로의 청춘'을 형성한 모든 것들을 차례차례 주워 올려 가지고 햇빛 속에 드러내는 일에 나는 아직 감당할 힘이 없을 것만 같지 아니하냐? 거추장스러울 것은 없으면서도 주워 올리려면 깨어지고 억지로 그러모으면 헝클리거나 바스러질 뿐 아니라 헤쳐 놓으면 떨어지거나 빛 속에 내놓으면 바래지려고만 드는 것, 그렇다고 또한 이렇지들 않기에만 갖은 노력을 다하여 나가 보면 어느 결에 제 것 아닌 것에 속아넘어가고 제 살색 아닌 것이 마주 서려고 드는 것이다. 참으로 지내 놓고 생각해 보면 그때그때를 당해서는 아무리 힘이 들었더라도 살아나오기는 살아나온 것만 사실이었는데 그 어떻게 힘들었던 일임을 뒤에 다시 나타내기야말로 용이하지 아니한 것을 안 느낄 수 없는 것이었다. 이리하여 나는 내 두 다리가 내 기질(氣)을 닦고 닦아 내 온 재능을 기울여 부어도 모자랄 종생사업(終生事業)에 와 걸쳐 꼬꾸라져 넘어짐을 다시금 새삼스러이도 깨닫는다.

하지만 지난날 내 눈앞을 지나간 한 나그네의 모습을 붓을 들어 더듬어 헤매는 이 묘명(墓銘)[7]에서까지 정말 추상적으로나마 나 자신에 대해 요만큼이라도 안 쓸 수 없는 것은 내가 나란 사람을 아무 데에서나 드러냄만 아는 지나치게 주제넘은 사람인 까닭만은 아닌 것이다. 다만 이만큼이라도 안한다면 나와 더불어 하룻밤을 같이하였을 뿐인 그 나그네의 모상이나마 앉혀질 충분한 배경이 되지 못할 것을 저어한[8] 데 불과한 것이다.

문 들어오는 데가 호리병 모가지처럼 무섭게 깊숙하였고 안마당을 지나면 줄행랑같이 꾸불꾸불하게 돌아든 운두란 속에 방이 열도 스물도 더 박혀 있는 어두컴컴하고 즈분즈분하고 우중충하여 어디나 건드리면 흙이 푸슬푸슬 떨어지는 남주락 객줏집의 주인인 할머니와 할머니의 손자인 나는 며칠 안 있어 이사 가기로 작정이 된 남의 셋집 든 사람들처럼 벽에서 흙이 떨어지건 말건 마당 한가운데 즌장판이 생기건 말건 못 본 듯이 두 손을 소매 속에 마주 옹크려 넣고서는 제각기 제 모양을 해 가지고 저희들 방에 오도카니 앉았거나 납작 엎어져 누워 있었다. 이불, 요, 베개 같은 침구며 객실의 비품은 더 말할 것도 없고 아침 저녁으로 닥치는 반찬거리에까지 별 계책을 세울 생각 없이 손님이 들면 드는가 보다 가면 가는가 보다 하기를 아침이 오면 아침을 맞고 저녁이 오면 저녁을 맞는 사람들처럼 하였다. 따라서 어쩌다 무슨 신분 어느 계급 누가 어느 모양을 해 가지고 들거나 들어서 밥을 청하는 손님이 있다더라도 장 종지에 할머니가 담은 장과 뿌리 다듬지 아니한 콩나물국에 역시 뿌리 다듬지 아니한 콩나물 무침에 고추가 들었는지 말았는지 한 새우젓 국물이 부유스름한[9] 채 흥건히 담긴 깍두기에 더운 밥 한 상씩을 받을 수는 있으면서 그 이상의 대우나 요공[10]을 받을 염[11]은 하지도 못한 것이다. 그 대신 달리 사 먹을 데도 없어서 배가 정 고파 못 견디겠다면 한밤중에라도 그제는 콩나물 등속조차 끼지 못한 밥을 지어 그 부유스름한 깍두기나마 받쳐 들여보내었고, 드는 손님은 막지 않아서 밤새 문을 두드려도 모른체지지 않고 받아들여 어떤 사람에 누구를 물론하고 방에 불 지펴 주기를 마다하지 아니하였다. 하기야 경향[12] 간을 오르내려 묵으며 돈이라면 한두 푼이라도 소홀히 할 수는 없으나 싸고 배고픈 채 추운 밤잠 안 자는밖에는 별다른 요공을 바라지도 않는 뜨내기 촌장사꾼패가 기껏인 이 삼등 객줏집에서 이네들의 상 심부름과 기어이 집안에서 먹어야 하겠노라는 패가 들면 술집에서 술을 청하여 들여보내는 술 심부름이며 또 적지않이 가끔은 별다른 요공과 편의는 없더라도 조용한 것이 좋은 눈치로 술집이 파하여 짝패가 되어 달려드는 젊은 남녀들 드는 방에 나는 불면증의 눈을 거슴츠레하니 뜨고 아무런 투정도 없이 불이 이글이글 타는 아궁이에 두 다리를 펼치고 앉아서 장작을 지피며 그네들의 은근한 속삭임을 수많이 흘려 듣기도 하였다. 그 대신 이런 방 이런 침구 이 따위 반찬에다가 대야에 세숫물 하날 떠 들여놓을 줄을 아나 담배에 불붙여 댈 줄, 갓의 먼지 신발의 흙을 털어 대령할 줄을 아나 그렇다고 은근짜 집에서 색시 하나를 불러다 줄 줄이나 안단 말이냐는 투정 삼아,

"원 이렇게 허면서두 여관을 한다구 할까?"

하면서 고개를 절레절레 흔들고 저희들끼리 수군거리고 한탄하고

혹은 감추지 않고 불쾌한 얼굴을 내어 걸치고 나가는 반들반들한 손님 양반들도 없지 않아서 이런 이들을 보면, '그러기에 아예 갈 때에 쓸데없는 치사나 팁 받지 않을 양으로 자기도 전에 엊저녁부터 미리 선금 받을 줄은 알지도 못하는가?' 싶어 우습기도 하였지만 또 한편 생각할 날이면 그처럼 말함이 무리도 아닌 것을 돌아보아 깨닫지 못할 바는 아니었다.

그러면 돈이 싫어서?

아니, 그렇지는 아니하였다. 나는 가끔 쌀이 떨어질 때엔 할머니 담그신 장에다 투정하는 그네들만도 못한 조밥을 아금자금 두 볼에 넣고 씹으면서도 속으로는 혼자 이런 앙탈질하기를 그치지 아니했으니까.

'아무리 이밥이지만 씹지 않는 데야 무슨 맛이 나나?'

'아무리 이밥이지만 씹을 줄 모르는 데에야 무슨 맛을 아나?'

상패(商牌)[13]는 이십 년 이상을 붙여서 손때가 먹고 지워지고 글자가 날아서 군지군지하게[14] 되어서 이 따위로 나간다면 앞으로 몇 해 몇 열 해까지도 이대로 나가지 않을 수 없을지 모른다 하면서 이왕 여관을 하려면 방도를 고쳐 철저히 할 생각까지 아니한 것, 그리고 또 이런 군지군지하고 어수선하고 되는 대로 되게 해라 하는 속에만 고독의 고리(故里)[15]가 있는 걸로는 알지 아니하면서 돈이 있으면 고독은 또 다른 방도로 완전히 독립된 왕국 안에서 화려하게 고독할 수 있었던 것을 미처 몰랐던 것뿐이었다.

다만 그렇게까지 고독 고독 하면서도 그런 또 하나의 화려한 고독을 꿈꿀 줄 모른 탓으로 어느 시간에 손님이 들거나 객부(客簿)[16]는 드는 시간마다 써서 파출소에 갖다 대게 되어 있으므로 할머니는 손님이 드는 때마다 내 잠을 깨워 내 손을 거치지 않고는 손님을 치지 못할 객부의 부탁을 나에게 하시곤 하였지만, 나는 나대로 또한 야심하여 내외(內外)가 갖춰진 행랑방을 깨우곤 하는 것도 안 되어서 객실에 이불을 날라 들이고 불을 지피고 헌 객부쯤 들고 순경막 가는 것 같은 건 어쩌는 수 없는 일로 알았던 것이다.

그러나 그 나에게도 다만 한 가지 고집과 버리지 못할 사치는 있었다. 일이나 심부름쯤은 예서 더한 것을 밤을 밝히고라도 마다 안 하면서도 내가 점령하고 있는 만년 이부자리의 내 방에 대해서만은 나는 누가 아무래도 좋다는 식으로 관대할 수 없는 절대적인 것을 버리지 않는 사람일 뿐 아니라, 이것만에는 번번이 속을 모르는 할머니가 혹 한 사람쯤인 손님 같을 때엔 이제 이밤중에 새삼스러이 딴 방에다 나무를 다룰 것도 없을 것이니 네 방에다 들어서 같이 자면 어떠냐고 하는 걸로 가끔 똑같은 경우를 되풀이하곤 하시어서 나에게 짜증을 안 맞은 때가 없도록 어지러울 대로 어지러워도 좋고 곰팡이 필 대로 피어도 좋은 내 방의 혼자만이 느끼는 질서를 나는 사랑하는 사람이었다.

누가 문을 열고 들여다보면서 잠깐 그 곰팡이만을 마시고 나가도 이내는 돌아오지 아니할, 비밀히 간직하여 두었던 무슨 내 방과 나 자신의 일부 질서조차 시허물어 놓고 가는 것같이 싫어서 골살이 찌그러지던 나였던 것이다.

이 방에 그 낯선 사람이 들어온 것이었다.

"방은 여기말고 바깥에도 있기는 있다고 하시는 거지만 인제부터 장작을 지피시겠다고 하시고 또 불쯤 안 때어도 못 잘 것도 아니기는 하나 손자님 쓰시는 방 같으면 더더구나 좋고 무관할 것 같애서 이렇게 무리대고[17] 들어왔습니다."

겨우 인기척과 함께 미닫이를 스르르 열고 허락이 있기도 전에 방안으로 들어선 이 낯선 손님은 이러고는 손을 방바닥에 짚고 인사를 하였다. 그러고는 아무런 거리낌도 없이 자기 손으로 들고 들어온 객부를 열어젖히자 두 팔꼬뱅이[18]를 짚고 그 위에 엎드리듯이 꺼꿉서서는 그 속에 그어진 소정(所定)의 난(欄)을 붓으로 채워 들어가는 것이었다.

"날이 인젠 꽤 선선해집니다."
하며 손을 쓱쓱 비비었는데 성묘를 다녀오는 길이라 하던 것을 생각하면 팔월 추석도 꽤 많이 깊어 들어간 어느 가을날 밤이었을 것이다.

이때 아랫목에 누워 뒹구는 채 밑도 끝도 없는 멍한 생각에 사로잡혀 있던 나는 무슨 영문인지도 모르고 누구를 보는지도 모르게 이 낯선 사람을 눈으로 맞았다가 정신이 들어 얼결에 벌떡 일어나 나와 앉아서 그와 대례를 바꾸기는[19] 하였던 터였다.

단추를 달아 입은 흰 옥양목 두루마기는 풀을 잘 먹인 티도 유난하게 발가닥거리며 진 양달령[20] 검정 바지에 다듬이 자국 매끈한 것이 그 두루마기 섶자락 사이로 엿보이며 신은 양말까지도 땀내는커녕 발구듬조차 떨어질나위 없는 산뜻한 것에다 짧게 기른 수염을 가쓴히 깎은 얼굴에는 검붉은 구릿빛 속에 꽉 자리를 잡고 앉은 두 눈이 잡티 없이 이글이글 타는 사람 —— 보매 나이도 나의 갑절 연배를 훨씬 지났을 사람이요, 수수함으로 일층 단정함이 드러나는 그 차림차림과 매무시 가운데에는 거조와 거조를 이어 나가는 호흡마다에[21] 사람의 마음을 저절로 느긋하게 하고 따르게 하는 자연성과 친화력이 흐늘거림을 알았다.

처음 같아서는 자기의 예정한 것을 거침없이 나의 눈앞에서 진행해 내보내는 것이나 다름없이 나로 하여금, '이 사람이 나를 주인의나 어린 손자라니까 업신여기고 이러는가?' 하는 의심까지를 나에게 안 일으키게 하지 않았다.

그러나 다음 순간에는 부지불식간에 내 의식 속에 잠재해 있던나도 당당한 한 개 사람이라고 부자연스러이도 누구에겐지 모르게항거하고 있던 억지며 남에게 뒤꼭지를 눌리어 억지로 떠밀려 가며하는 노릇에만 뱀과 같이 머리가 들려지고 괴벽하여지는 내 이 성미마저도 어찌하지 못할 일종의 부드러운 견인력에 이끌리어 운무(雲霧) 속에 부드러이 스러져 들어감을 나는 안 느낄 수 없었다.

"미안합니다. 제가 쓰지요."

하고 팔꼬뱅이를 대고 엎드린 그의 곁으로 내가 다가앉았을 때에는벌써 아침 이슬에 젖은 수풀 속에 진동하는 송진내와 같이 발그닥발그닥하니 풀 잘 먹인 옥양목 두루마기에 풍겼던 바람내가 십년래친구의 체취처럼 구수하니 내 코에 스며들어 올 때였던 것이다.

"아니 괜찮습니다. 내 쓰지요. 인젠 제법 선선해집니다."

하는 그의 궁근[22] 목소리에도 그 송진내는 따라나왔다.

그는 펜에 힘을 잔뜩 주어 쥐는 붓 쥠의 어색한 손놀림으로 '농업'이란 두 글자를 직업란에 떼뚝거려 집어넣고 다시 이어 원적(原籍)과 현주소란에는 이원(利原) 어디라고 분명히 써넣은 뒤에 마산을 전 숙박지로 하고 나서,

"정말은 마산에 우리 집 선영이 있지요. 원래야 고향인 이원에서고기잡이를 하지만 또 달리 다른 데서 짓는 농사도 없지 않고 해서

분주하고 먼 핑계만 하고 그만 이 몇 해째 성묘를 못하고 있다가 금
년은 벼르고 벼르던 끝에 신출 과일깨나 받쳐 놓고 오는 길입니다."

객부 써넣은 데에 대한 설명이나처럼 내가 묻는 것도 아니요, 무
슨 으레 들어야 할 말로 기다리고 있는 눈치를 보인 것도 아니건만
그는 스며들 듯이 조용한 어조로 이러고 나서 내 방 발치 끝에서 발
치 끝까지를 휘 돌라보고 난 뒤에,

"숱한 책이로군요. 아마 문학을 하시지?"

하고는 내 얼굴을 은근한 눈알들이 슬쩍 스치어 갔다.

"네, 뭐 문학이래야……."

나를 두고 무슨 당당한 한 개 문학가가 아니냐는 것도 아니므로
대답에 구태여 부정은 아니었지만 어설피 문학이란 말조차가 쑥스
러워 끝을 어물어물해 버리며 어른 앞에서 하는 버릇대로 나는 빡
빡 머리를 긁었다.

하매,

"네 좋으십니다."

하고 손은 이어 벌떡 일어나서 나갔다 올 겸사겸사라 하며 나의 굳
이 말리는 말도 듣지 아니하고 쓴 객부를 들고는 밖으로 나가 버렸
다.

나간 지 한 반시간이나 되었을까 하여서 그는 돌아왔는데 그러고
는 무엇인가 하나 가득씩 담긴 종이 봉투를 두어 개 한아름 되게 해
서 안고 들어온 것이었다.

"너무 이렇게 허셔서 미안합니다."

비로소 나는 처음으로부터의 미안한 인사를 드리고 권함을 받는
대로 봉지에 담긴 싱싱하고 흐들흐들한 능금들과 꺼풀째 하늘하늘

하여 터질 듯이 무르녹은 단 연시들의 살에 코를 들이박을 대로 들이박아 가면서 그것들의 단물을 빨아먹었다. 그러자 과일이 채 다 없어지지도 않았는데 무슨 누(樓) 무슨 누 하는 음식점의 배달꾼이 내는 퉁명부리는 것 같은 목청으로 이 방입니까 하는 소리가 밖에서 나며 문이 열리며 술 주전자가 들어오고 쇠고기 산적에 북어 조림에 돼지고기 편육에 호콩이 올라앉은 안주상이 배달되었다.

"사양하지 맙시다. 우리 그전 어른으로 시인 묵객들은 숙질간에서도 이렇게 곧잘 마조 앉어 술을 마시었답니다. 나이가 상관 있나요."

처음 몇 번은 사양도 하지 않았으나 한두 잔 받아 마시는 동안에 어느덧 퍼진 주기(酒氣)에다가 원래 술을 배울 때부터 남의 잔 막을 줄을 모르게 배운 성미인지라 한잔 더 한잔 더 하는 바람에 받아 먹은 술로 인제는 완전히 눈앞이 몽롱하게 되고 말았다. 그렇게 연거푸 몇 잔씩을 권하고 나서 자기도 앞에 놓인 잔에 부유스름한 탁주를 넘실넘실하게 부어 한 절반이나 마시고 난 뒤에 손은 그제는 어느새 건너편 먼 높은 바람벽을 올려다보며 어느 한시(漢詩)의 한 대목을 읊조리는 것이었다.

삼천불가도(三川不可到) 귀로만산주(歸路晚山稠)
낙안부한수(落雁浮寒水) 기오집수루(飢烏集戍樓)
시조금일이(市朝今日異) 상란기시휴(喪亂幾時休)
원괴양강총(遠愧梁江總) 환가상흑두(還家尙黑頭)[23]

안주를 그르다 하겠는가 술을 그르다 하겠는가. 이만하면 나에겐 대단한 것이었으나 그러나 오래간만에 굶주렸던 대단한 술상을 만났다느니보다는 나 혼자 이외엔 먹어 본 일이 없는 남과 더불어 먹는 술에 이런 어른을 모시었다는 것은 참으로 나에게는 희한하게도 즐겁고 가슴 시원한 일 아닐 수 없었다. 잡티가 섞이지 아니한 형형(炯炯)한[24] 눈동자에 서늘하게 맑아 들어가는 눈빛과 쓸데없이 처지고 늘어짐이 없는 궁근 그의 통목소리!

가난한 당나라 사람의 여수(旅愁)를 읊조리는 손의 얼굴은 도연[25]하였다.

　　낙성일별삼천리(洛城一別三千里)
　　호기장치사팔년(胡騎長馳四八年)[26]

그것이 그때 무슨 노랜지를 모르고 듣는 나에게도 그것들의 소복한 은근한 여운(餘韻)을 따라 일어나는 실솔[27]의 찢어지는 듯한 가냘픈 울음소리가 귀에 젖어들어 못 배기도록 고요한 늦은 가을밤을 나는 느끼지 아니할 수 없었다. 시가 끝나고 잠깐 잠잠하였을 때에도 우리는 사이에 가로막는 것이 아무것도 없이 오래간만에 하는 해후(邂逅)나 다름없는 두터운 정의로 마주앉아 이야기하였다.

"왜, 학교를 채 마치지도 않고 공부를 그만두고 나왔나요?"

"할머니 여관 하시는 편이 더 재미있을 것 같아 좀 도와드리기도 할려고요."

"허허허허, 아 그러시겠지. 그래 재미가 많이 납니까?"

"선생님은 제 말씀이 암만해도 정말 같지 않으신 게지요. 또 사실 아모리 학교에 다녀야 다니나마나한 공부요, 그리고 정말은 공부를 하러 들어갔던 것도 아니니까요."

"허허허! 공부를 하러 들어가신 게 아니라니, 그럼 뭘 하러 들어 가시구요?"

"공부라지만 돈만 있다면 이렇게 컴컴한 데 배겨 있기나 하다가 가끔 싫증이 날 때 한번씩 하기 좋은 일종의 소풍이기나 할 따름이 지요. 그까짓 것 아모데서는 못할 공붑니까? 재주만 있다면요."

"허허허, 그래 형은 재주가 있으니깐 아모래도 좋단 말씀인가요? 재주가 없어서 걱정이란 말씀인가요? 그러지 말고 아까부터 이렇게 조르게만 하지 말고 어서 쓴 걸 좀 내어놓아요, 보게. 나도 이래봬 도 시도 소설도 연극도 다 잘 알아요, 허허허."

"그건 그러시겠지요. 하지만 제게 재주가 있구 없는 걸 안다면 왜 이렇게 이러고 있겠습니까?"

나는 한참 만에 겨우 이렇게 대답을 하였으나 이어서 금세 내어 놓은 자기의 이 말에 내 자신의 몸이 스스로 부서져 으스러져 들어 가려 함을 가까스로 참고 이겼던 것이다.

술기운이라고는 하지만 기왕에 한번 얼굴을 맞대어 본 일도 없는 이런 왜객에게 대하여 이만큼이라도 자기를 표시하고 주장하고 철 철거리고 털어놓을 수가 있었던가 하는 것은 전혀 손님이 감추어서 온양한 거조 속에 싸 가지고 있는 무엇인지 그 이름 짓지 못할 고혹 적인 큰 자연성 때문이 아니었을까 하였다.

졸림을 받아 못 견디는 대로 나는 간밤 써 두었던 시(詩) 쪼박[28] 이 끼적거려져 있는 케케묵은 수첩을 벌써 이렇게 되면 인제는 아 무런 꺼림도 없이 손 앞에 내어놓을 수가 있었다.

하니까 손은 잠깐 동안 받아서 펼친 수첩의 어지러이 써 흩어 놓

은 행간들 속을 묵묵히 눈을 떨어뜨려 내려다보고 앉았다가,

"실솔, 거 좋습니다."

하였다.

그러고는 이어서,

"나는 또다시 허울을 벗기 위하여 밤새 옷을 벗는다 …… 하지만 왜 좀더 길게 안 썼습니까? 없는 걸 일부러 늘여 빼란 말은 물론 아니지만요."

그는 고개를 갸우뚱하고서 어딘지 애석한 데가 있어 못 견디겠다는 얼굴로 한참 동안은 나의 그 시 공책에서 자기의 눈을 떼지 아니하였다.

"지금 저 어떻게 했으면 좋을지 모르고 있습니다."

무슨 내 시에 허위성이 있었다든지 하는 자각으로의 아픔도 아니었지만 사실 나는 이때 손의 날카로운 관찰로 말미암아 가슴이 꿰져 들어가는 아픔을 석명(釋明)[29]하려 들지 아니할 수 없었던 것이다.

그때, 라고 한대야 지금인들 그럴 수밖에 없는 나이지만 나는 그때 말〔言語〕이란 놈에게 항상 협박을 받고 지낸다 하여도 좋으리만한 사람이었다. 소위 시 습작이라고 시작하기 전 처음 동안에는 내심으로 '말'이란 놈을 안심하고 경멸히 여기고 달려들어서 내 내적 욕구 또는 소위 영감(靈感) 영감(우선 이런 말부터도 쓰기 싫은 말이다) 하던 따위의 것이 요구할 때는 말이란 언제나 작자의 임의대로 자연스러이 따라올 수 있는 걸로 여기고 있었다. 아니, 따라오는 것이 아니라 따라올 것으로 일부러 정해 놓고 달려들지 않고는 다시 말하면 그런 말에 대한 안심이나 경멸이 없이는 '시'란 나에게 만만

히 달려들 것이 못 되는 것이었는지도 모르는 일종의 난쟁이 요마
(妖魔)였다. 하지만 아무리 놈의 조작성에 치심유의(置心留意)하지
않는 체하자 하여도 역시 실제로 부딪쳐 보면 그놈의 요마의 법칙
과 규구(規矩)란 그처럼 딱딱하고 강강하고[30] 다만하지 않아서 뚫고
들어가 헤쳐 내팽개치자 하여도 잘 안 되는 또 하나 그렇게 제대로
의 불가침 세계인 것만은 몰랐던 것이다.

가령 아무리 내 내적 욕망이 크다 하여도 말이 자기가 가진 이 법
칙과 규구의 범위 안에서 줄[限界]을 빡 그어놓고 그 안에 머물러
있게 하려고 하는 날일진대 그때 완벽히 이루어져 있는지도 모르는
내 시(詩)와 진실의 모상은 어느 한 귀퉁이에서든지 입을 대어 쏠리
어 피를 뿜으려고 하는 일종의 큰 항거력을 지각하지 아니할 수 없
는 것이었다. 그것이 가진 이 한계성에 항거하며 동시에 농간을 당
하여 마음의 허격을 제공하지 아니하면서 심면(心面)의 완전한 모
상이 제 옷을 찾아 입고 완전한 표현이 되어 나오게 하는 노력 ——
그 틈바구니에 끼어서 나는 항상 허둥거리고 헤매는 청춘이었던 것
이다.

"거짓말을 하지 않고 시를 짓는 데에는 특별한 힘과 재능이 필요
한 것을 저는 알았습니다. 이러기 위해 저는 배꼽이 나오도록 있는
힘을 다하여 용을 써 보았고 또 괴로워도 하였습니다만 말이란 놈
은 언제나 저의 곁을 엿보고 있다가는 거짓이 허용될 장소와 기회
를 노려 마지않는 요물로서 거짓이라도 좋으니 번즈르르한 허울 좋
은 표현이면 고만이 아니냐는 것으로 항상 꾀이고 협박하고 갈그장
거리는 것이었습니다. 헌데 완전한 허울 좋은 옷만 입은 표현이란
저에게 뭐겠습니까? 아무런 말에도 제약이 안 되는 정확한 대상의

표현이 저에게는 필요하였습니다. 말의 사기사(詐欺師), 현황 찬란하고 기묘하게만 생각되는 옷을 입고 무대 위에 나서는 그것만으로 사람들의 마음을 이끌려는 광대 이상의 아무것도 아닌 거 아니겠습니까?"

"그러니깐 시인의 조건을 잃지 않고 시를 만드는 것, 시의 조건을 잃지 않고 시인이 되는 것, 이 틈새에 끼여서 괴로워하시는 거란 말이겠지요. 그러신 거지."

"네, 그렇습니다, 그 말씀입니다. 그러길래 시작(詩作)의 재간이란 말 쓰기를 저는 죽기보담도 싫어하면서 동시에 또한 그 재간의 힘이란 것을 시인하지 아니하면 안 되는 모순에 저는 어찌할 줄 모르는 겁니다. 말은 이렇듯 저에게 엄연한 것인 동시에 냉혹합니다."

사양 없이 받아먹은 과다한 술이 어느 결엔가 갓 스물 난 청년의 창자를 밑으로부터 들쑤시어 놓아 절망적으로 이렇게 부르짖어 마지아니하였다.

"압니다, 남형의 심사를 알 수 있을 것 같습니다. '실솔'은 그렇지도 않지만 '창'이라든지 뭣이라든지 이 수첩에 있는 것만 보더라도 길게 제대로 발전이 되어 나간 시들은 어느 것 하나 탁하지 아니한 것이 없는 것만 보더라도 말하자면 남형이 '말'과 형식이란 놈에게 물려 뜯기고 속아넘어가지 않기 위하야 친 앙바듬거림[31]이 얼마나 컸던 것인가 함을 알 수 있는 동시에 남형의 그 상처가 애꿎이 드러나 있다는 증거도 여기 역연히 나타나 있습니다. 남형이 남형답지 아니한 이질적인 것을 물리치고 현란한 옷이기 때문이라 해서 홀리지 않고 제가 제 것을 찾어 입으려고 한 결과, 또한 어쩌는 수 없이 드러난 상처들 말씀이야."

"네."

나는 고개를 수그렸다.

"그러니까 절대절명인 곳에 와 부딪히신 것 아니라구?"

하며 손을 싱긋 웃으며,

"허지만 남형의 존재가 다시 나고 중생(重生)을 하고 삼생(三生) 사생(四生)을 한다 하더라도 그건 그런 괴로움은 어찌하지 못할 종 류의 것들인 것 아닐까요? 동서고금을 막론하고 지금껏 내려오는 허다한 문학적인 천재라 한들 과연 그런 게 없었을는지! 탁(濁)한 대로일는지는 몰라도 깨끗이 정리만 되어 있지 않으려는 노력, 남 형의 지금으론 도리어 어려운 일 아닙니까?"

나그네는 나중 마디를 도리어 단단한 자신 있는 어조로 끊으며 쟁반 위 술잔에다 또 한잔 가득히 술을 부어 쳐들어 천천히 마시면 서,

"다만 이건 있습니다. 남형을 두고 내가 주제넘은 말을 하는가 두 렵지마는 형이 너무 형 자신을 괴롭히고 학대하고 산다는 것이건 너무 과합니다. 이게 지금 세상에 또 남형 같은 청춘 시절에 있을 수 있는 일입니까? 여기 들어오기 전 할머께 잠깐 들러서 모시고 이런 말씀 저런 말씀 하다가 남형 말씀도 얼마큼은 듣고 대개 어떤 분인가 하는 궁금증은 어쩌지 못하고 들어왔지요만 아까 들어오자 마자 나는 참으로 깜짝 놀랐던 것이야요. 이 음습한 뜬 좁은 방에 자기 자신을 몰아넣고 또한 자기의 군색하고 어지러웁고 자기 분열 적인 생각에 자기 자신을 가두어 놓고 매질하며 괴롭히며……."

하고 듣다가 남긴 술잔을 마셔 넘겼다.

내가 가만히 들으며 앉아 있고 나그네가 겨우 요만 정도의 이야

기를 하는 것이지만, 나는 나그네가 이렇게 이야기하는 사이에야 내가 아까 얼마나 혼자 떠들어대고 질벌거렸던가 함을 비로소 깨달을 수 있었다.

　나는 어쩐지 뒤끝이 어석어석하고 쑥스럽기 시작하여 못 견디었다. 그러나 나그네는 별로 이 젊은 사나이의 애송이 수치심이 유래하는 바 모든 심리를 엄호(掩護)해 주려는 고의로운 태는 조금도 나타내지 아니하며,

　"어쨌든 그러나 중생 삼생은 못한다 하고 또 그럴 필요는 어디 있겠어요만 모든 걸 새로 시작하려면 무엇보담도 남형은 남형 자신을 너무 가두어 두고 가두어 둔 데서 괴롭히기만 할 것이 아니라 먼저 개방해 놓을 필요가 있지 아니합니까? 이 음습한 뜬 방과 또 그리고 자기 자신으로부터서요? 그것도 그렇거니와 정말은 아까부터 보입고 남형의 몸이 튼튼하지 못한 것 같애. 문학을 하시는 데 상당히 힘이 들지나 않을까 했던 겁니다. 물론 쓸데없는 나 먹은 사람의 기운[32]지도 모르겠지만…… 그러나 무엇이든 가슴속에 몽롱하고 뭉게뭉게 피어나건만 남이 모르는 안타까운 것을 품고 있는 사람에게는 그걸 또릿또릿하고도 어느 구석에도 험집이 안 난 완전한 것으로 만들어 남의 마음에 전달하려고 하는 것은 없을 수 없는 일 아니겠어요? 또 물론 없어서도 안 될 거고요? 남형 경우에 있어서는 이걸 '시'라고 부르는 것 아니겠어요? 그렇지요?"

　"……."

　"나는 누가 가진 어떤 종류의 괴로움을 말하지 않습니다. 그것을 몸으로써 겪어 나오며 다시 재현시켜 남에게 전하는 사업일 것 같으면 어느 것임을 물론하고 작은 일일 수는 있으며 뼈를 깎는 일이

아닐 수는 있습니까? 그 일을 한평생 감당해 나감에는 남보다도 몇 갑절 튼튼한 몸이 밑받침을 하고 있어야 할 것 아니겠어요?"

"네."

하고 나는 고개를 수그리며,

"아까 제가 말씀드린 건 모두 주제넘게 되었습니다. 제가 무엇이라고 한 것이 다 이 선생 지금 말씀하시는 것처럼 그렇게까지 대단한 것도 아니면서……."

하고는 머리라도 벅벅 긁고 싶은 마음을 겸쳐 여러 가지 의미로 또한 번 이 양반에게 마음속으로부터 항복하지 아니할 수 없었다.

"아, 무슨 말씀이시오!"

그는 술에 무르녹았으나 하늘하늘하는 잔웃음의 물결이 남실거리는 눈으로 나를 쳐다보았다.

"남형, 고기잡이 해본 일 있으신지?"

"무슨 고기잡이 말씀이신지요. 낚시질 말씀입니까?"

"아니, 낚시질도 물론 좋겠지만……."

숨이 막히어 버릴 지경에서 살아난 모양으로 내가 이렇게 대답한 데 대해 그는 그의 역시 맑고 두리두리하나 어디까지나 온량한 가운데 서늘히 잦아드는 너그러운 미소를 그 두 눈자위 속에 싸 넣으며,

"바다에서요."

하였다.

"없습니다."

"한 번도 없습니까?"

"네, 한 번도 없습니다."

"한번 하러 가볼 생각도 없습니까?"

"아니, 꼭 가서 한번 해보고 싶습니다."

"그럼 나하고 한번 가 보실까요?"

"네, 꼭 따라가 보고 싶습니다."

"그래요!"

나그네는 불시에 열광해 들어가기 시작하려는 내 얼굴을 들여다보며 이러고는 그제는 문득 무슨 다른 생각이 드는 모양으로 잠깐 눈을 먼 천장으로 돌리며,

"하지만 벌써 물이 차 들어가기 시작할 때로군!"

하면서 갑자기 얼굴에 서늘한 그늘이 잦아들었던 것이다. 동시에 손을 꺼내어 들고 그것으로 자기의 바른 무릎 위까지 갖다 대어 나에게 가리키어 보이며,

"이만큼이나 물에 쟁깁니다."

다지듯이 이러고는 고쳐 내 얼굴을 보고 부드럽게 웃었다.

"네, 하지만 꼭 한번 따라가서 잡어 보고 싶습니다."

나는 몸이 달아 이렇게 부르짖으며 상반신을 부지중에 앞으로 끌어당겼던 것이다.

"그럼, 우리 둘이서 한번 여기까지 이 정갱이를 걷어붙이고 해볼까요. 한 해 겨울 어디?"

"네, 어디든지 그런 데라면 쏙 따라가겠습니다."

"우리 그럼 한번 그래 봅시다. 헌데 이번엔 우선 내가 먼저 떠나서 다른 데 들러 일을 좀 보고 그리고 다시 올 것이니 그때 우리 부디 같이 떠납시다. 그리고 남형은 어쨌든 내가 돌아올 때까지의 동안이라도 몸에 대한 조심을 게을리 마시고 이 좁은 뜬 음습한 방에

서 해방이 되어 한시라도 툭 틘 대기 속에 날개를 펼치고 날고 계셔야 한다는 생각 한시라도 잊지 마시라고요. 내가 다녀와서 같이 가기만 하는 날이면 안 그럴래도 그렇게 되고야 말 테지만 말씀이야. 내 말씀 믿으시지?"

믿으라고 하지만 금방이라도 데리고 가 줄 것같이 하던 그의 어조가 이처럼 오므라져 들어가매 나는 철없는 세상 아이가 여남은 어른에게 속아서 속을 들여다보인 것처럼 마음이 섬뜩해짐을 어찌하지 못하였다.

그러나 시일은 어찌 되었든 그것이 실현될 것만은 나는 믿어 의심하지 않았다. 이날 밤은 그러고도 또 많은 이야기를 밤새껏 우리는 하였다. 고기잡이 이야기뿐 아니라 그의 옷자락에서 풍기는 바람 냄새와 같이 그 모든 이야기를 모조리 믿을 만큼 어딘지 모르게 나타나는 그의 품격을 나는 믿었다.

이날 밤 자리를 깔고 누워서 나는 그 바다와 고기잡이에서 연달아 일어나는 모든 상상과 환각에 잠을 이루지 못하였다. 오늘날까지 이어 나온 이 모든 염오(厭惡)할[33] 악몽의 생활을 하루바삐 뿌리쳐 팽개쳐 버리고 십 년이 되건 이십 년이 되건 죽은 셈하고 가 묻혀 있다 오지! 하는 욕심에 내 가슴은 그칠 줄 모르게 울먹거렸다.

보·충·학·습

1) 원래 모양만 남은 상태.

2) 지저분하고 불쾌한.

3) 매우 민망한.

4) 지저분하고 더러운.

5) 빛깔이 맑고 깨끗한.

6) 모양.

7) 묘지명. 즉 이 소설을 의미함.

8) 두려워한.

9) 빛깔이 약간 부연.

10) 자기가 베푼 공을 내놓고 남이 칭찬하여 주기를 바람.

11) 무엇을 하려는 생각.

12) 서울과 지방.

13) 상점의 간판.

14) 매우 지저분하고 추접하게.

15) 고향.

16) 여관 손님의 주소나 성명 등을 기록하는 장부.

17) 무턱대고.

18) 팔꿈치.

19) 인사를 하기는.

20) 감이 두껍고 질긴 서양식 피륙.

21) 따라서 하는 행동마다.

22) 소리가 넓고 깊은.

23) 두보(杜甫)의 시 〈만행구호(晚行口號)〉.

24) 빛이 계속 반짝거리는.

25) 거나하게 취한 모양.

26) 두보의 시 〈한별(恨別)〉의 일부.

27) 귀뚜라미.

28) 조각.

29) 해명하여 밝힘.

30) 단단하고.

31) 기를 쓰고 바둥거림.

32) 쓸데없는 걱정.

33) 몹시 싫어하는.

작 품 이 해

|저||자|
저자소개 허 준 : 평북 용천에서 태어났다. 중앙 고보를 졸업하고, 일본 호세이 대학을 졸업한 후에《조선일보》기자를 역임하였다. 1935년에 시 〈모체〉를 발표하였고, 1936년에 단편 〈탁류(濁流)〉를 《조광(朝光)》에 발표함으로써 문단에 등단하였다. 해방 후에는 조선 문학가 동맹에 가입하여 활동하다가 월북, 북한에 거주하면서 작품 활동을 하였다.

주요 작품으로 〈야한기(夜寒記)〉·〈습작실에서〉·〈잔등(殘燈)〉·〈한식일기(寒食日記)〉·〈역사〉 등이 있고, 작품집으로《잔등》을 발간하였다. 그는 해방기의 현실과 인간의 내면 세계를 깊이 있게 탐구한 작가였다.

작품감상 〈속 습작실에서〉는 1948년 8월, 임화·김남천 등이 중심이 된 좌익 성향의 잡지《문학》에 발표된 작품으로, 문학 창작 과정의 어려움과 삶의 방향성 확립 문제를 민중적인 입장에서 쓴 것이다.

이 소설의 주인공 '나'는 문학가 지망생으로, 문학을 평생의 사업이라 생각하는 20세의 대학 중퇴생이다. 무기력과 퇴폐적인 생활을 하며 심적인 방황을 하는, 당시의 지식인들을 표상할 만한 '나'는 어느 날 이병택이라는 사람을 만나면서 새로운 삶이 전개됨을 느낀다. 이병택은 사상가이자 조직 운동을 하는 사람으로, 그는 '나'와 하룻밤을 지내면서 문학과 인생에 대한 교훈을 주어 '나'에게 새로운 삶을 열어 준다. '나'는 이병택이 부탁한 심부름을 해 주고, 그것이 원활히 이루어지지 않음에도 그와의 약속을 지키려 하며, 그러면서 그의 정체를 조금씩 알게 된다.

이병택의 친구를 자처하면서 '나'를 찾아와 회유 반, 협박 반으로 이병택의 돈을 갈취하여 간 김모라는 사람에 의하여 이병택이 서대문 감옥에 갇힌 것을 알게 되고, 나중에 신문을 통해 그가 어마어마한 사건의 주모자임을 알게 된다. '나'는 할머니의 도움으로 이병택과 편지를 주고받으면서 그의 사상과 집념을 이해하게 되지만 결국 그는 사형을 선고받고 죽는다.

〈속 습작실에서〉는 순수한 우리말과 어려운 한자어가 많이 등장한다. 이는 당시의 사회상과는 잘 맞지 않는 것으로, 작가는 당시 일제의 잔재가 횡행하고 일본 말투가 유행하던 풍조를 비판적인 입장에서 보고 그렇게 쓴 것으로 보인다.

또한 이 작품은 전반부에서는 난해한 어휘를 등장시켜 주인공의 상황과 의식을 표현하고, 후반부에서는 편지 양식을 통해 이병택의 사상과 의식을 나타내고 있다. 그리고 그것을 회고하는 형식을 취하고 있으며, 이병택과의 관계를 통해 '나' 곧 주인공의 문학관과 인생관·사상관 등이 세심한 심리적 묘사와 더불어 표출되고 있다.

(1) 본문에서 주인공 '나'와 이병택과의 '시'에 대한 논의에서 '말'의 사용의 어려움을 토로하고 있는데, 그 이야기를 참조해 문학 작품을 쓸 때의 말의 어려움에 대해 논해 보시오.

● 길라잡이

이 소설에서 '나'는 "말이란 놈에게 항상 협박을 받고 지낸다."고 하고, "소위 시 습작이라고 시작하기 전 처음 동안에는 내심으로 '말'이란 놈을 안심하고 경멸히 여기고 달려들어서 내 내적 욕구 또는 소위 영감(靈感) 영감하던 따위의 것이 요구할 때는 말이란 언제나 작자의 임의대로 자연스러이 따라올 걸로 여기고 있었다."고 말하고 있다. 이는 문학 작품을 쓸 때 말이 얼마나 중요한 것이며, 말의 사용이 작자를 얼마나 괴롭게 하는가를 표현하고 있는 것이다. 즉, 말이란 작자에게 가장 적절하고 유용한 선택을 하기를 요구하며, 쉽게 생각하고 이를 사용하려 하면 오히려 오용되고, 실패를 줄 가능성이 있음을 나타내고 있다.

문학은 실로 말 —— 언어를 통하여 나타내는 것이다. 문학에서 사용되는 언어는 가장 적절하고 경제적이며, 아름다운 것이어야 한다. 이를 잘못 사용하면 독자들은 이해할 수 없게 되며, 자칫 오해를 줄 수도 있는 것이다. 그러므로 문학가는 언어를 사용하는 데 신중을 기해야 하며, 평소에 언어에 대한 감각과 선택 능력을 배양해야 한다.

거짓말을 하지 않고 시를 짓는 데에는 특별한 힘과 재능이 필요한 것을 알았습니다. 이러기 위해 저는 배꼽이 나오도록 있는 힘을 다하여 용을 써 보았고, 또 괴로워도 하였습니다만 말이란 놈은 언제나 저의 곁을 엿보고 있다가는 거짓이 허용될 장소와 기회를 노려 마지 않는 요물로서 거짓이라도 좋으니 번즈르르한 허울 좋은 표현이면 고만이 아니냐는 것으로 항상 꾀이고 협박하고 갈그장거리는 것이었습니다.

○ 길라잡이

여기서 나타내는 바는 시의 진실성과 시작의 어려움이다. 즉, 시는 거짓이 들어 있지 않은 깨끗한 마음, 진실한 삶, 아름다운 자연 그대로여야 할 것인데, 시인은 그것을 거짓으로 확대하고, 수식하며, 겉으로만 화려한 표현을 하고 싶은 욕망에 사로잡힌다. 그래서 시를 잘 쓰려면 특별한 재간이 있어야 한다고 생각하고, 거짓 표현을 잘 해야 좋은 시라는 평가를 받는 경우도 있음이 사실이다.

여기에 나온 내용에서 그 발화자는 진실을 시에 표현하는 것이 얼마나 어려운 일이며, 또한 시 습작에서 거짓된 표현의 유혹과 겉으로만 번지르르한 수식의 욕구에 시달리며 그를 극복하는 과정이 얼마나 힘든지를 피력하고 있다.

그러나 이런 과정을 거쳐야 나중에 좋은 시를 쓸 수 있는 능력이 배양되는 것도 또한 사실이다. 습작 과정에서 이러한 진실성에 대한 고민을 하고, 좋은 시를 쓰기 위하여 많은 노력을 기울이며, 자신에 대하여 끊임없이 반성하는 사람만이 그 결과가 좋음을 또한 나타내고 있는 것이다.

소 나 기

황순원(黃順元)

(1915~)

〈소나기〉는
이성에 눈떠가는 사춘기
소년 소녀의 아름답고 슬픈 첫사랑의
경험을 서정적으로 그려, 우리의 전통과 농촌의
풍정을 이해하는 사람들에게 아련한 향수와 더불어
가슴 찡한 감동을 주고 있다. 이 작품은 역사가
짧은 우리 현대문학에서 단편소설의 정수를
이루고 있다는 점에서 그 가치를
인정할 수 있을 것이다.

작품내용

주인공인 소년은 평범한 농부의 아들로, 어느 날 개울가에서 물장난을 하는, 서울서 내려왔다는 윤 초시네 증손녀를 보게 된다. 소녀가 장난으로 던진 조약돌을 간직한 채 며칠을 지낸 소년은 어느 날 소녀를 다시 만나게 되고, 그들은 금방 친해져 즐겁게 논다. 하지만 소나기가 내려 원두막으로 피해 들어가고, 거기서도 비를 피할 수 없어 수수단 속으로 들어가는데, 그곳에서 서로 따뜻함을 느낀다.

그 후로 며칠 동안 보이지 않던 소녀가 나타나, 소나기를 맞은 탓으로 앓았다면서 핼쑥한 모습으로 이사를 간다고 말한다. 소녀의 아버지 즉 윤 초시의 손자가 사업을 하다가 망해 시골집까지 내 주게 된 것이다. 그러나 소녀는 소년에게 떠나기 싫다고 말한다. 그날 밤 소년은 소녀에게 주려고 덕쇠 할아버지네 호두를 훔치지만, 소녀와 다시 만나자는 말을 하지 못한 것을 깨닫는다.

추석이 지나고, 소년은 어른들로부터 윤 초시네가 양평읍으로 이사를 가며, 거기서 조그만 가겟방을 보게 된다는 말을 듣는다. 소녀네가 이사가기 전날 밤, 소년은 소녀에게 줄 호두를 만지작거린다. 그런데 마을에 갔던 아버지로부터, 소녀가 자기가 입던 옷을 그대로 입혀 묻어달라며 죽었다는 말을 전해 듣는다.

이 작품은 이성에 막 눈을 뜨는 소년과 소녀의 티없이 맑고 밝은 성품과 자연이 어우러져, 그들의 사랑이 아름답게 승화되어 가는 과정이 담담하게 그려져 있다. 문장 하나하나에 어떠한 의미가 있는지를 잘 생각하면서 글을 감상해 보자.

소년은 개울가에서 소녀를 보자 곧 윤 초시네 증손자 딸이라는 걸 알 수 있었다. 소녀는 개울에다 손을 담그고 물장난을 하고 있는 것이다. 서울서는 이런 개울물을 보지 못하기나 한 듯이.

벌써 며칠째 소녀는 학교서 돌아오는 길에 물장난이었다. 그런데 어제까지는 개울 기슭에서 하더니, 오늘은 징검다리 한가운데 앉아서 하고 있다.

소년은 개울둑에 앉아 버렸다. 소녀가 비키기를 기다리자는 것이다. 요행 지나가는 사람이 있어, 소녀가 길을 비켜 주었다.

다음날은 좀 늦게 개울가로 나왔다.

이 날은 소녀가 징검다리 한가운데 앉아 세수를 하고 있었다. 분홍 스웨터 소매를 걷어올린 팔과 목덜미가 마냥 희었다.

한참 세수를 하고 나더니, 이번에는 물속을 빤히 들여다본다. 얼굴이라도 비추어보는 것이리라. 갑자기 물을 움켜낸다. 고기새끼라도 지나가는 듯.

소녀는 소년이 개울둑에 앉아 있는 걸 아는지 모르는지 마냥 날

쎄게 물만 움켜낸다. 그러나 번번이 허탕이다. 그대로 재미있는 양 자꾸 물을 움킨다. 어제처럼 개울을 건너는 사람이 있어야 자리를 비킬 모양이다.

그러다가 소녀가 물 속에서 무엇을 하나 집어낸다. 하얀 조약돌이 었다. 그러고는 훌쩍 일어나 팔짝팔짝 징검다리를 뛰어 건너간다.

다 건너가더니만 홱 이리로 돌아서며,

"이 바보!"

조약돌이 날아왔다.

소년은 저도 모르게 벌떡 일어섰다.

단발머리를 나풀거리며 소녀가 막 달린다. 갈밭 사잇길로 들어섰 다. 뒤에는 청량한 가을 햇살 아래 빛나는 갈꽃뿐.

이제 저쯤 갈밭머리로 소녀가 나타나리라. 꽤 오랜 시간이 지났 다고 생각됐다. 그런데도 소녀는 나타나지 않는다. 발돋움을 했다. 그러고도 상당한 시간이 지났다고 생각됐다.

저쪽 갈밭머리에 갈꽃이 한옴큼 움직였다. 소녀가 갈꽃을 안고 있었다. 그리고 이제는 천천한 걸음이었다. 유난히 맑은 가을 햇살 이 소녀의 갈꽃머리에서 반짝거렸다. 소녀 아닌 갈꽃이 들길을 걸 어가는 것만 같았다.

소년은 이 갈꽃이 아주 뵈지 않게 되기까지 그대로 서 있었다. 문 득 소녀가 던진 조약돌을 내려다보았다. 물기가 걷혀 있었다. 소년 은 조약돌을 집어 주머니에 넣었다.

다음날부터 좀더 늦게 개울가로 나왔다. 소녀의 그림자가 뵈지 않았다. 다행이었다.

그러나 이상한 일이었다. 소녀의 그림자가 뵈지 않는 날이 계속
될수록 소년의 가슴 한구석에는 어딘가 허전함이 자리잡는 것이었
다. 주머니 속 조약돌을 주무르는 버릇이 생겼다.

그러한 어떤 날, 소년은 전에 소녀가 앉아 물장난을 하던 징검다
리 한가운데에 앉아 보았다. 물 속에 손을 담갔다. 세수를 하였다.
물 속을 들여다보았다. 검게 탄 얼굴이 그대로 비치었다. 싫었다.

소년은 두 손으로 물 속의 얼굴을 움키었다. 몇 번이고 움키었다.

그러다가 깜짝 놀라 일어서고 말았다. 소녀가 이리 건너오고 있
지 않느냐.

숨어서 내 하는 꼴을 엿보고 있었구나. 소년은 달리기 시작했다.
디딤돌을 헛짚었다. 한발이 물 속에 빠졌다. 더 달렸다.

몸을 가릴 데가 있어 줬으면 좋겠다. 이쪽 길에는 갈밭도 없다.
메밀밭이다. 전에없이 메밀꽃내가 짜릿하니 코를 찌른다고 생각됐
다. 미간이 아찔했다. 찝찔한 액체가 입술에 흘러들었다. 코피였다.

소년은 한 손으로 코피를 훔쳐내면서 그냥 달렸다. 어디선가, 바
보, 바보, 하는 소리가 자꾸만 뒤따라오는 것 같았다.

토요일이었다.

개울가에 이르니, 며칠째 보이지 않던 소녀가 건너편 가에 앉아
물장난을 하고 있었다.

모르는 체 징검다리를 건너기 시작했다. 얼마 전에 소녀 앞에서
한번 실수를 했을 뿐, 여태 큰길 가듯이 건너던 징검다리를 오늘은
조심성스럽게 건넌다.

"얘!"

못들은 체했다. 둑 위로 올라섰다.

"얘, 이게 무슨 조개지?"

자기도 모르게 돌아섰다. 소녀의 맑고 검은 눈과 마주쳤다. 얼른 소녀의 손바닥으로 눈을 떨구었다.

"비단조개."

"이름두 참 곱다."

갈림길에 왔다. 여기서 소녀는 아래편으로 한 삼 마장쯤, 소년은 우대로 한 십리 가까잇길을 가야 한다.

소녀가 걸음을 멈추며,

"너 저 산 너머에 가본 일 있니?"

벌 끝을 가리켰다.

"없다."

"우리 가보지 않으련? 시골 오니까 혼자서 심심해 못견디겠다."

"저래뵈두 멀다."

"멀믄 얼마나 멀갔게? 서울 있을 땐 사뭇 먼 데까지 소풍갔었다."

소녀의 눈이 금세 바보, 바보 할 것만 같았다.

논 사잇길로 들어섰다. 올벼 가을걷이하는 곁을 지났다.

허수아비가 서 있었다. 소년이 새끼줄을 흔들었다. 참새가 몇 마리 날아난다. 참 오늘은 일찍 집으로 돌아가, 텃논의 참새를 봐야 할 걸 하는 생각이 든다.

"아이 재밌다!"

소녀가 허수아비 줄을 잡더니 흔들어댄다. 허수아비가 대고 우쭐 거리며 춤을 춘다. 소녀의 왼쪽 볼에 살폿이 보조개가 패었다.

저만큼 허수아비가 또 서 있다. 소녀가 그리로 달려간다. 그 뒤를

소년도 달렸다. 오늘 같은 날은 일찍 집으로 돌아가 집안일을 도와
야 한다는 생각을 잊어버리기라도 하려는 듯이.

소녀의 곁을 스쳐 그냥 달린다. 베짱이가 따끔따끔 얼굴에 와 부
딪힌다. 쪽빛으로 한껏 개인 가을 하늘이 소년의 눈앞에서 맴을 돈
다. 어지럽다. 저놈의 독수리, 저놈의 독수리, 저놈의 독수리가 맴
을 돌고 있기 때문이다.

돌아다보니, 소녀는 지금 자기가 지나쳐 온 허수아비를 흔들고
있다. 좀전 허수아비보다도 더 우쭐거린다.

논이 끝난 곳에 도랑이 하나 있었다. 소녀가 먼저 뛰어건넜다.

거기서부터 산밑까지는 밭이었다.

수숫단을 세워 놓은 밭머리를 지났다.

"저게 뭐니?"

"원두막."

"여기 참이 맛있니?"

"그럼, 참이맛두 좋지만 수박 맛은 더 좋다."

"하나 먹어 봤으면."

소년이 참외 그루에 심은 무밭으로 들어가, 무 두 밑을 뽑아왔다.
아직 밑이 덜 들어 있었다. 잎을 비틀어 팽개친 후, 소녀에게 한 밑
건넨다. 그러고는 이렇게 먹어야 한다는 듯이, 먼저 대강이를 한 입
베물어낸 다음, 손톱으로 한 돌이 껍질을 벗겨 우적 깨문다.

소녀도 따라 했다. 그러나 세 입도 못먹고,

"아, 맵고 지려."

하며 집어던지고 만다.

"참 맛 없어 못먹겠다."

소년이 더 멀리 팽개쳐 버렸다.

산이 가까워졌다.

단풍잎이 눈에 따가웠다.

"야아!"

소녀가 산을 향해 달려갔다. 이번은 소년이 뒤따라 달리지 않았다. 그러고도 곧 소녀보다 더 많은 꽃을 꺾었다.

"이게 들국화, 이게 싸리꽃, 이게 도라지꽃……."

"도라지꽃이 이렇게 예쁜 줄은 몰랐네. 난 보랏빛이 좋아! 근데 이 양산같이 생긴 노란꽃이 뭐지?"

"마타리꽃."

소녀는 마타리꽃을 양산 받듯이 해 보인다. 약간 상기된 얼굴에 살풋한 보조개를 떠올리며.

다시 소년은 꽃 한옴큼을 꺾어 왔다. 싱싱한 꽃가지만 골라 소녀에게 건넨다.

그러나 소녀는,

"하나두 버리지 말어."

산마루로 올라갔다.

맞은편 골짜기에 오순도순 초가집이 몇 모여 있었다.

누가 말한 것도 아닌데 바위에 나란히 걸터앉았다. 주위가 조용해진 것 같았다. 따가운 가을 햇살만이 말라가는 풀냄새를 퍼뜨리고 있었다.

"저건 또 무슨 꽃이지?"

적잖이 비탈진 곳에 칡덩굴이 엉키어 꽃을 달고 있었다.

"꼭 등꽃 같네. 서울 우리 학교에 큰 등나무가 있었단다. 저 꽃을 보니까 등나무 밑에서 놀든 동무들 생각이 난다."

소녀가 조용히 일어나 비탈진 곳으로 간다. 뒷걸음을 쳐 기어내려 간다. 꽃송이가 많이 달린 줄기를 잡고 끊기 시작한다. 좀처럼 끊어지지 않는다. 안간힘을 쓰다가 그만 미끄러지고 만다. 칡덩굴을 그러쥐었다. 소년이 놀라 달려갔다. 소녀가 손을 내밀었다. 손을 잡아 이끌어 올리며, 소년은 제가 꺾어다 줄 것을 잘못했다고 뉘우친다.

소녀의 오른쪽 무릎에 핏방울이 내맺혔다. 소년은 저도 모르게 생채기에 입술을 가져다대고 빨기 시작했다. 그러다가 무슨 생각을 했는지 획 일어나 저쪽으로 달려간다.

좀만에 숨이 차 돌아온 소년은,

"이걸 바르면 낫는다."

송진을 생채기에다 문질러 바르고는 그달음으로 칡덩굴 있는 데로 내려가, 꽃 많이 달린 몇 줄기를 이빨로 끊어가지고 올라온다. 그러고는,

"저기 송아지가 있다. 그리 가 보자."

누렁송아지였다. 아직 코뚜레도 꿰지 않았다.

소년이 고삐를 바로 잡아쥐고 등을 긁어주는 체 홀딱 올라탔다. 송아지가 껑충거리며 돌아간다.

소녀의 흰 얼굴이, 분홍 스웨터가, 남색 스커트가, 안고 있는 꽃과 함께 범벅이 된다. 모두가 하나의 큰 꽃묶음 같다. 어지럽다. 그러나 내리지 않으리라. 자랑스러웠다. 이것만은 소녀가 흉내내지 못할 자기 혼자만이 할 수 있는 일인 것이다.

"너희 예서 뭣들 하느냐!"

농부 하나가 억새풀 사이로 올라왔다.

송아지 등에서 뛰어내렸다. 어린 송아지를 타서 허리가 상하면 어쩌느냐고 꾸지람을 들을 것만 같다.

그런데 나룻이 긴 농부는 소녀편을 한번 훑어보고는 그저 송아지 고삐를 풀어내면서,

"어서들 집으루 가거라. 소내기가 올라."

참 먹구름 한장이 머리 위에 와 있다. 갑자기 사면이 소란스러워진 것 같다. 바람이 우수수 소리를 내며 지나간다. 삽시간에 주위가 보랏빛으로 변했다.

산마루를 넘는데 떡갈나뭇잎에서 빗방울 듣는 소리가 난다. 굵은 빗방울이었다. 목덜미가 선뜩선뜩했다. 그러자 대번에 눈앞을 가로 막는 빗줄기.

비안개 속에 원두막이 보였다. 그리로 가 비를 그을 수밖에.

그러나 원두막은 기둥이 기울고 지붕도 갈래갈래 찢어져 있었다. 그런대로 비가 덜 새는 곳을 가려 소녀를 들어서게 했다.

소녀의 입술이 파랗게 질렸다. 어깨를 자꾸 떨었다.

무명 겹저고리를 벗어 소녀의 어깨를 싸주었다. 소녀는 비에 젖은 눈을 들어 한번 쳐다보았을 뿐, 소년이 하는 대로 잠자코 있었다. 그러고는 안고 온 꽃묶음 속에서 가지가 꺾이고 꽃이 이그러진 송이를 골라 발밑에 버린다.

소녀가 들어선 곳도 비가 새기 시작했다. 더 거기서 비를 그을 수 없었다.

밖을 내다보던 소년이 무엇을 생각했는지 수수밭 쪽으로 달려간다. 세워 놓은 수숫단 속을 비집어보더니, 옆의 수숫단을 날라다 덧세운다. 다시 속을 비집어본다. 그러고는 이쪽을 향해 손짓을 한다.

수숫단 속은 비는 안 새었다. 그저 어둡고 좁은 게 안됐다. 앞에 나앉은 소년은 그냥 비를 맞아야만 했다. 그런 소년의 어깨에서 김이 올랐다.

소녀가 속삭이듯이, 이리 들어와 앉으라고 했다. 괜찮다고 했다. 소녀가 다시 들어와 앉으라고 했다. 할 수 없이 뒷걸음을 쳤다. 그 바람에 소녀가 안고 있는 꽃묶음이 우그러들었다. 그러나 소녀는 상관없다고 생각했다. 비에 젖은 소년의 몸내음새가 확 코에 끼얹혀졌다. 그러나 고개를 돌리지 않았다. 도리어 소년의 몸기운으로 해서 떨리던 몸이 적이 누그러지는 느낌이었다.

소란하던 수숫잎 소리가 뚝 그쳤다. 밖이 멀개졌다.

수숫단 속을 벗어나왔다. 머지않은 앞쪽에 햇빛이 눈부시게 내리붓고 있었다.

도랑 있는 곳까지 와 보니, 엄청나게 물이 불어 있었다. 빛마저 제법 붉은 흙탕물이었다. 뛰어건널 수가 없었다.

소년이 등을 돌려댔다. 소녀가 순순히 업혔다. 걷어올린 소년의 잠방이까지 물이 올라왔다. 소녀는, 어머나 소리를 지르며 소년의 목을 끌어 안았다.

개울가에 다다르기 전에 가을하늘은 언제 그랬는 성싶게 구름 한 점 없이 쪽빛으로 개어 있었다.

그러고는 소녀의 모양이 뵈지 않았다. 매일같이 개울가로 달려와 봐도 뵈지 않았다.

학교에서 쉬는 시간에 운동장을 살피기도 했다. 남몰래 오학년 여자반을 엿보기도 했다. 그러나 뵈지 않았다.

그날도 소년은 주머니 속 흰 조약돌만 만지작거리며 개울가로 나왔다. 그랬더니 이쪽 개울둑에 소녀가 앉아 있는 게 아닌가.

소년은 가슴부터 두근거렸다.

"그동안 앓았다."

어쩐지 소녀의 얼굴이 핼쑥해져 있었다.

"그날 소내기 맞은 탓 아니냐?"

소녀가 가만히 고개를 끄덕였다.

"인제 다 낫냐?"

"아직도……."

"그럼 누워 있어야지."

"하도 갑갑해서 나왔다.…… 참 그날 재미있었어……. 근데 그날 어디서 이런 물이 들었는지 잘 지지 않는다."

소녀가 분홍스웨터 앞자락을 내려다본다. 거기에 검붉은 진흙물 같은 게 들어 있었다.

소녀가 가만한 보조개를 떠올리며,

"그래 이게 무슨 물 같니?"

소년은 스웨터 앞자락만 바라보고 있었다.

"내 생각해냈다. 그날 도랑을 건너면서 내가 업힌 일이 있지? 그때 네 등에서 옮은 물이다."

소년은 얼굴이 확 달아오름을 느꼈다.

갈림길에서 소녀는,

"저, 오늘아침에 우리집에서 대추를 땄다. 추석에 제사지내려 구……."

대추 한줌을 내어준다. 소년은 주춤한다.

"맛봐라. 우리 고조할아버지가 심었다는데 아주 달다."

소년은 두 손을 오그려 내밀며,

"참 알두 굵다!"

"그리구 저, 우리 이번에 추석 지내선 집을 내주게 됐다."

소년은 소녀네가 이사해 오기 전에 벌써 어른들의 이야기를 들어서 윤 초시 손자가 서울서 사업에 실패해 가지고 고향에 돌아오지 않을 수 없게 됐다는 걸 알고 있었다. 그것이 이번에는 고향집마저 남의 손에 넘기게 된 모양이었다.

"왜 그런지 난 이사가는 게 싫어졌다. 어른들이 하는 일이니 어쩔 수 없지만……."

전에 없이 소녀의 까만 눈에 쓸쓸한 빛이 떠돌았다.

소녀와 헤어져 돌아오는 길에, 소년은 혼잣속으로 소녀가 이사를 간다는 말을 수없이 되뇌어 보았다. 무어 그리 안타까울 것도 서러울 것도 없었다. 그렇건만 소년은 지금 자기가 씹고 있는 대추알의 단맛을 모르고 있었다.

이날밤, 소년은 몰래 덕쇠 할아버지네 호두밭으로 갔다.

낮에 봐 두었던 나무로 올라갔다. 그리고 봐 두었던 가지를 향해 작대기를 내리쳤다. 호두송이 떨어지는 소리가 별나게 크게 들렸다. 가슴이 선뜻했다. 그러나 다음 순간, 굵은 호두야 많이 떨어져라, 많이 떨어져라, 저도 모를 힘에 이끌려 마구 작대기를 내리치는 것이었다.

돌아오는 길에는 열이틀달이 지우는 그늘만 골라 짚었다. 그늘의 고마움을 처음 느꼈다. 불룩한 주머니를 어루만졌다. 호두송이를 맨손으로 쌌다가는 옴이 오르기 쉽다는 말 같은 건 아무렇지도 않았다. 그저 근동에서 제일가는 이 덕쇠 할아버지네 호두를 어서 소녀에게 맛보여야 한다는 생각만이 앞섰다.

그러다 아차, 하는 생각이 들었다. 소녀더러 병이 좀 낫거들랑 이사가기 전에 한 번 개울가로 나와 달라는 말을 못해 둔 것이었다. 바보 같은 것, 바보 같은 것.

추석 전날, 소년이 학교에서 돌아오니 아버지가 나들이옷을 갈아입고 닭 한 마리를 안고 있었다.

어디 가시느냐고 물었다.

그 말에는 대꾸도 없이 아버지는 안고 있는 닭의 무게를 겨냥해 보면서,

"이만하면 될까?"

어머니가 망태기를 내주며,

"벌써 며칠째 갈갈하구 알 날 자리를 보든데요. 크진 않두 살은 쪘을 거예요."

소년이 이번에는 어머니한테, 아버지가 어디 가시느냐고 물어보았다.

"저, 서당골 윤 초시댁에 가신다. 내일이 추석날이라 제삿상에라도 놓으시라구……."

"그럼 큰놈으로 하나 가져가지. 저 얼룩 수탉으루……."

이 말에 아버지는 허허 웃고 나서,

"임마, 그래두 이게 실속이 있다."

소년은 공연히 열적어, 책보를 집어던지고는 외양간으로 가 소 잔등을 한번 철썩 갈겼다. 파리라도 잡는 체.

개울물은 날로 여물어갔다.

소년은 갈림길에서 아래쪽으로 가 보았다. 갈밭머리에서 바라보는 서당골 마을은 쪽빛 하늘 아래 한결 가까워 보였다.

어른들의 말이, 내일 소녀네가 양평읍으로 이사간다는 것이었다. 거기 가서는 조그마한 가겟방을 보게 되리라는 것이었다.

소년은 저도 모르게 주머니 속 호두알을 만지작거리며, 한 손으로는 수없이 갈꽃을 휘어꺾고 있었다.

그날밤, 소년은 자리에 누워서도 같은 생각뿐이었다. 내일 소녀네가 이사하는 걸 가보나 어쩌나. 가면 소녀를 보게 될까 어떨까.

그러다가 까무룩 잠이 들었는가 하는데,

"허, 참, 세상일두……."

마을 갔던 아버지가 언제 돌아왔는지,

"윤 초시댁두 말이 아니어. 그 많든 전답을 다 팔아 버리고, 대대루 살아오든 집마저 남의 손에 넘기드니 또 악상꺼지 당하는 걸 보면……."

남폿불 밑에서 바느질감을 안고 있던 어머니가,

"증손주라곤 기집애 그애 하나뿐이었지요?"

"그렇지. 사내애 둘 있든 건 어려서 잃어버리구……."

"어쩌믄 그렇게 자식복이 없을까."

"글쎄말이지. 이번 앤 꽤 여러 날 앓는 걸 약두 변변히 못써봤다드군. 지금 같아서는 윤 초시네두 대가 끊긴 셈이지. …… 그런데 참 이번 기집애는 어린 것이 여간 잔망스럽지가 않어. 글쎄 죽기 전에 이런 말을 했다지 않어? 자기가 죽거든 자기 입든 옷을 꼭 그대로 입혀서 묻어 달라구……."

작 품 이 해

저 자
소 개
황순원 : 소설가로서 평남 대동에서 출생하였다. 1929
년 정주 오산중학교에 입학, 다시 평양 숭실중학교로 전
학했다. 1930년부터 동요와 시를 신문에 발표하기 시작했고, 이듬
해 《동광(東光)》에 시 〈나의 꿈〉을 발표하고 등단하였다.

1933년 시 〈1933년의 수레바퀴〉 등 다수의 작품을 내놓고, 이듬
해 숭실중학교를 졸업한 뒤 일본 와세다 제2고등학원에 입학했다.
이 무렵 도쿄에서 이해랑·김동원 등과 함께 극예술연구단체인 '학
생예술좌'를 창립, 초기의 소박한 서정시들을 모아 첫 시집 《방가
(放歌)》를 출간했다.

1935년 동인지 《삼사문학》의 동인으로 시와 소설을 발표하고,
다음해 와세다대학 문학부 영문과에 입학하면서 모더니즘의 영향이
짙은 제2시집 〈골동품〉을 발간했다. 이 해 동인지 《창작》을 발행하
고 시와 소설을 발표했고, 1939년 와세다대를 졸업했다. 이 시기에
는 '단층(斷層)'의 동인으로 주로 모더니즘 계열의 시를 발표하다
가, 첫 단편집 《늪》의 발간을 계기로 소설에 치중하기 시작했다. 이
후 〈별〉·〈그늘〉 등의 환상적이며 심리적인 단편을 발표했다.

광복 후에 서울중학교·경희대학에 재직하면서 〈독 짓는 늙은
이〉·〈곡예사〉·〈학〉 등 단편과 《별과 같이 살다》·《인간접목》 등

장편을 발표하였고, 1955년 〈카인의 후예〉로 자유문학상을 받았다.

이후 전쟁의 비극적 상황 속에서 젊은이들의 좌절과 방황을 묘사한 〈나무들 비탈에 서다〉, 전통적인 한국의 인습 속에서 자의식의 분열을 다른 《일월》·《움직이는 성(城)》·《신들의 주사위》 등 장편을 썼다.

그는 〈소나기〉를 통해 유년기의 동화적인 색채로 출발, 인생 입문에서 겪게 되는 아픔과 정서적 손상의 형상을 거쳐, 〈별과 같이 살다〉·〈카인의 후예〉에 이르러 삶의 현장을 투시하고, 점차 인간의 정신세계와 인간에 대한 애정과 믿음을 그린 휴머니즘으로 변모하였다. 1961년 예술원상, 1966년 3·1문화상, 1983년 대한민국 문학상 본상을 수상하였다.

작품감상 〈소나기〉의 작가 황순원은 실재의 세계와는 다른 이미지의 세계에 집착하여, 산문적 미학이 아닌 시적 미학을 이룩하였다. 그것은 황순원의 문학적 경력이 다양하다는 데서 그 특성을 찾을 수 있는데, 즉, 초기에는 시를 쓰다가 단편 작가로서 자기 세계를 확립했고, 차차 장편 작가로서 문학 세계를 확대시켜 온 변모의 과정이 그대로 문학에 반영되었다는 점을 통해 알 수 있다.

그는 표현 대상의 세밀한 수식을 생략하고, 핵심적 이미지를 단적으로 집어내는 노력을 계속했으며, 그 대상의 사회적·역사적 조건 등은 과감히 생략해 버렸다.

이러한 작가의 특성이 잘 드러나고 있는 작품이 사춘기 소년 소녀의 아름답고 슬픈 첫사랑의 경험을 서정적으로 그려낸 단편 소설 〈소나기〉다. 1953년 5월 《신문학》지에 발표되었으며, 영역되어 1959년 영국의 《인카운터(Encounter)》지 단편 콩쿠르에 입상, 게재되기도 하였다.

〈소나기〉에는 주위의 분위기나 군더더기 설명이 전혀 들어 있지 않고, 주인공들의 행위와 언어에 모든 내용이 함축되어 있다. 예를 들어, 윤 초시네는 옛날부터 양반이고 부자로 살아와서 동네 사람들이 그 소작인이었다거나, 지금도 동네 사람들이 그 집을 경원하는 처지라거나, 서울에서 윤 초시의 손자가 어떤 일을 어떻게 하다가 실패했으며, 가정이 어떻게 되어서 증손녀가 시골로 내려오게 되었다는 등의 설명이 전혀 없는 것이다. 다만, 소년과 소녀가 만나서 신분의 차이에 관계없이 좋아하다가 마침내 둘이 맞은 소나기가 원인이 되어 소녀가 죽게 되었다는 이야기가 동화처럼, 한 편의 시처럼 펼쳐지고 있을 뿐이다.

특히 소설의 마지막에서 소녀가 죽어가면서 한, "자기가 죽거든 자기 입던 옷을 꼭 그대로 입혀서 묻어 달라……."라는 말에서 소녀가 소년을 얼마나 사랑했으며, 그런 사실을 둘만이 알고 무덤까지 가지고 가려 했다는 것을 독자들이 짐작할 수 있도록 했다는 데 작품의 참 묘미를 느낄 수 있는 것이다.

(1) 다음에 인용된 글은 〈소나기〉의 한 장면이다. 잘 읽어보고 여기서 알 수 있는 사실을 우리의 전통과 연결지어 생각해 보시오.

　송아지 등에서 뛰어내렸다. 어린 송아지를 타서 허리가 상하면 어쩌느냐고 꾸지람을 들을 것만 같았다.
　그런데 나룻이 긴 농부는 소녀편을 한 번 훑어보고는 그저 송아지 고삐를 풀어 내면서, "어서들 집으루 가거라. 소내기가 올라."

◐ 길라잡이

이 장면에서 우리의 전통과 연관시켜 다음과 같은 사실을 알 수 있다.

첫째, 짓궂은 어린 아이들이 잘못된 일을 하면 어른들이 꾸짖었고, 그것을 어린 아이들은 당연한 것으로 받아들이고 있다. 둘째, 소년의 행동은 꾸지람을 들을 만한데, 소녀의 신분이 높기 때문에 농부는 소년을 너그러이 용서해 주고 있다.

이런 점에서 우리의 장유유서에 대한 뿌리 깊은 관습을 엿볼 수 있으며, 또 부자와 가난한 사람들과의 종속 관계를 알 수 있다.

---

(2) 〈소나기〉에 나타나고 있는 단편 소설의 특성은 무엇인지 논해 보시오.

○ 길라잡이

단편 소설은 단순한 소품 이야기로서, 때로는 풍자나 교훈으로 끝나는 수도 있다. 보카치오의 《데카메론》이 바로 그런 예이다. 중편 소설과 같은 의미로 쓰이는 경우도 있으며, 주로 중류 계급에서 취재한 소품 이야기를 가리키는 일도 있다. 이탈리아에서 처음 쓰기 시작하여 번역을 통해 영국에 들어가 초기 소설의 원천이 되는 등 많은 영향을 끼쳤다.

단편 소설은 간결하며 단편적인 이야기라는 데 그 특징이 있다. 그러므로 장황한 이야기나 군더더기 수식 같은 것은 필요하지 않다. 예컨대, 길이는 짧더라도 우리나라의 전형적인 고대 소설을 단편 소설이라고 볼 수는 없다. 왜냐하면, 대개 그것은 한 사람의 일생에 걸친 이야기가 주류를 이루기 때문이다.

그런 점에서 〈소나기〉는 이야기가 간결하며, 불필요한 수식이나 설명이 없고, 인물이 제한되어 있다는 데서 단편 소설의 특징을 잘 갖추었다고 볼 수 있다.

오 발 탄

이범선(李範宣)
(1920~1981)

1959년
10월《현대 문학》에 발표된
〈오발탄〉은 6·25 전쟁 후 분단의
아픔을 안고 살아가는 한 가족의 암담한
현실을 리얼하게 부각시키고 있다. 전후의 피폐한
사회 속에서 신음하며, 직장과 가정에서 고통을 겪는
소시민의 양상을 표출하여 사회의 어두운 면을
그려냄으로써 전쟁으로 야기되는 소시민의
고난이 단지 개인의 문제인가 하는
사회고발 의식을 담고 있다.

계리사 사무실의 서기 송철호는 펜대에 시달린 손가락에서 피가 나올 정도로 열심히 일을 하지만, 사회에서나 가정에서나 희망이 없는 사람이다. 그는 극심한 생활고에 시달려 통증이 심한 충치를 뺄 수도 없고, 나일론 양말을 사면 오래 신을 수 있다는 것을 알면서도 싼 목양말을 선택할 수밖에 없다.

송철호는 양심을 지켜 성실하게 살아야 그것이 진정한 삶이라고 생각하지만, 반면 그의 동생 영호는 그런 양심 같은 것은 약한 자가 공연히 자신의 약함을 합리화하기 위해서 고집하는 것이 아니냐고 항변한다. 영호는 어머니의 원수를 갚기 위해 군대에 자원 입대했다가 상이군인이 되어 돌아와, 2년이 넘도록 취직도 못하고 친구들 사이에 끼여 술로 울분을 보낸다.

한편 그의 어머니는 돌아갈 수 없는 고향을 그리워하다가 끝내 미쳐서 걸핏하면 '가자' 라는 말만 되뇌고, 여동생은 양공주가 되어 남의 수모를 받으면서도 올케를 위해 몸을 판 돈을 오빠의 손에 쥐어 준다.

이렇게 사는 한 가정의 가장인 송철호는 어느 날 아이를 낳다가 병원에서 죽은 아내와, 강도죄로 경찰에 잡힌 동생을 두고 자신이 가야 할 방향을 알지 못한다. 가기는 가고 있는데, 정작 어디로 가야 할지 방향을 정할 수 없는 것이다. 그는 의사의 만류에도 불구하고 한꺼번에 충치로 고생하던 양쪽 어금니 두 개를 뺀 후 택시를 잡아탄다. 그리고 졸음이 몰려오는 가운데 오발탄 같은 손님이 걸렸다는 운전수의 중얼거리는 소리를 들으며 참담한 마음으로 의식을 잃어간다.

이 소설에서 이범선은 전쟁 후에 온갖 고난과 고통 속에서 살아가는 오발탄 같은 민중들의 삶을, 한 가족의 구성원들을 통해 사실적으로 그려내고 있다. 작중 인물들의 고통과 아픔이 어디에서 비롯되는지를 중심으로 글을 감상해 보자.

점심을 못 먹은 배는 오후 두시에서 세시 사이가 제일 견디기 힘들었다. 철호는 펜을 장부 위에 놓았다. 저쪽 구석에 돌아앉은 사환애를 바라보았다. 보리차라도 한 잔 더 마시고 싶었다. 그러나 두 잔까지는 사환애를 시켜서 가져오랄 수 있었으나 세 번까지는 부르기가 좀 미안했다. 철호는 걸상을 뒤로 밀고 일어섰다. 책상 모서리에 놓인 찻종을 집어들었다. 그리고 출입문으로 나갔다. 복도의 풍로 위에서 커다란 주전자가 끓고 있었다. 보리차를 찻종 하나 가득히 부었다. 구수한 냄새가 피어올랐다. 철호는 뜨거운 찻종을 손가락으로 꼬집어 들고, 조심조심 자기 자리로 돌아와 앉았다. 그리고 찻종을 입으로 가져갔다. 후 불었다. 마악 한 모금 들이마시는 때였다.

"송 선생님, 전화입니다."

사환애가 책상 앞에 와 알렸다. 철호는 얼른 찻종을 책상 위에 내려 놓았다. 그리고 과장 책상 앞으로 갔다. 수화기를 들었다.

"네 송철호올시다. 네? 경찰서요……? 전 송철호라는 사람인데요. 네, 송영호요? 네, 바로 제 동생입니다. 무슨? …… 네? 네? 송

영호가요? 제 동생이 말입니까? 곧 가겠습니다. 네, 네."

철호는 수화기를 걸었다. 그리고 걸어 놓은 수화기를 멍하니 내려다보고 서 있었다. 사무실 안 사람들의 시선이 모두 철호에게로 쏠렸다.

"무슨 일인가? 동생이 교통사고라도?"

서류를 뒤적이던 과장이 앞에 서 있는 철호를 쳐다보며 물었다.

"네? 네, 저 과장님, 잠깐 다녀오겠습니다."

철호는 마시던 보리차를 그대로 남겨 둔 채 사무실을 나섰다. 영문을 모르는 동료들이 서로 옆사람의 얼굴을 힐끗 쳐다보는 것이었다.

철호는 전에도 몇 번 경찰서의 호출을 받은 일이 있었다.

양공주 노릇을 하는 누이동생 명숙이가 걸려들면 그 신원보증을 해야 하는 철호였다. 그때마다 철호는 치안관 앞에서 낯을 못들고 앉았다가 순경이 앞세우고 나온 명숙을 데리고 아무 말도 없이 경찰서 뒷문을 나서곤 하였다. 그럴 때면 철호는 울었다. 하나밖에 없는 누이동생이 정말 밉고 원망스러웠다. 철호는 명숙을 한번 돌아다보는 일도 없이 전찻길을 따라 사무실로 걸었고, 또 명숙은 명숙이대로 적당한 곳에서 마치 낯도 모르는 사람이나처럼 딴 길로 떨어져 가 버리곤 하는 것이었다.

그런데 이번에는 누이동생이 아니라 남동생 영호의 건이라고 했다. 며칠 전 밤에 취해서 지껄이던 영호의 말들이 머리를 스치고 지나갔다. 불안했다. 그런들 설마하고 마음을 다시 먹으며 철호는 경찰서 문을 들어섰다.

권총 강도.

형사에게서 동생 영호의 사건 내용을 들은 철호는 앞에 앉은 형사의 얼굴을 바보모양 멍청히 바라보고 있을 뿐이었다. 점점 핏기가 가셔 가는 철호의 얼굴은 표정을 잃은 채 굳어가고 있었다.

어느 회사에서 월급을 줄 돈 천오백만 환을 찾아서 은행 앞에 대기시켰던 지프차에 싣고 마악 떠나려고 하는데, 중절모를 깊숙이 눌러쓰고 색안경을 낀 괴한 두 명이 차 속으로 올라오며 권총을 내어 들더라는 것이었다.

"겁내지 마라. 차를 우이동으로 돌려라!"

운전수와 또 한 명 회사원은 차가운 권총 구멍을 등에 느끼며 우이동까지 갔다고 한다. 어느 으슥한 숲속에서 차를 세웠다고 한다. 그러고는 둘은 다 차 밖으로 나가라고 한 다음, 괴한들이 대신 운전대로 옮아 앉더라고 한다. 운전수와 회사원은 거기 버려둔 채 차는 전속력으로 다시 시내로 향해 달렸단다. 그러나 지프차는 미아리도 채 못 와서 경찰에 붙들리고 말았다는 것이다. 그런데 차 안에는 괴한이 한 사람밖에 없었다고 한다.

형사가 동생을 면회하겠느냐고 물었을 때도 철호는 그저 얼이 빠져서, 두 무릎 위에 맥없이 손을 올려 놓고 앉은 채, 아무 대답도 못했다.

이윽고 형사실 뒷문이 열리더니 거기 영호가 나타났다.

"이리로 와!"

수갑이 채워진 두 손을 배 앞에다 모으고 천천히 형사의 책상 앞으로 걸어 나오는 영호는 거기 걸상에 앉았다. 일어서는 철호를 향하여 약간 머리를 끄덕여 보였다. 동생의 얼굴을 뚫어지려고 바라보고 서 있는 철호의 여윈 볼이 히물히물 움직였다. 괴로울 때의 버릇으로 어금니를 꽉꽉 씹고 있는 것이었다.

형사는 앞에 와서 선 영호에게 눈으로 철호를 가리켰다. 영호는 철호에게로 돌아섰다.

"형님, 미안합니다. 인정선(人情線)에서 걸렸어요. 법률선까지는 무난히 뛰어넘었는데. 쏘아 버렸어야 하는 건데."

영호는 철호의 얼굴을 들여다보며 빙그레 웃는 것이었다. 그러고는 옆으로 비스듬히 얼굴을 떨구며 수갑을 채운 오른손 엄지를 권총 방아쇠를 당기는 때처럼 꼬부려서 지그시 당겨보는 것이었다.

철호는 눈도 깜빡하지 않고 그저 영호의 머리카락이 흐트러져 내린 이마를 바라보고 있었다.

"돌아가세요, 형님."

영호는 등신처럼 서 있는 형이 도리어 민망한 듯이 조용히 말했다.

"수감해."

형사가 문간에 지키고 있는 순경을 돌아보았다. 영호는 그에게로 오는 순경을 향해 마주 걸어갔다. 영호는 뒷문으로 끌려나가다 말고 멈춰 섰다. 그리고 뒤를 돌아보았다.

"형님, 어린것 화신 구경이나 한번 시키세요. 제가 약속했었는데."

뒷문이 쾅 닫혔다. 철호는 여전히 영호가 사라진 뒷문을 바라보고 서 있었다. 눈이 뿌옇게 흐려졌다. 아무것도 보이지 않았다.

"쏠 의사는 처음부터 없었던 것 같은데."

조서를 한 옆으로 밀어 놓으며 형사가 중얼거렸다. 철호는 거기 걸상에 가만히 걸터앉았다.

"혹시 그와 같이 한 청년을 모르시나요?"

철호의 귀에는 형사의 말소리가 아주 멀었다.

"끝내 혼자서 했다고 우기는데, 그러나 증인이 있으니까 이제 차츰 사실대로 자백하겠지만."

여전히 철호는 말이 없었다.

경찰서를 나온 철호는 어디를 어떻게 걸었는지 알 수 없었다. 철호는 술 취한 사람모양 허청거리는 다리로 자기 집이 있는 언덕길을 올라가고 있었다. 철호는 골목길 어귀에 들어섰다.

"가자!"

철호는 거기 멈춰 섰다. 고개를 뒤로 젖혔다. 그러나 그는 하늘을 쳐다보는 것이 아니었다. 하, 하고 숨을 크게 내쉬는 철호는 울고 있었다. 눈물이 콧속으로 흘러서 찝찔하니 목구멍으로 넘어갔다.

"가자. 가자. 어딜 가잔 거야. 도대체 어딜 가잔 거야!"

철호는 꽥 소리를 지르고 있었다. 거기 처마밑에 모여앉아서 소꿉질을 하던 어린애들이 부스스 일어서며 그를 쳐다보았다. 철호는 그 앞을 모른 체 지나쳐 버렸다.

"오빤 어딜 그렇게 돌아다뉴?"

철호가 아랫방에 들어서자 웃방 구석에서 고리짝을 열어놓고 뒤지고 있던 명숙이가 역한 소리를 했다. 웃방에는 넝마 같은 옷가지들이 한무더기 쌓여 있었다. 딸애는 고리짝 옆에 쪼그리고 앉아서 명숙이가 뒤져 내놓은 헌옷들을 무슨 진귀한 것이나처럼 지켜보고 있었다. 철호는 아내가 어딜 갔느냐고 물어 보려다 말고 그대로 웃방 아랫목에 털썩 주저앉아 버렸다.

"어서 병원에 가 보세요."

명숙은 여전히 고리짝을 들추며 돌아앉은 채 말했다.

"병원엘?"

"그래요."

"병원에라니?"

"언니가 위독해요. 어린애가 걸렸어요."

"뭐가?"

철호는 눈앞이 아찔했다.

점심때부터 진통이 시작되었는데 영 해산을 못하고 애를 썼다 한다. 그런데 죽을 악을 쓰다 보니까 어린애의 머리가 아니라 팔부터 나왔다고 한다. 그래 병원으로 실어갔는데, 철호네 회사에 전화를 걸었더니 나가고 없더라는 것이었다.

"지금쯤은 아마 애기를 낳았거나, 그렇지 않으면……."

명숙은 흰 헝겊들을 골라 개켜서 한 옆으로 젖혀 놓으며 말했다. 아마 어린애의 기저귀를 고르고 있는 모양이었다. 그런데 이상했다. 좀전에 아찔하던 정신이 사르르 풀리며 온 몸의 맥이 쑥 빠져나갔다. 철호는 오래간만에 머릿속이 깨끗이 개는 것을 느꼈다.

말라리아를 앓고 난 다음날처럼 맥은 하나도 없으면서 머리는 비상히 깨끗했다. 뭐 놀랄 일이 있느냐 하는 심정이 되었다. 마치 회사에서 무슨 사무를 한 뭉텅이 맡았을 때와 같은 심사였다. 철호는 호주머니에서 담배를 꺼내어 물었다. 언제나 새로 사무를 맡아 시작하기 전에 하는 버릇이었다. 철호는 일어섰다. 그리고 문을 열었다.

"어딜 가슈?"

명숙이가 돌아보았다.

"병원에."

"무슨 병원인지도 모르면서?"

철호는 참 그렇다고 생각했다.

"S병원이야요."

"……."

철호는 슬그머니 문 밖으로 한 발을 내디뎠다.

"돈을 가지고 가야지 뭐."

"…… 돈."

철호는 다시 문안으로 들어섰다. 우두커니 발부리를 내려다보고 서 있었다. 명숙이가 일어섰다. 그리고 아랫방으로 내려갔다. 벽에 걸어 놓았던 핸드백을 벗겼다.

"옛수!"

백 환짜리 한 다발이 철호 앞 방바닥에 던져졌다. 명숙은 다시 돌아서서 백을 챙기고 있었다. 철호는 명숙의 뒷모습을 물끄러미 바라보고 있었다. 철호의 눈이 명숙의 발뒤축에 머물렀다. 나일론 양말이 계란만큼 구멍이 뚫렸다. 철호는 명숙의 그 구멍 뚫린 양말 뒤축에서 어떤 깨끗함을 느끼고 있었다.

오랜간만에 참으로 오래간만에, 철호는 명숙에 대한 오빠로서의 애정을 느꼈다.

"가자!"

어머니가 또 외마디 소리를 질렀다.

철호는 눈을 발 밑의 돈 다발로 떨구었다. 허리를 꾸부렸다. 연기가 든 때처럼 두 눈이 싸하니 쓰렸다.

"아버지, 병원에 가? 엄마 애기 낳어?"

"그래."

철호는 돈을 저고리 호주머니에 밀어 넣으며 문을 나섰다.

"가자!"

골목을 빠져나가는 철호의 등뒤에서 또 한 번 어머니의 소리가 들려왔다.

아내는 이미 죽어 있었다.

"네, 그래요."

철호는 간호사보다도 더 심상한 표정이었다. 병원의 긴 복도를 허청허청 걸어서 널따란 현관으로 나왔다. 시체가 어디 있느냐고 묻지도 않았다. 무엇인가 큰일이 한 가지 끝났다는 그런 기분이었다. 아니, 또 어찌 생각하면 무언가 해야 할 일이 많이 생긴 것 같은 무거운 기분이기도 했다. 그러면서도 그 해야 할 일이 무엇인지는 좀처럼 생각이 나질 않았다. 그저 이제는 그리 서두를 필요도 없어졌다는 생각만으로 철호는 거기 병원 현관에 한참이나 우두커니 서 있었다.

이윽고 병원의 큰 문을 나선 철호는 전찻길을 따라서 천천히 걸었다. 자전거가 휙 그의 팔꿈치를 스치고 지나갔다. 그는 멈춰 섰다. 자기도 모르게 그는 사무실 쪽으로 걸어가고 있었다. 여섯시도 더 지났을 무렵이었다. 이제 사무실로 가야 할 아무 일도 없었다. 그는 전찻길을 건넜다. 또 한참 걸었다. 그는 또 멈춰 섰다. 이번엔 어느 사이에, 낮에 왔던 경찰서 앞에 와 있었다. 그는 또 돌아섰다. 또 걸었다. 그저 걸었다. 집으로 돌아가자는 생각도 아니면서 그의 발길은 자동 기계처럼 남대문 쪽을 향해 걷고 있었다. 문방구점, 라디오방, 사진관, 제과점 그는 길가에 늘어선 이런 가게의 진열장들을 하나하나 기웃거리며 걷고 있었다. 그러면서도 무엇이 있는지 하나도 보이지는 않았다. 그러던 철호는 또 우뚝 섰다. 그는 거기 눈앞에 걸린 간판을 쳐다보고 있었다. 장기판만한 흰 판에 빨간 페인트로 치과라고 써 있었다. 철호는 갑자기 이가 쑤시는 것을 느꼈다. 아침부터, 아니 벌써 전부터 홀떡홀떡 쑤시는 충치가 갑자기 아파 왔다. 양쪽 어금니가 아래위 다 쑤셨다. 사실은 어느 것이 정말 쑤시는 것인지조차도 분간할 수가 없었다. 철호는 호주머니에 손을 넣어 보았다. 만환 다발이 만져졌다.

철호는 치과 간판이 걸린 층계를 이층으로 올라갔다.

치과 걸상에 머리를 젖히고 입을 아 벌리고 앉았다.

의사는 달가닥달가닥 소리를 내며 이것저것 여러 가지 쇠꼬치를 그의 입에 넣었다 꺼냈다 하였다. 철호는 매시근하니 잠이 왔다. 아무런 생각도 하지 않고 입을 크게 벌린 채 눈을 감고 있었다.

"좀 아팠지요? 뿌리가 꾸부러져서."

의사가 집게에 뽑아 든 이를 철호의 눈앞에 가져다 보여 주었다. 속이 시꺼멓게 썩은 징그러운 이뿌리에 뻘건 살점이 묻어 나왔다. 철호는 솜을 입에 문 채 머리를 좌우로 흔들어 보였다. 사실 아프지도 아무렇지도 않았다.

"됐습니다. 한 삼십분 후에 솜을 빼 버리슈. 피가 좀 나올 겁니다."

"이쪽을 마저 빼 주십시오."

철호는 옆의 타구에 피를 뱉고 나서 또 한쪽 볼을 눌러 보였다.

"어금니를 한 번에 두 대씩 빼면 출혈이 심해서 안됩니다."

"괜찮습니다."

"아니, 내일 또 빼지요."

"다 빼 주십시오. 한목에 몽땅 다 빼 주십시오."

"안됩니다. 치료를 해 가면서 한 대씩 빼야지요."

"치료요? 그럴 새가 없습니다. 마악 쑤시는걸요."

"그래도 안됩니다. 빈혈증이 일어나면 큰일납니다."

하는 수 없었다. 철호는 치과를 나왔다. 또 걸었다. 잇몸이 밍하니 아픈 것 같기도 하고 또 어찌하면 시원한 것 같기도 했다. 그는 한 손으로 볼을 쓸어 보았다.

그렇게 얼마를 걷던 철호는 거기에 또 치과 간판을 발견하였다. 역시 이층이었다.

"안될 텐데요."

거기 의사도 꺼렸다. 철호는 괜찮다고 우겼다. 한쪽 어금니를 마저 빼었다. 이번에는 두 볼에다 다 밤알만큼씩한 솜덩어리를 물고 나왔다. 입안이 찝찔했다. 간간이 길가에 나서서 피를 뱉었다. 그때마다 시뻘건 선지피가 간 덩어리처럼 엉겨서 나왔다.

남대문을 오른쪽에 끼고 돌아서 서울역이 보이는 데까지 왔을 때 으스스 몸이 한 번 떨렸다. 머리가 띵하니 비어 버린 것 같다고 생각했다. 바로 그때 번쩍, 거리에 전등이 들어왔다. 눈앞이 한번 환해졌다. 그런데 다음 순간에는 어찌된 셈인지 좀전에 전등이 켜지기 전보다 더 거리가 어두워졌다. 철호는 눈을 한번 꾹 감았다 다시 떴다. 그래도 매한가지였다. 이건 뱃속이 비어서 그렇다고 철호는 생각했다. 그는 새삼스레 점심도 저녁도 안 먹은 자기를 깨달았다.

뭐든가 좀 먹어야겠다고 생각했다. 구수한 설렁탕 생각이 났다. 입안에 군침이 하나 가득히 괴었다. 그는 어느 전주 밑에 가서 쭈그리고 앉아서 침을 뱉었다. 그런데 그것은 침이 아니라 진한 피였다. 그는 다시 일어섰다. 또 한 번 오한이 전신을 간질이고 지나갔다. 다리가 약간 떨리는 것 같았다. 그는 속히 음식점을 찾아내어야겠다고 생각하며 서울역 쪽으로 허청허청 걸었다.

"설렁탕!"

무슨 약이름이기나 한 것처럼 한 마디 일러놓고는 그는 식탁 위에 엎드려 버렸다. 또 입안으로 하나 찔찔한 물이 괴었다. 철호는 머리를 들었다. 음식점 안을 한바퀴 휘 둘러보았다. 머리가 아찔했다. 그는 일어섰다. 그리고 문밖으로 급히 걸어나갔다. 음식점 옆골목에 있는 시궁창에 가서 쭈그리고 앉았다. 울컥 하고 입안의 것을 뱉었다. 그러나 이번에는 주위가 어두워서 그것이 핀지 또는 침인지 알 수 없었다. 철호는 저고리 소매로 입술을 닦으며 일어섰다. 이를 뺀 자리가 쿡 한 번 쑤셨다. 그러자 뒤이어 거기에 호응이나 하듯이 관자놀이가 또 쿡 쑤셨다. 철호는 아무래도 좀 이상하다고 생각했다. 이제 빨리 집으로 돌아가 누워야겠다고 생각했다. 그는 다시 큰길로 나왔다. 마침 택시가 한 대 왔다. 그는 손을 한번 흔들었다.

철호는 던져지듯이 털썩 택시 안에 쓰러졌다.

"어디로 가시죠?"

택시는 벌써 구르고 있었다.

"해방촌!"

자동차는 스르르 속력을 늦추었다. 해방촌으로 가자면 차를 돌려

야 하는 까닭이었다. 운전수는 줄지어 달려오는 자동차의 사이가
생기기를 노리고 있었다. 저만큼 자동차의 행렬이 좀 끊겼다. 운전
수는 핸들을 잔뜩 비틀어 쥐었다. 운전수가 몸을 한편으로 기울이
며 마악 핸들을 틀려는 때였다. 뒷자리에서 철호가 소리를 질렀다.

"아니야. S병원으로 가!"

철호는 갑자기 아내의 주검을 생각했던 것이다. 운전수는 다시
휙 핸들을 이쪽으로 틀었다. 운전수 옆에 앉아 있는 조수 애가 한번
철호를 돌아다보았다. 철호는 뒷자리 한구석에 가서 몸을 틀어박은
채 고개를 뒤로 젖히고 눈을 감고 있었다. 차는 한국은행 앞 로터리
를 돌고 있었다. 그때 또 뒤에서 철호가 소리를 질렀다.

"아니야. X경찰서로 가!"

눈을 감고 있는 철호는 생각하는 것이다. 아내는 이미 죽었는데
하고.

이번에는 다행히 차의 방향을 바꿀 필요가 없었다.

그냥 달렸다.

"X경찰서 앞입니다."

철호는 눈을 떴다. 상반신을 번쩍 일으켰다. 그러나 곧 또 털썩
뒤로 기대고 쓰러져 버렸다.

"아니야, 가."

"X경찰섭니다, 손님."

조수 애가 뒤로 몸을 틀어 돌리고 말했다.

'가자.'

철호는 여전히 눈을 감고 있었다.

"어디로 갑니까?"

"글쎄 가!"

"하 참 딱한 아저씨네."

"……."

"취했나?"

운전수가 힐끔 조수 애를 쳐다보았다.

"그런가 봐요."

"어쩌다 오발탄(誤發彈) 같은 손님이 걸렸어. 자기 갈곳도 모르 게."

운전수는 기어를 넣으며 중얼거렸다. 철호는 까무룩이 잠이 들어 가는 것 같은 속에서 운전수가 중얼거리는 소리를 멀리 듣고 있었 다. 그리고 마음속으로 혼자 생각하는 것이었다.

'…… 아들 구실, 남편 구실, 아비 구실, 형 구실, 오빠 구실, 또 계리사 사무실 서기 구실. 해야 할 구실이 너무 많구나. 그래, 난 네 말대로 아마도 조물주의 오발탄인지도 모른다. 정말 갈 곳을 알 수 가 없다. 그런데 지금 나는 어디건 가긴 가야 한다……'

철호는 점점 더 졸려 왔다. 다리가 저린 것처럼 머리의 감각이 차 츰 없어져 갔다.

'가자!'

철호는 또 한 번 귓가에 어머니의 소리를 들었다고 생각하며 푹 모로 쓰러지고 말았다.

차가 네거리에 다다랐다. 앞의 교통 신호등에 빨간불이 켜졌다. 차가 섰다. 또 한 번 조수 애가 뒤를 돌아보며 물었다.

"어디로 가시죠?"

그러나 머리를 푹 앞으로 수그린 철호는 아무 대답도 없었다.

따르르릉, 벨이 울렸다. 긴 자동차의 행렬이 움직이기 시작했다. 철호가 탄 차도 목적지를 모르는 대로 행렬에 끼어 움직이는 수밖에 없었다. 철호의 입에서 흘러내린 선지피가 홍건히 그의 와이셔츠 가슴을 적시고 있는 것은 아무도 모르는 채 교통 신호등의 파란 불 밑으로 차는 네거리를 지나갔다.

작품 이해

저 자 소 개 이범선 : 소설가로서 호는 학촌(鶴村)이며, 평남 신안주에서 태어났다. 1938년 진남포 공립상공학교를 졸업하고, 평양에서 은행원으로 근무하다가 일제 말기에 평안북도 풍천(風泉) 탄광에 징용되었다. 광복 후 월남해서 동국대학교 국문과를 졸업하고, 6·25 때는 거제고등학교에서 3년 간 교편을 잡았다. 이때 《현대문학》에 단편 〈암표〉와 〈일요일〉로 김동리(金東里)의 추천을 받고 문단에 등단하였다.

그 뒤 휘문고등학교·숙명여자고등학교·대광고등학교 등에서 교편 생활을 잡으면서 작품을 발표하였다. 1968년 한국외국어대학교 전임강사를 거쳐 1977년에 교수로 승진되었다. 그 동안 한국문인협회 이사, 소설가협회 부대표위원에 선임되었고, 한국문인협회 부이사장에 선출되었다.

초기의 작품 〈암표〉·〈일요일〉·〈이웃〉·〈학마을 사람들〉·〈수심가(愁心歌)〉·〈갈매기〉 등은 그의 생활 체험이 반영된 것으로서, 어두운 사회의 단면과 무기력한 인간상이 많이 등장한다. 이 작품들은 담담한 필치의 서경적 묘사로 토착 서민의 생태를 표현, 길흉의 미신 또는 무욕(無慾)의 인간상을 다루었다는 평을 받았다.

그 뒤 〈피해자〉·〈오발탄〉과 장편 《춤추는 선인장》 등에서는 사회 고발의식이 짙은 리얼리즘 문학으로 전환하여 약자의 생존과 침울한 사회상, 종교의 위선, 남녀의 생태 등을 부각시키는 객관적 묘사를 보여주었다. 후기 작품인 〈냉혈동물〉·〈돌무늬〉·〈삼계일심(三界一心)〉에는 인간의 궁극적 모순을 추구하려는 존재론의 회의적 허무가 깃든 잔잔한 휴머니티가 짙게 깔려 있다.

1958년 처녀 창작집《학마을 사람들》로 제1회 현대문학상 신인문학상을, 1961년 〈오발탄〉으로 제5회 동인문학상과 1962년 제1회 오월문예상을, 또 〈청대문집 개〉로 제5회 월탄문학상을 수상하였다. 창작집으로《학마을 사람들》·《오발탄》·《피해자》·《분수령》이 있다.

작품감상 〈오발탄〉은 이범선의 대표작으로, 그는 이 작품에서 짙은 서정성을 중심으로 회상적 취향과 소시민에 대한 집착, 종교적인 교육을 토대로 한 도덕심 등을 예술적으로 승화시켜 나가고 있다. 더불어 6·25 후의 암담한 현실을 리얼하게 부각시켜, 생활고에 대한 절망감 때문에 정신적 지주를 잃을 수밖에 없는 사회를 냉철하게 고발하고 있다.

궁핍하여 아픈 이도 뺄 수 없고 나일론 양말을 사면 오래 신을 수 있다는 것을 알면서도 싼 목양말을 신택할 수밖에 없는 양심과 성실을 지표로 살아가는 주인공 송철호와 제대 군인으로 양심 따위는 아랑곳없이 세상 돌아가는 대로 사는 것이 옳다고 자포자기한 동생 영호, 미쳐 있는 어머니, 양공주로 생활에 보탬을 하는 누이동생을 구성원으로 하여 빚어내는 사건의 연속 속에서, 한 가정의 가장인 주인공 철호는 어느 날 자기의 가야 할 방향을 알지 못한다. 살아가기는 가야 하는데 지금도 가고 있기는 하는데, 정작 자기가 가고 있는 방향을 모르는 것이다.

이러한 절망과 좌절 속에서 정신적 지주를 잃은 불행한 인간들에 대한 고발과 증언을 이범선은 무리없이 파헤쳐 나가고 있다. 하지만 이러한 인물들을 통해 현실에 대한 우울하고 어두운 면만을 나타내려 하는 것이 아니라, 그것을 이해하고 극복하려는 노력을 보이고 있다. 그리하여 우리는 그러한 이범선의 작가적 양식에 공감하면서도 마지막 장면에서 보이는 주인공의 처절하고 음울한 모습과 독백에 동정과 울분을 느끼며, 왜 선량한 소시민이 결국은 패배와 굴욕을 감수할 수밖에 없는가에 대하여 깊은 회의를 갖는다.

이범선의 소설에 등장하는 인물들의 특징은 과거에 대한 짙은 향수와 집착이라고 할 수 있다. 그의 대부분의 소설에서는 과거란 아름답고 깨끗한 것이어서 우울하고 괴로운 현실과 언제나 뚜렷이 대비된다. 뿐만 아니라, 감상적인 서정성과 휴머니즘적인 색채, 가치 있는 인간성의 옹호에 바탕을 두며, 때로는 사회의 부조리에 대한 고발이나 저항을 시도하는데, 이것은 사회 상황으로 야기된 인간성의 회복을 부르짖고, 인간의 존엄성을 지키려는 시도로 보여진다. 〈오발탄〉에 등장하는 인물들이 오늘날에 보면 긍정적인 면이 없다 하더라도 당시의 사회 상황으로서는 어쩔 도리가 없었으며, 작자는 오히려 그러한 상황을 그려냄으로써, 더 나은 시대를 기대했는지도 모른다.

● 길라잡이

당시는 전쟁이 끝난 지 얼마 되지 않았으며, 오랜 기간의 독재 정
치로 말미암아 민심은 흉흉했고, 경제적으로 피폐해져 누구나 가난
에 시달리는 등 사회가 불안했다. 그런 상황에서는 양심과 성실만
으로는 그 고난을 이겨낼 수 없었으며, 또 누군가로부터도 도움을
받을 수가 없었다.

그런 사회적 상황이 첫째 요인이기는 하나, 가족들의 무능함도
또 하나의 원인이라고 볼 수 있다. 어머니는 미쳐 있고, 동생은 상
이군인이며, 직업이 신통찮은 여동생, 소질과는 관계없이 살아가는
부인 등이 모두 주인공을 더욱 비참하고 난감한 상태로 몰아가는
역할을 한 것이다.

(2) 소설은 허구적이기는 하나, 쓰여지는 당시의 사회상을 묘사한다
는 점에서 역사적 가치가 있다. 〈오발탄〉에서 우리가 배울 수 있는 역
사적 교훈은 무엇인지 논해 보시오.

● 길라잡이

전쟁은 지배자들의 영토 확장 욕구나 나라와 나라 사이의 이익

때문에 생기는 일이 많다. 그러나 전쟁은 승리하건 패배하건 국민들에게 막대한 피해를 준다. 목숨을 잃게 하고, 수많은 유족과 고아를 만들어 내며 막대한 재산 손실을 가져다 준다. 이러한 폐해는 1, 2년내에 회복되는 것이 아니고, 수십 년 계속되기도 하는데 그 동안에 겪는 소시민들의 고통은 말로 표현할 수가 없는 것이다. 이 소설의 상황도 전쟁 후에 겪는 그러한 소시민들의 고통을 바탕으로 하고 있다. 그러므로 우리는 어떠한 요인에 의하여 발생되는 전쟁이라도 찬성할 수가 없다. 전쟁이 일어날 요인이 있더라도 이를 극복해야 하며, 국력을 배양하고 국민이 일치 단결해서 이에 대비해야 한다.

요한 시집

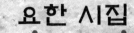

장용학(張龍鶴)

(1921~)

〈요한 시집〉은
1955년 《현대문학》 7월호에
발표한 장용학의 단편 소설이다. 토끼의
우화가 삽입된 이 소설은 상식적인 소설의
줄거리로 볼 때, 포로수용소에서 자살한 누혜와
바라크에서 아사한 누혜의 노모 이야기나 결국
자유에 대한 작가의 사상을 담고 있다. 더불어
인간 존재의 근원적 의미와 인간이 그의
환경에 대하여 가지는 본질적인
관계를 탐구하고 있다.

작품 내용

한 옛날 깊은 산속에 굴이 하나 있었고, 그 굴 속에는 토끼 한 마리가 살고 있었다. 그 토끼는 아름다운 방에서 행복하게 살고 있었으나, 사춘기가 된 어느 날 천장으로부터 밝은 빛이 스며 들어오는 것을 알고, 바깥 세상으로 나가고 싶어한다. 토끼는 천신만고 끝에 바깥 세상으로 나가지만, 그 사이에 입은 상처와 밝은 빛을 이기지 못하고 그 자리에서 죽는다. 토끼가 죽은 자리에 버섯이 하나 나는데, 그의 후예들은 그 버섯을 '자유의 버섯'이라고 이름 붙였으며, 그 후 온갖 짐승들이 그 버섯을 숭배했다고 한다.

이 소설의 주인공 나(동호)는 전쟁으로 허물어진 폐허 사이에서 누혜의 어머니가 살고 있는, 집으로 변장한 레이션 상자 속을 찾아간다. 누혜의 어머니는 누혜가 전쟁에 참여한 후 남쪽으로 내려온 것이다.

동호는 2년 전 어느 일요일, 의용군으로 잡혀 간다. 그는 전장에서 포로로 잡혀 포로수용소에 갇히게 되며 다시 섬으로 옮겨가는데, 거기서 누혜(다른 사람들은 그를 누에라고도 한다)를 만난다. 누혜는 포로 수용소 생활에 만족하는 편이었다.

그런데 포로수용소 안에서는 공산주의자들이 자신들을 추종하지 않는 사람들을 때리고, 신체를 도려내며 심지어는 죽이는 등 온갖 패악을 다 저지르고 있었다. 그들은 누혜를 공산주의자로 만들려 하나 그가 동의하지 않자 계속 못살게 군다.

어느 날 누혜는 철조망에 목을 매어 죽는다. 그리고 유서 —— 오히려 수기라고 할 —— 를 남기는데, 유서에 의하면 그는 시를 좋아하는 젊은이였으며, 해방 후 인민의 벗이 되기 위하여 공산당에 가입한다. 하지만 거기에서 자유를 막는 벽을 발견하고, 그 벽을 뚫어 보기 위해 전쟁터에 몸을 던진다. 포로가 된 후 자유를 느끼지 못하던 누혜는 죽음만이 자유를 줄 것이라고 생각한다. 결국 누혜에게 자살은 하나의 시도요, 마지막 기대였던 것이다.

동호는 포로수용소에서 풀려 본토로 돌아와 누혜의 어머니를 찾는다. 그러나 그녀는 병이 들어 고양이가 잡아다 주는 쥐를 먹고 살다가, 마침내 동호를 누혜라고 착각한 상태에서 죽어간다.

제시된 본문은 작품의 도입부로, 토끼의 우화를 통해 자유의 의미를 상징하고 있다. 〈요한 시집〉은 이야기의 전개가 시간의 흐름과는 관계없이 이루어지기 때문에 숙독하지 않으면 이해하기 힘든 작품이다. 등장 인물의 의식의 흐름에 유의하면서 작품을 감상해 보자.

한 옛날 깊고 깊은 산속에 굴이 하나 있었습니다. 토끼 한 마리 살고 있는 그곳은 일곱 가지 색으로 꾸며진 꽃 같은 집이었습니다. 토끼는 그 벽이 흰 대리석이라는 것을 모르고 살았습니다. 나갈 구멍이라곤 없이 얼마나 깊은지도 모르게 땅속 깊이에 쿡 박혀 든 그 속으로 바위들이 어떻게 그리 묘하게 엇갈렸는지, 용이 한 줄로 틈이 뚫어져 거기로 흘러든 가느다란 햇살이 마치 프리즘을 통과한 것처럼 방 안에다 찬란한 스펙트럼의 여울을 쳐 놓았던 것입니다. 도무지 불행이라는 것을 모르고 자랐습니다. 일곱 가지 고운 무지개색밖에 거기엔 없었으니까요.

그러던 그가 그 일곱 가지 고운 빛이, 실은 천장 가까이에 있는 창문 같은 데로 흘러든 것이라는 것을 겨우 깨닫기는, 자기도 모르게 어딘지 몸이 간지러워지는 것 같으면서 그저 까닭 모르게 무엇이 그립고 아쉬워만지는 시절에 들어서였습니다. 말하자면 이 깊은 땅 속에도 사춘기는 찾아온 것이었고 밖으로 향했던 그의 마음이 내면으로 돌이켜진 것입니다. 그는 생각했습니다.

'이렇게 고운 빛을 흘러들게 하는 저 바깥 세계는 얼마나 아름다

운 곳일까…….'

이를테면 그것은 하나의 개안이라고 할까, 혁명이었습니다. 이때까지 그렇게 탐스럽고 아름답게 보이던 그 돌집이 그로부터 갑자기 보잘것 없는 것으로 비치기 시작했던 것입니다. '에덴' 동산에는 올빼미가 울기 시작한 것입니다.

그러나 아무리 찾아보아도 바깥 세계로 나갈 구멍은 역시 없었습니다. 두드려도 보고 울면서 몸으로 떼밀어도 보았으나 끄떡도 하지 않는 돌바위였습니다. 차디찬 감옥의 벽이었습니다. 갇혀 있는 자기의 위치를 깨달아야 했을 뿐이었습니다.

어떻게 해서 이런 곳에서 살게 되었던가?

모릅니다. 그런 까다로운 문제는 생각해 본 적도 없었습니다. 아무리 기억을 더듬어 생각해 보아도 일곱 가지 색밖에 떠오르는 것이 없었습니다. 일곱 가지 색으로 엉클어지는 기억 저쪽에 무엇이 무한한 무슨 느낌을 주는 무슨 세계가 있었던 것 같기도 하지만, 그것은 지금 눈망울에 그리고 있는 바깥 세계를 두고 그렇게 느껴지게 된 것인지도 모릅니다.

'나면서부터 이곳에서 산 것이 아닌 것만은 사실이다.'

그는 결국 이렇게 결론을 내리지 않을 수 없었습니다. 그래야 바깥 세계가 있다는 것이 확실해지는 것이기도 하였습니다.

'나는 바깥 세계에서 들어온 것만 사실이다. 저 빛이 저렇게 흘러드는 것처럼…….'

이렇게 그날도 한숨 섞인 새김질을 되풀이하던 그의 귀가 무슨 결에, 쭈뼛 놀란 것처럼 곤추선 것이었습니다. 그것은 생일날의 일입니다. 생일날도 반가운 것이 없어 멍하니 이제는 나갈 구멍 찾는 생각도 않고 그저 창을 쳐다보고 있던 그였습니다. 그렇게 축 늘어졌던 그의 기다란 귀는 한번 놀라 쭉 곧추서선 도로 내려올 줄 몰랐습니다.

떨리는 가슴을 누르면서 조심스럽게 그는 일어섭니다. 발소리를 훔치면서 창 아래로 다가섰습니다. 발돋움을 하면서 그리로 손을 가져 가 봅니다.

닿는 것은 아무것도 없었습니다. 쭉 내밀어 봅니다. 그래도 닿는 것은 아무것도 없었습니다. 그의 가슴은 방안이 떠나갈 듯한 고동이었습니다.

그러면서 이상했던 것 같은 생각이 들어 손을 다시 그 창으로 가져가면서 뒤를 돌아보았습니다. 그만 소리도 못지르고 소스라쳤습니다. 방안이 새까매졌던 것입니다. 기겁을 하고 옆으로 물러서면서 그 자리에 쓰러지고 말았습니다.

몇 날 몇 밤 그는 그렇게 자리에서 일어나지 못하였습니다. 그것은 그렇게 심한 열이었습니다. 생일날 그의 머리에 떠오른 생각은 그렇게 무서운 것이었습니다. 그는 그 창으로 나갈 수 없을까, 하는 생각을 해 보았던 것입니다. 이 얼마나 기상천외의 착안을 끝내 해 낸 것입니까.

거기로 흘러드는 빛이 없이는 이 무지개색의 집도 저 바깥 세계가 있다는 것도 생각할 수 없는, 어떻게 보면 암벽보다 더 철석 같아서 오히려 무(無)처럼 보이는 그 창구멍으로 기어나갈 수 없을까 하는 생각을 마침내 해냈다는 것은, 저 지상에 살고 있는 토끼들이 공기를 마시지 않고는 한시도 살 수 없으면서 그 공기의 존재를 깨닫지 못하고 있는 것에 비하여 이 얼마나 놀라운 발견, 발견이라기보다 발명을 해낸 것입니까. 그러나 그것은 그에 못지않게 위험한 사상이었습니다. 손만 가져갔어도 세계는 새까맣게 꺼져 버리지 않았습니까.

열은 물러갔습니다. 그는 그 창으로 기어나가기 시작했습니다. 가다가 넓어진 데도 있었지만 벌레처럼 뱃가죽으로 기면서 비비고 나가야 했습니다. 살은 터지고 흰토끼는 빨갛게 피투성이였습니다. 그 모양을 멀리서 보면 마치 숨통을 꾸룩꾸룩 기어오르는 객혈 같았을 것입니다.

뒤로 덮어드는 암흑에 쫓기는 셈이었습니다. 몇 번 도로 돌아가려고 했는지 모릅니다. 그러나 그런 생각이라는 것은, 이제는 되돌아가는 길이 앞으로 나아가는 길보다 더 멀어지고, 그러면서 한걸음 한걸음 앞으로 나아갈수록 앞길 또한 멀어만 지는 것같이 느껴질 때입니다. 그는 지금, 한 걸음이라도 앞선 거북은 아킬레스의 날랜 다리를 가지고도 끝끝내 앞지를 수 없다는 궤변의 세계에 빠져든 것입니다. 그것은 앞으로 나아가는 것이 아니라 자꾸만 빠져드는 길이었습니다.

얼마나 그렇게 기었는지 자기도 모릅니다. 그는 움직임을 멈추었습니다. 귀가 간지러워진 것입니다. 소리를 들은 것입니다. 새 우는 소리였습니다. 소리라는 것을 처음 들어 본 것입니다. 밀려오는 환희와 함께 낡은 껍질이 벗겨져 나가는 몸 떨림을 느꼈습니다. 피곤과 절망에서 온 둔화는 뒤로 물러서고 새 피가 혈관을 흐르기 시작했습니다.

마음은 그렇게 뛰는데 그의 발은 앞으로 움직여지지 않아 합니다. 바깥 세계는 이때까지 생각한 것처럼 그저 좋기만 한 곳 같지 않게도 생각되는 것이었습니다. 뒷날, 그때 도로 돌아갔더라면 얼마나 좋았을까 하고 얼마나 후회를 했는지 모릅니다마는, 그러나 그때 누가 있어 '도로 돌아가거라.' 했다면 그는 본능적으로 '자유(自由) 아니면 죽음을!' 하는 감상적 포즈를 해 보였을 것입니다. 마지막 코스를 기어나갔습니다. 드디어 마지막 관문에 다다랐습니다.

이제 저 바위 틈으로 얼굴을 내밀면, 그 일곱 가지 색 속에 소리의 리듬이 춤추는 흥겨운 바깥 세계는 그에게 그 현란한 파노라마를 펼쳐 보이는 것입니다. 전율하는 생명의 고동에 온 몸을 맡기면서 그는 가다듬었던 목을 바위 틈 사이로 쑥 내밀며 최초의 일별을 바깥 세계로 던졌습니다. 그 순간이었습니다.

쿡! 십 년을 두고 벼르고 기다리고 있었다는 것처럼 홍두깨가 눈알을 찌르는 것 같은 충격이었습니다. 그만 그 자리에 쓰러졌습니다.

얼마 후, 정신을 돌린 그 토끼의 눈망울에는 이미 아무것도 비쳐드는 것이 없었습니다. 소경이 되어 버린 것입니다. 일곱 가지 색으로 살아온 그의 눈은 자연의 태양광선을 당해낼 수가 없었던 것입니다.

그 토끼는 죽을 때까지 그 자리를 떠나지 않았다고 합니다. 고향으로 돌아가는 길이 되는 그 구멍을 그러다가 영영 잃어버릴 것만 같아서였습니다. 고향에 돌아갈까 하는 생각을 거죽에 나타내 본 적이 한번도 없으면서 말입니다.

그가 죽은 그 자리에 버섯이 하나 났는데 그의 후예들은 무슨 까닭으로인지 그것을 '자유의 버섯' 이라고 일컬었습니다. 조금 어려운 일이 생기면 그 버섯 앞에 가서 제사를 올렸습니다. 토끼뿐 아니라 나중에는 다람쥐라든지 노루, 여우, 심지어는 곰, 호랑이 같은 것들도 덩달아 그 앞에 가서 절을 했다고 합니다. 효험이 있을 때도 있고 없을 때도 있고 그러니 제사를 드리나마나였지만, 하여간 그 버섯 앞에 가서 절을 한번 꾸벅하면 그것만으로 마음이 후련해지더라는 것입니다.

그 버섯이 없어지면 아주 이 세상이 꺼져 버리기나 할 것같이 생각하고 있는 것 같았습니다.

상(上)

해는 지붕 위에 있었다.

서산에 기울어 버린 햇발이었지만 이렇게 지붕 위로 보니, 내려앉으려던 황혼은 뒤로 밀려가고 하늘이 도로 밝아 오는 것 같다. 곳에 따라 시간이 이렇게도 느껴지고 저렇게도 느껴진다. 어느 시간이 정말 시간인가?

시계가 가리키는 시간과 위치가 빚어내는 시간. 이 두 개의 시간 사이에 가로놓여 있는 빈터. 그것이 얼마나한 출혈을 강요하든, 우리는 이러한 빈터에서 놀 때 자유를 느낀다. 우리에게 두 개의 시간을 품게 한 이러한 빈터가 결국은 '나'를 두 개의 나로 쪼개 버린 실마리였는지도 모른다.

공간 속을 시간이 흐르는 것인지 시간의 흐름을 따라 공간이 분비되어 나오는 것인지 알 수 없지만, 지붕 위에 앉게 된 해를 보고 있노라면 시간은 공간에 갇혀 있는 것 같다. 이 관계 위에 현재의 질서는 자리잡은 것 같다.

이 공간에 갇혀 있는 시간이 가령 그 벽을 뚫고 저쪽으로 뛰어나가게 되면 세상은 어떻게 될 것인가?

우리가 무엇을 본다는 것은 시선이 그리로 가서 보는 것이 아니라 그 물체에서 반사된 광파(光波)가 망막에 비쳐드는 것에 지나지 않는 것일진대, 마치 음속(音速)보다 빠른 비행기를 타면 아까 사라진 소리를 쫓아서 다시 들을 수도 있는 것처럼, 빛보다 더 빠른 비행기를 타고 날아오르면서 지상을 돌아다보면 우리는 거기에 과거를 볼 수 있을 것이 아닌가. 비행기는 자꾸 날아오른다. 지상에서 시간이 거꾸로 흐르는 것이 보인다. 과거 쪽으로 흘러가는 사건의 흐름이 보인다.

거기서는 밥이 쌀이 된다. 입에서 나온 밥이 숟가락에서 그릇으로 내려앉고, 그릇에서 솥으로, 그 솥이 끓어올랐다가 아주 식어진 다음 뚜껑을 열어 보면 물 속에 가라앉은 쌀이다. 뚝배기에 옮겨서 헤엄치고 나오면 겨가 붙어서 가게에 있는 쌀처럼 된다. 싸전에서 정미소로 가서 껍질을 붙이고 밭으로 간다. 여럿이 모여서 벼이삭에 달린다. 이렇게 해서 몇 달이 지나면 그들은 땅속 한 알의 씨가 된다…….

이렇게 보면 거기에도 하나의 생성은 있는 것이다. 하나의 세계가 이루어지는 것이고, 역사가 생겨난다.

어느 생성(生成)이 여물어 가는 열매인가?

쌀이 밥이 되는 변화와 밥이 쌀이 되는 변화와…….

어느 세계가 생산의 땅인가? 밤이 낮이 되는 박명(薄明)과 낮이 밤이 되는 박명과…….

어느 역사가 창조의 길이고, 어느 역사가 멸망의 길인가?

어떻게 되는 것이 창조이고, 어떻게 되는 것이 멸망인가?

어느 쪽으로 흐르는 시간이 과거이고, 어느 쪽으로 흐르는 시간이 미래인가?

망상에 사로잡혔던 내 몸이 갑자기 경련을 일으킨다. 쳐다보니 동체가 두 개인 수송기가 초여름의 저녁 하늘을 남쪽으로 날아가고 있었다. 엉겁결에 그늘을 찾으려고 했던 나는 그러나 경련이 그다지 심하지 않았던 것을 깨달았다. 가슴이 좀 울렁울렁해졌었을 뿐이었다. 폭격에 놀랐던 가슴도 그동안 그 건강을 회복한 것 같다.

하꼬방 앞으로 가까이 갔다. 섬에서 돌아오면서부터 며칠 걸려 겨우 찾아낸 집이었지만 나는 아까부터 주인을 찾는 것이 무서워졌다. 귀찮았다. 발을 들어 조금 떼밀어도 말없이 쓰러질 것 같은 이 따위 집에도 주인이 있어야 하는가 하는 불평이다. 그러나 이런 집일수록 주인이 있어야 하기도 했다. 주인마저 없다면 벌써 언제 무너져 내렸었을 것이다.

그런데 산기슭에 자리잡고 있는 저 성곽 같은 큰 집에도 주인이 한 사람이라는 것은 좀 이해하기 곤란하다. 우리는 무슨 숨바꼭질을 하고 있는 셈이다.

여기에 올라오는 길에, 한 노인이 문간에 앉아 쌀, 보리, 콩 같은 것이 뒤섞인 것을 한 알 한 알 골라내고 있었다. 그 황혼 오분 전의 작업을 캔버스에 옮겨 놓는다면 그 제명(題名)은 '백발이 원색을 골라내다.' 라고 하면 좋겠다. 지금 르네상스의 후예들은 자기들이 칠하고 칠한 근대화 도료를 긁어 벗기는 데에 여념이 없다. 원색을 골라내는 연금술에 몰두하고 있는 것이다. 그러나 '지리상의 발견' 시대는 이미 지나간 지 오래지 않은가.

저 아래 거리에서 '내일 아침 신문'을 팔지 못해 하는 어린 소리가 들려 온다. 그래서 이 낭비의 20세기를 까마귀는 저 마른 나뭇가지 위에서 저렇게 황혼을 울고 있나 보다.

까악, 까악…….

나는 하꼬방을 두고 여남은 걸음 그리로 올라갔다. 돌을 주워 들었다. 까악, 까마귀는 그다지 대단해하지 않아 하면서도, 푸드덕 하늘로 날아오른다. 손에 들었던 돌을 버리려 하다 말고 까마귀가 앉아 있었던 가지를 향해 힘껏 던졌다. 그래서 까마귀가 산 너머로 날아가 버린 그 고목 아래에 가서 앉아 보았다.

수평선은 늘 그 저쪽이 그리워지는 무(無)를 반주하고 있었다.

그 저쪽에 뭐가 있다는 말인가. 여기와 같은 언덕이 질펀하게 경사를 이루고 있을 뿐이 아니겠는가? 거기서는 또 누가 이리를 그리워하고 있을 것이 아닌가. 같은 하늘 아래서 이 무슨 시늉인가…….

그런 숨바꼭질하기에는 해가 다 저물었다. 수평선을 들어서 옆으로 치우고 탁 트이게 해야 한다. 그렇지 않으면 아주 담을 쌓아서 막아 버려야 한다. 결국 따지고 보면 질펀한 것만이 태연해질 수 있는 오늘 저녁이 아닌가. 내일 아침이 올지말지 하더라도 끝난 오늘은 끝난 오늘로서 아주 결딴을 내 버려야 한다. 우선 성실하게 살아야 한다.

무엇보다도 성실하게 살아야 한다. 진리를 찾는다고 하여 애매한 제스처를 부려서는 안된다. 차라리 그 진리를 버려야 한다. 그런 제스처 때문에 이 공기가 얼마나 흐려졌는지 그것을 정확하게 계량해

낼 수 있다면 우리는 살아 있는 것이 시시해질 것이다.

　나는 여기 이 나무 아래를 그리워해야 할 것이다. 아까 저 산기슭에서 이리를 쳐다보았을 때 하꼬방 뒤가 되는 이 한 손을 외롭게 하늘로 쳐들고 서 있는 고목이 얼마나 눈물겹게 느껴졌던 것인가. 그런데 지금은 벌써 수평선 저쪽을 그리워하고 있다. 나는 매소부가 아니다. 필요하다면 산기슭에 도로 내려가서 다시 여기를 눈물겨워 쳐다보아도 좋다. 부슬비 내리는 밤 부엉새가 우는 소리를 듣는 것 같은 감회에 다시 사로잡히는 것이 나의 의리여서도 좋다.

　지금도 부엉새는 울고 있을 것이다. 고향, K성(城), 동북 모퉁이가 되는 망루에서 멀리 바라보이는 산기슭에 외딴 초가집 한 채가 있었다. 그리 크지 않은 성이라 들놀이, 고기잡이, 전쟁놀이, 이런 것으로 어린 시절 십여 년을 뛰어놀던 모퉁이마다 이런 추억 저런 추억, 추억은 꼬리를 물고 성벽에서 성벽으로 이어져, 눈을 감으면 고향 산천이 한눈 안에 떠올랐건만, 봄이면 뻐꾹새도 그리로 울어대는 그 초가집 일대는 한번 떠오른 적이 없었다. 그것이 아까 저 산기슭에서 이리를 쳐다보았을 때 망각의 안개를 헤치고 되살아 올랐던 것이다. 이를테면 여기는 하나의 귀향(歸鄕)이었다.

　"동호야……."

　나는 내 이름을 불러 보았다.

　그러나 그 근처에 대답해 주는 소리는 있지 않았다. 석양이 어린 경사를 적막이 흘러내리고 있을 뿐이었다. 마음이 불안스러워졌다. 이 자리를 떠나고만 싶다. 곁눈으로 내 옆에 누워 있는 그림자를 더듬어 보았다. 무뚝뚝한 것이 내 그림자 같지 않았다. 다른 누가 여기에 앉아 있어, 그의 그림자가 거기에 그렇게 비쳐 있는 것만 같다.

"동호!"

나는 그 소리에 깜짝 놀랐다. 내 소리 같지 않았고, 농담인 줄 알았는데 그 소리는 비감이 어린 비명이었다. 그래서 얼결에 기겁을 하고 '누구야' 하려고 했다. 그런데 내 입술은 불쑥 떠오른 침입자 때문에 그만 켕겼다.

할아버지의 산소가 거기에 있었던가?

갑자기 믿기 어려웠으나, 저 하꼬방에서 바로 이만큼 떨어진 곳이었다. 할아버지의 산소가 그 초가집에서 바로 이만큼 떨어진 곳에 서 있는 소나무의 두툴두툴한 그늘 아래 자리잡고 있다는 것은 사실이었다.

그럼 그동안 나는 어디에 가 있었던가? 그동안 할아버지의 산소는 어디에 있는 것으로 해 두고 있었던가? 그 산소 뒤에 피어 있는 진달래를 꺾다가 아버지에게 꾸지람을 들었던 일은 기억에 남아 있었으면서도 그 산소가 거기에 있다는 것은 까맣게 잊고 있었다. 잊고 있다는 것도 모르고 있었다. 그렇지 않았다면 아까 그렇게 놀랐을까…….

머릿속이 얼떨떨해진다. 이러한 행방불명이, 아직 돌아오지 않은 이러한 행방불명이 얼마나 많을 것인가……. 그것을 모두 한데 모아 놓으면 욱실욱실할 것이다. 그것은 여기에 앉아 있는 동호보다 더 큰 무더기가 될 것이다.

나는 나의 일부분을 살고 있는 셈이 된다. 나는 나의 일부분에 지나지 않는다. 그림자에 지나지 않는다.

그래도 동호는 나인가? 나는 나인가? 아까 동호를 불렀는데도 내가 끝내 대답하지 못한 것은 이 때문이 아니었을까.

후우, 긴 한숨을 내쉬려던 나는 또 난데없이 휩쓸려드는 생각에 그만 숨이 꺾였다. 그 초가집이 우리집?

그러나 그것만은 아니었다. 사과나무는 서문 밖에 어엿이 서 있었다. 돗자리를 펴놓은 그늘 아래에 한쪽 다리를 쭉 뻗고 앉아 늘 배만 쓰다듬던 할아버지가 일생을 마친 우리집은 그 굴뚝이 서문 밖에 서 있는 그 사과나무 바로 옆에 있었던 것이다.

하느님일지라도 그 사과나무를 이제 와서 산기슭인 그 초가집 굴뚝 옆에 옮겨다 놓을 수는 없는 것이다.

그렇다. 하느님도 옮겨다 놓을 수 없다. 옮겨다 놓지 않는다. 그것은 나도 믿는다.

그러나 언제 무슨 결에 거기에 가 턱 서 있는 것으로 되어 버리면 어쩌겠는가…… 그땐 누구를 붙잡고 울면 좋다는 것인가?

아, 그때는 내 눈썹이 내 볼때기에 가서 붙어 있을 수도 있는 것이 아닌가!

내 눈썹이 내 볼때기에, 내 발가락이 내 무르팍에 가서 더덕 붙어 있게 하기 위해서라도 사과나무는 그 초가집 굴뚝 옆에 가서 턱 서 있게 될지도 모르는 노릇이다. 이 세계가 그렇게는 곪지 않았다고 누가 단언할 수 있겠는가…….

내 손은 나도 모르게 돌멩이를 움켜쥐고 있었다. 몸이 추위진다. 볼을 만져 보는 것이 두렵다. 무르팍을 만져 보는 것이 무섭다.

설마라구? 그렇기는 하다. 그러나 그렇게 되어 버리면 그렇게 되어 버리는 것이다! 한번 그렇게 되어 버리면 그만이다. 이런 것을 사실이라고 한다. 진실은 사실을 가지고 고칠 수 있지만, 사실은 천

개의 진실을 가지고도 하나 고치지 못하는 게 현재 우리가 살고 있는 이 세계이다. 세계는 그렇게 바윗돌 같으면서 달걀처럼 취약하다.

나는 거의 돌 쥔 손에 힘을 주었다. 그저는 아무리 꽉 쥐어도 달걀은 그렇게 보여도 깨어지지 않는 것이라고 누가 하였는가. 깨어지면 어쩔 터인가? 그때는 눈썹이 볼때기에, 발가락이 귀밑에 가서 더덕 붙을 수도 있다는 것을 시인한다는 말인가……

있는 모든 힘을 손가락 끝에 집중시켰다.

이래도 안 깨어지나…… 이래도 …… 이래도…….

이마에 땀이 배었다. 손을 놓았다. 달걀은 깨어지지 않았다.

그러나 깨어지지 않은 것은 내가 깨어지는 것을 사실은 두려워하고 있기 때문인지도 모른다.

그것이 깨어지는 날에는 내가 서 있는 이 세계가 깨어져 버리는 것이다. 그래서 야합한 것이다. 두려워하는 내 마음을 누가 벌써 내통해 주었던 것이다.

이러한 내통 위에, '달걀은 그저 쥐기만으로는 깨어지지 않는다.'라는 '말'이 이루어질 수 있었던 것이다. 오늘날까지 있는 모든 힘을 내어 본 사람은 아무도 없었기 때문이다. 못내게 되어 있다. 공기 속에 살고 있다는 것은 '말' 속에 살고 있다는 것과 마찬가지다. 처음에만 '말'이 있는 것이 아니라 처음부터 끝까지 있는 것은 '말' 뿐이었다. 인간은 그 입에 지나지 않았다. 입으로서의 운동, 이것이 인간 행위의 전체였다.

지금은 깨어지지 않았다. 그러나 다음 순간에 있어서도 깨어지지 않으리라고 누가 단정할 수 있을 것인가, 무엇을 가지고? 지금의 이 현재를 가지고? …… 그러나 다음 순간은 현재가 아니다.

따지고 보면 의지할 것은 아무것도 없다. 그래서 나는 따라다녔을 뿐이다. 내가 나의 주인이 되어 나의 앞장을 내가 서서 나의 길을 걸어 본 적이 있었던가? 없다! 한번도 없었다. 늘 전봇대를 따라다녔고, 늘 기차 시간을 기다리고 있었다. 그러면서 나는 한번도 기차에 타 본 적이 없었다. 그러나 나는 그래도 기다렸고 그래도 따라다녔다. 왜? 길에는 전봇대가 있었고 정거장에는 대합실이 있었기 때문이다.

생각하면 비참하고 시시하다. 어째서 살아 있는 것이 그래도 낫고 죽는 것이 그래도 나쁜가?

생각하면 한이 없다. 그저 모든 것을 보류해 두면서 따라다니고 기다리고 하는 수밖에 없다. 생(生)이란 모든 것을 보류하기로 한 약속 밑에 이어받는 것인지도 모른다. 그래서 이러다가 죽으면 모든 것을 보류해 둔 채로 죽는 것이 된다.

아직도 손에 쥐어져 있는 돌멩이를 거기에 버리고 하꼬방으로 내려갔다. 이제 보니 지붕까지 레이션 상자가 아닌 것이 없다. 집으로 변장한 레이션 상자 속에 누혜의 어머니는 살고 있었던 것이다.

내 눈망울에는 레이션 상자가 여기저기에 널려 있던 전쟁터의 광경이 떠오른다.

작 품 이 해

저자
소개
장용학 : 소설가로서 함북 부령 출생이다. 1942년 일본 와세다대학 상과에 입학했으나, 학병으로 일본군에 입대했다가 해방과 함께 돌아왔다. 1946년 청진여자중학교 교사로 있다가 이듬해 월남했다. 이 무렵 작가 수업을 시작하여 1948년 처녀작 〈육수(肉囚)〉를 탈고하는 한편 한양공고에서 교사로 봉직했다. 1950년에 단편 〈지동설〉로 《문예》의 1차 추천을 받고, 1952년 단편 〈미련 소묘〉로 《문예》의 2차 추천을 받아 작품 활동을 시작했다.

작가로서 크게 주목받게 된 것은 1955년 단편 〈요한 시집〉을 발표하고, 그 이듬해 〈비인탄생(非人誕生)〉을 발표하면서부터다. 그의 소설은 몇 가지 특이한 점이 있는데, 그 중에서도 한자의 혼용과 관념에 치중한 서술은 소설에 대한 일반의 견해를 뒤집는 대담한 시도였으므로, 일부 식자들에게 '소설이냐, 아니냐' 하는 논란을 불러일으키기도 했다. 그러나 '관념 소설'의 일종으로서, 현대의 인간 조건을 매우 진지하게 추구하는 노력으로 높이 평가받기도 했다.

1958년에 중편 〈역성서설(易姓序說)〉을 발표하고, 1960년대 초에는 한때 덕성여자대학교 교수로 재직하다가 언론계로 옮겨 《경향신문》·《동아일보》 등의 논설위원으로 활약하며 작품 활동을 계속

했다. 1962년에 장편 《원형의 전설》, 1963년에 중편 소설 〈위사 (僞史)가 보이는 풍경〉 등을 발표하였다. 이 밖에도 단편으로 〈찢어진 윤리학의 근본 문제〉·〈인간 증언〉 등이 있고, 장편으로는 《태양의 아들》이 있다. 1970년을 전후하여 작품 활동을 중단했다.

작품감상 〈요한 시집〉은 저자가 프랑스 철학자 사르트르가 쓴 소설 《구토》를 읽고 감명을 받아서 쓴 작품으로, 1955년 《현대문학》에 발표하여 크게 관심을 모았다.

중요한 줄거리는 전쟁 포로 누혜가 철조망에 목을 매고 죽기까지의 생애로, 서술에 있어서는 사건보다도 등장 인물의 의식 추구에 더 많이 치중했다. 현대에 있어서의 자유 문제를 다룬 이 작품은 의식의 서술 방식이라든가 자유의 본질을 해명하는 데 있어 사르트르의 《구토》의 영향을 많이 받았다. 또 제목에 '요한'이 들어간 것은 자유를 예언자 요한에게 비유했기 때문이다.

이 작품은 토끼의 우화로부터 시작하고 있는데, 동굴 속에 갇혀 살던 토끼는 어느 날 갑자기 바깥 세계에 대한 동경을 갖게 된다. 이것은 토끼가, 자신이 느끼고 있는 존재의 한계 상황으로부터 탈출을 시도한 것이다. 동굴 안의 삶이란 탕자(蕩子)가 자기 부모 밑에서 편안하게 살던 것과 마찬가지였다. 탕자가 어느 날 갑자기 미지의 세계를 향해 길을 떠나는 것은 존재의 벽을 뛰어넘는 것이다. 그것은 아버지 밑에서의 주어진 삶을 거부하고, 자기 자신의 생의 양식을 찾으려 하는 것으로, 실존적 고민에서 오는 존재의 회의에 속한다. 즉 탕자가 주어진 삶을 그대로 살았더라면 이미 탕자는 존재하지 않는 것처럼 토끼가 동굴 안에서의 삶을 그대로 누리고 있었더라면, 이 소설에서 토끼의 우화란 무의미한 것이다.

토끼는 오색 무지개빛을 들여보내는 바깥 세계를 동경하고, 그 동굴로부터의 탈출을 시도하지만 곧 죽고 만다. 포로수용소에 갇혀 있던 누혜가 어느 날 포로수용소의 철조망에 목을 매어 죽는 것과 같은 죽음이다. 즉 누혜의 자살은 분명히 자유를 얻기 위한 것이지만, 아주 상징적인 이 자유는 인간으로서는 얻을 수 없는 숙명처럼 보인다. 토끼나 누혜가 자유를 얻었다고 생각함과 동시에 죽는 것은 이 때문이다.

결국 누혜의 자살은 새로운 탄생을 위한 것이며, 그 새로운 탄생이 동호인데, 이 작품에서는 동호를 자유의 시체 속에서 부화되어 탄생하는 과정으로 그린 듯하다.

문제 제기

(1) 이 작품에서는 '자유'를 예언자 요한에 비유했으며, '자유'가 곧 '구원'이 아니라 구원에 도달하기까지의 과정에 자유가 있음을 나타내고 있다. 작품 속에서 이러한 주인공의 행동 즉 자유가 나타난 부분을 중심으로 논의해 보시오.

◐ 길라잡이

이 소설의 주인공인 동호와 누혜는 본의 아니게 전쟁 포로가 되어 공산주의자가 되기를 강요당한다. 하지만 누혜는 그러한 강요나 억압으로부터 탈출하려 한다. 즉 탈출하려는 욕망과 사고를 가진 누혜는 그 방법으로 자살이라는 길을 택한다. 자살은 그가 시도하는 벽으로부터의 해방이며, 죽음은 곧 구원이 되는 것이다.

(2) 이 작품은 전쟁으로 일어나는 동족상잔의 아픔과 사상의 대립으로 빚어지는 비극을 잘 드러내고 있다. 사상의 소유가 개인의 자유와 관계 있는 것인지를 주인공들의 예를 참고하여 논하시오.

● 길라잡이

이 작품의 주인공 중 하나인 누혜는 인민의 벗이 되려고 공산당에 가입한다. 하지만 거기에서도 자유에의 길을 가로막고 있는 벽을 발견하고, 그 벽을 뚫어 보기 위해 육체를 전장에 던진다. 그는 전장에서 포로가 되고 포로수용소에 갇히는데, 거기서 공산주의자들로부터 사상을 강요받는다. 그러나 누혜는 그것을 받아들이지 않는데, 그 사상이 자신을 자유롭게 하지 않을 것임을 알기 때문이다.

사상은 마음속에 간직하는 생각에 불과하다. 진정한 자유는 스스로 구속감을 느끼지 않고, 마음의 평화를 느낄 때 얻어지는 것인데, 때로는 어떤 사상에 의해 그러한 평화를 느끼지 못할 수도 있다. 왜냐하면 그 사상이라는 굴레와 주의(主義)가 인간을 구속하기 때문이다. 그러므로 사상은 개인의 자유와는 아무런 관련이 없는 것이다.

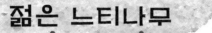

젊은 느티나무

강신재(康信哉)
(1924~)

〈젊은
느티나무〉의 작가 강신재는
작품 속에서 비교적 다양한 인물들을
그리며, 주제를 표면에 내세우는 일이 없다.
즉 하나의 발랄한 생명체를 구성하는 특이한 인물
묘사 기법을 구사, 세련된 감각으로 그만의 조화 있는
특이한 세계를 이루어내는 것이다. 작가의 대표작인
〈젊은 느티나무〉는 널리 알려져 영화화되고
베스트셀러로도 회자되어 많은 사랑을
받고 있는 작품이다.

작품내용

여고생인 숙희는 엄마의 재혼으로 대학 교수인 '무슈 리'의 집으로 오게 된다. 무슈 리에게는 현규라는 아들이 있는데, 숙희는 만나는 순간부터 그의 분위기에 끌리게 된다.

숙희와 현규는 실제로는 혈연 관계가 없음에도, 숙희는 엄마와 '무슈 리'를 배반해서는 안 된다는 생각에 괴로워한다. 예민하고 감수성이 풍부한 그녀는 스물두 살의 남성과 열여덟 살의 소녀라는 것만을 진실로 받아들이려 하지만, 자신의 감정을 다스리기에 힘겨워한다. 어느 날 지수로부터 숙희에게 온 러브 레터 때문에 흥분한 현규가 뺨을 때리는 순간, 숙희는 기쁨으로 가슴이 벅차 오른다.

마침내 엄마와 '무슈 리'는 미국으로 가게 되고, 숙희는 시골로 내려간다. 며칠 후 숙희가 산에 올라가 있을 때, 현규가 찾아오고, 두 사람은 서로에 대한 사랑을 확인한다. 숙희는 젊은 느티나무를 끌어 안고 현규를 사랑해도 된다는 기쁨에 몸을 떤다.

〈젊은 느티나무〉는 부모의 재혼으로 만나게 된 오누이의 사랑 이야기이다. 이런 상황이 발생한다면 현실적으로는 행복한 결말로 이어지기가 어렵다. 그들의 사랑이 왜 아름답게 느껴지는지를 생각하며 작품을 감상해 보자.

I

그에게서는 언제나 비누 냄새가 난다.

아니, 그렇지가 않다. 언제라고는 할 수 없다.

그가 학교에서 돌아와 욕실로 뛰어가서 물을 뒤집어쓰고 나오는 때면 비누 냄새가 난다. 나는 책상 앞에 돌아앉아서 꼼짝도 하지 않고 있더라도 그가 가까이 오는 것을 —— 그의 표정이나 기분까지라도 넉넉히 미리 알아차릴 수 있다.

티셔츠로 갈아입은 그는 성큼성큼 내 방으로 걸어들어와 아무렇게나 안락의자에 주저앉든가, 창가에 팔꿈치를 짚고 서면서 나에게 방긋 웃어 보인다.

"무얼 해?"

대개 이런 소리를 던진다.

그런 때에 그에게서 비누 냄새가 난다. 그리고 나는 나에게 가장 슬프고 괴로운 시간이 다가온 것을 깨닫는다. 엷은 비누의 향료와 함께 가슴속으로 저릿한 것이 퍼져 나간다 —— 이런 말을 하고 싶었던 것이다.

"뭘 해?"

하고 한 마디를 던져 놓고는 그는 으레 눈을 좀더 커다랗게 뜨면서 내 얼굴을 건너다본다.

그 눈동자는 내 표정을 살피려는 것 같기도 하고 어쩌면 그보다도, 나에게 쾌활하게 웃고 떠들라고 권하고 있는 것 같기도 하다. 또 어쩌면 단순히 그 자신의 명랑한 기분을 나타내고 있는 것에 불과한지도 모른다.

어느 편일까?

나는 나의 슬픔과 괴롬과 있는 대로의 지혜를 일점에 응집시켜 이 순간 그의 눈 속을 응시하지 않을 수 없다.

나는 알고 싶은 것이다.

그의 눈 속에 과연 내가 무엇으로 비치는가?

하루 해와, 하룻밤 사이, 바위를 씻는 파도 소리같이 가슴에 와 부딪고 또 부딪고 하던 이 한 가지 상념에 나는 일순 전신을 불살라 본다.

그러나 매일 되풀이하며 애를 쓰지만 나는 역시 알 수가 없다. 그의 눈의 의미를 헤아릴 수가 없다. 그래서 나의 괴롬과 슬픔은 좀더 무거운 것으로 변하면서 가슴속으로 가라앉아 버리는 것이다.

그리고 다음 찰나에는 나는 그만 나의 자연스러운 위치 —— 그의 누이동생이라는, 표면으로 보아 아무 시스러움도 불안정함도 없는 나의 위치로 돌아가 있지 않으면 안 될 것을 깨닫는다.

"인제 오우?"

나는 이렇게 묻는다. 그가 원한 듯이 아주 쾌활한 어투로. 이 경우에 어색하게 군다는 것이 얼마만한 추태인가를 나는 알고 있다.

내 목소리를 듣고는 그도 무언지 마음 놓였다는 듯이,

"응, 고단해 죽겠어. 뭐 먹을 것 좀 안 줄래?"

두 다리를 쭈욱 뻗고 기지개를 켜면서 대답을 한다.

"에에, 성화라니깐. 영작 숙제가 막 멋지게 쓰여져 나가는 판인데……."

나는 그렇게 두덜거려 보이면서 책상 앞에서 물러난다.

"어디 구경 좀 해. 여류 작가가 될 가망이 있는가 없는가 보아줄게."

그는 손을 내밀며 몸까지 앞으로 썩하니 기울인다.

"어머나, 싫어!"

나는 노트를 다른 책들 밑에다 잘 감추어 놓고 아래층으로 내려가서 냉장고 문을 연다.

뽀얗게 얼음이 내뿜는 코카콜라와 크래커, 치즈 따위를 쟁반에 집어 얹으면서 내 가슴은 비밀스런 즐거움으로 높다랗게 고동치기 시작한다.

그는 왜 늘 내 방에 와서 먹을 것을 달라고 할까? 언제나 냉장고 앞을 그냥 지나 버리고는 나에게 와서 달라고 조른다.

어떤 게으름뱅이라도 냉장고 문을 못 열 까닭은 없고, 또 누구를 시키는 것이 좋겠다면 부엌 사람들께 한 마디 하는 편이 나을 것이다.

군소리를 지껄여대거나 오래 기다리게 하거나 그렇지 않더라도 줄곧 먹을 것을 엎지르거나 내려뜨리거나 하는 나를 움직이기보다는 쉬울 것이 확실하다(어쩐 셈인지 나는 이런 따위 일이 참말 서툴다. 좀 얌전하고 재빠르게 보이려고 하여도 도무지 그렇게 되질 않는다).

쟁반을 들고 돌아와 보면 그는 창밖의 덩굴장미께로 시선을 던지고 옆얼굴을 보이며 앉아 있다.

무엇을 생각하는지, 내가 곁에 있을 때는 보이지 않는 조용히 가라앉은 눈초리를 하고 있다. 까무레한 피부와 꽤 센 윤곽을 가진 그의 얼굴을 이런 각도에서 볼 때 나는 참 좋아진다. 나에게는 보이려 하지 않는 혼자만의 표정도 무언지 가슴에 와 부딪는다.

그의 머리통은 아폴로의 그것처럼 모양이 좋다. 아주 조금 곱슬거리는 머리카락이 몇 올 앞이마에 드리워 있다.

"고수머리는 사납다던데."

언젠가 그렇게 말하였더니,

"아니, 그렇지 않아. 숙희, 정말 그렇지 않아."

하고 그는 진심으로 변명을 하려 드는 것이었다. 나는 그저 농담을 하였을 뿐이었는데……

오늘도 그는 내 방에서 쉬고 나더니,

"정구 칠까?"

하며, 자리에서 일어섰다.

"응."

"아니 참, 내일부터 중간 시험이라구 하잖았던가?"

"괜찮아, 그까짓 거……."

사실 시험이고 무엇이고 없었다. 나는 옷 서랍을 덜컹거리며 흰 쇼트와 곤색 셔츠를 끄집어 내었다.

"괜히 낙제하려구."

하면서도 그는 이내 라켓을 가지러 방을 나갔다.

햇볕은 따가웠으나 나뭇잎들의 싱싱한 초록 사이로 서늘한 바람이 지나가곤 한다. 우리는 뒷산 밑 담장께로 걸어갔다. 낡은 돌담의 좀 허수룩한 귀퉁이를 타고 넘어서 옆집 코트로 미끄러져 들어간다.

옆집이라고 하는 것은 구왕가에 속한다는 토지의 일부인데 기실 집이라고는 까마득히 떨어져서 기와집이 두어 채 늘어서 있고 이쪽은 휘엉하니 비어 있는 공터였다. 그 낡은 기와집에 사는 사람들은 이 공터를 무슨 뜻에선지 매일 쓸고 닦고 하여서 장판처럼 깨끗이 거두어 오고 있었다.

"아깝게시리…… 테니스 코트나 만들면 좋겠는데. 응, 그러면 어떨까?"

어느 날 돌담에가 걸터앉아 내려다보던 끝에 그런 제의를 했다.

처음에 그는 움직이려 들지 않았으나 결국 건물께로 걸어가서 이야기를 해 보았다.

이튿날 우리는 석회를 들고 가 금을 그었다. 또 며칠 후에는 네트를 치고 땅을 깎아 내어서 아주 정식으로 코트를 만들어 버렸다.

그렇게까지 할 줄은 몰랐을 주인이 야단을 치면 걷어 버리자고 주춤거리며 일을 했는데 호호 백발 할아버지인 그 집 주인은 호령을 하지 않을 뿐더러 가끔 지팡이를 끌고 나와 플레이를 구경하는 것이었다.

이렇게 나이 많은 노인네의 표정은 언제나 나에게는 판정하기 어려운 것이지만 특히 이 할아버지의 경우는 그러하였다. 구태여 말한다면 웃고 있는 것 같기도 하고 신기해 하고 있는 것 같기도 했지만 또 동시에 하늘 밖의 일을 생각하는 듯 아득해 보이기도 하였으니 기묘했다.

한두 번은 담을 넘는 나의 기술을 적이 바라보고 분명히 무슨 말을 할 듯이 하더니 그만 입을 봉하고 말았다. 말을 했자 들을 법하지도 않다고 짐작을 대었는지 알 수 없었다. 어쨌든 그곳은 아주 좋은 우리의 놀이터인 것이었다.

물리학 전공의 그는 상당히 공부에도 몰리고 있는 눈치였으나 운동을 싫어하는 샌님도 아니었다.

테니스를 나는 여기 오기 전에도 하고 있었지만 기술이 부쩍 는 것은 대부분 그의 덕분이다. 그가 내 시골 학교의 코치보다도 훌륭한 솜씨를 갖고 있음을 알았을 때의 나의 만족이란 이루 말할 수도 없는 것이었다.

머리가 둔한 사람을 나는 도저히 좋아할 수 없지만 또 운동을 전연 모른다는 사람도 매력적이라고 생각할 수 없다. 스포츠는 삶의 기쁨을 단적으로 맛보여 준다. 공을 따라 이리저리 뛰면서 들이마시는 공기의 감미함이란 아무것에도 비할 수 없다.

나는 오늘 도무지 컨디션이 좋지가 못하였다. 이렇게 엉망진창인 때는 엉망진창인 대로, 또 턱없이 좋으면 좋은 그대로 적당히 이끌고 나가 주는 그의 솜씨가 적이 미듬직해질 따름이었다.

"와아, 참 안 된다. 퇴보 일로인가 봐."

"괜찮아, 아주 더워지기 전에 지수랑 불러서 한번 시합을 할까?"

하늘이 리라빛으로 물들 무렵 우리는 볼들을 주워 들고 약수터께로 갔다.

바위 틈으로 뿜어나는 물은 이가 시리도록 차갑고 광물질적으로 쌉쓰름하다.

두 손으로 표주박을 만들어 떠내 가지고는 코를 틀어박고 마신다. 바위 위로 연두색 버들잎이 적이 우아하게 늘어지고, 빨간 꽃을 다닥다닥 붙인 이름 모를 나무도 한 그루 가지를 펼친 것으로 보아, 이런 마심새를 하라는 샘터는 아닌 모양 같지만 우리는 늘 그렇게 하여 왔다.

"약수라니까 많이 마셔. 약의 효험이나 좀 볼지 아나?"

"멋 때매?"

"멋 때매는…… 정구 좀 잘 치게 되나 보려구 그러지."

이렇게 시끌덤벙 떠들던 샘가였다.

그런데 오늘 바위 언저리에는 조그만 표주박이 하나 놓여 있었다. 필시 그 할아버지가 갖다 놓아 준 것이 분명하였다.

"오늘부터 얌전히 마셔야 해."

"산신령님이 내다보신다."

정말 한동안 음전하게 앉아서 쉬었다. 그리고 그는 허리를 굽혀 표주박으로 물을 떴다. 그는 그것을 내 입가에 대어 주었다. 조용한, 낯선 표정을 하고 있었다. 나에게는 보이는 일이 없는 자기 혼자만의 얼굴의 하나인 것 같다.

나는 아주 조금만 마셨다. 그리고 얼굴을 들어 그를 바라다보고 있었다. 그는 나머지를 천천히 자기가 마셨다.

그리고 표주박을 있던 자리에 도로 놓았으나 아주 짧은 사이 어떤 강한 감정의 움직임이 그 얼굴을 휘덮은 것 같았다. 그는 내 쪽을 보지 않았다.

나는 돌연 형언하기 어려운 혼란 속에 빠져 들어갔으나 한 가지의 뚜렷한 감각을 놓쳐 버리지는 않았다. 그것은 기쁨이었다.

나는 라켓을 둘러메고 담장께로 걸어갔다.

'오빠.'

그는 나에게는 그런 명칭을 가진 사람이었다.

'오빠.'

그것은 나에게 있어 무리와 부조리의 상징 같은 어휘이다.

그 무리와 부조리에 얽힌 존재가 나다.

나는 키보다 높은 담장 위에서 뛰어내렸다. 그리고 뒤도 안 돌아 보고 정원 안을 걸어갔다.

운동화를 벗어 들고 맨발로 걷는다. 까실까실하면서도 부드러운 잔디의 촉감이 신이나 양말을 신고 디딜 생각은 나지 않게 한다.

"발바닥에 징을 박아 줄까? 어디든지 구두 안 신고 다니게 말야."

그는 옆에 있을 때면 이런 소리를 한다.

"맨발로 풀 위를 걸으면 고향에 온 것 같아. 아니 내가 나 자신에게 돌아온 것 같은 그런 맘이 드는걸……."

나는 중얼중얼 그런 소리를 지껄이는 것이나 저녁 이맘때가 되면 별안간 거의 수습할 수 없을 만큼 감정이 엉클리곤 하므로 그 뒤로는 완고덩어리 할멈처럼 입을 봉하고 아무런 대꾸도 하질 않는다.

시무룩해 가지고 테라스 앞에 오면 —— 그 안 넓은 방에 깔린 자색 양탄자, 여기저기에 놓인 육중한 가구, 그 속에 깃들인 신비한 정적, 이런 것들을 넘겨다보면 —— 그리고 주위에 만발한 작약, 라일락의 향기, 짙어진 풀내가 한데 뒤엉켜 뭉큿한 이곳에 와서 서면 —— 나는 내 존재의 의미가 별안간 아프도록 뚜렷이 보랏빛 공기 속에 떠 있는 것을 보는 것이다.

내가 잠시 지녔던 유쾌함과 행복은 끝내 나의 것일 수는 없고, 그것은 그대로 실은 나의 슬픔과 괴로움이었다는 기묘한 도착(倒錯)을, 나는 어떻게도 처리할 길이 없다.

오누이…….

동생…….

이런 말은 내 맘속에서 혐오와 공포를 자아낸다.

싫다.

확실히 내가 느껴 온 기쁨과 즐거움은 이런 범주 내에서 허용될 수 있는 것이 아니었다.

날마다 경험하는 이 보랏빛 공기 속에서의 도착은 참 서글픈 감촉을 갖고 있었다. 나는 그의 곁에 더 오래 머무를 용기조차 없어진다.

검은 눈을 검뻑이면서 그는 또 농담이라도 할 것이다. 내게 더 웃고 더 쾌활해지라고 무언중에 명령할 것이다.

그가 내게 해 줄 수 있는 일은 그것뿐이다.

오늘 나는 가슴속에 강렬한 기쁨을 안았던 까닭에 비참함도 더 한층 큰 것만 같았다.

나는 그곳에 한동안 서 있었다. 그리고 볼을 불룩하니 해 가지고 마루로 올라갔다.

번들거리는 마룻바닥에 부연 발자국이 남아난다. 그렇게 마루가 더럽혀지는 것이 어쩐지 약간 기분 좋다. 몸을 씻고는 옷을 갈아 입으면서 창으로 힐끗 내다보았더니 그는 등나무 밑 걸상에 앉아 있었다. 무릎 위에 팔꿈을 짚고 월계숲께로 시선을 던진 모양이 무언지 고독한 자세 같아 보였다. 그도 조금은 괴로운 것일까? 흠, 그러나 무슨 도리가 있담? 까닭없이 그에 대해 잔인해지면서 나는 그렇게 혼잣말을 하였다.

나는 방에 불도 켜지 않고 밖에서 보이지 않을 구석에 가만히 앉아 내다보고 있었다. 주위가 훨씬 어두워진 연후에 그는 벤치에서 일어났다. 그리고 사라지기 전에 한참 내 창문께를 보며 서 있었다.

나는 어느 때까지나 불을 켜지 않았다.

저녁을 먹으러 내려가지도 않았다.

그 대신에 그가 마시다 둔 코크의 잔을 집어들었다. 그리고 가만히 입술을 대었다. 아까 그가, 내가 마신 표주박에 입술을 대었듯이……

2

'그'를 무어라고 부르면 마땅할까.

오빠라고 불러야 한다는 것이 나의 운명이다.

재작년 늦겨울 새하얀 눈과 얼음에 뒤덮여서 서울의 집들이 마치 얼음 사탕처럼 반짝이던 날 무슈 리에게 손목을 끌리다시피 하며 이곳에 도착한 나에게 엄마는 그를 이렇게 소개했다.

"숙희의 오빠예요. 인사를 해. 이름은 현규라고 하고."

저 진보랏빛 양탄자 위에 서서 나는 그의 얼굴을 바라보았다.

"이과 대학의 수재란다. 우리 숙희두 시골서는 꽤 재원이라고들 하지만 서울 왔으니까 좀 어리벙벙할 테지. 사이좋게 해 줘요."

엄마의 목소리는 가벼웠으나 눈에는 두려움이 어려 있는 것 같았다. 엄마는 열심히 청년의 두 눈을 주시하고 있었다.

V 네크의 다갈색 스웨터를 입고 그보다 엷은 빛깔의 셔츠 깃을 내보인 그는, 짙은 눈썹과 미간 언저리에 약간 위압적인 느낌을 갖고 있었으나 큰 두 눈은 서늘해 보였고, 날카로움과 동시에 자신(自信)에서 오는 너그러움, 침착함 같은 것을 갖고 있는 듯해 보였다. 전체의 윤곽이 단정하면서도 억세고, 강렬한 성격의 사람일 것 같았다. 다만 턱과 목 언저리의 선이 부드럽고 델리킷하여 보였다.

'키도 어깨폭도 표준형인 듯하고…… 흐응, 우선 수재 비슷해 보이기는 하는걸…….'

하고 나는 마음속으로 채점을 하였다. 물론 겉 보매만으로 사람을 평가할 만큼 나는 어리석은 계집애는 아니었지만.

내가 그의 눈을 쏘아 보자, 그는 눈이 부신 사람 같은 표정을 하면서 입술 한쪽으로 조금 웃었다. 그것은 약간 겸연쩍은 것 같기도 하였지만, 혼자 쓴웃음 짓고 있는 것같이도 보였다. 자기를 재어 보고 있는 내 맘속을 환히 들여다보는 때문일까? 그러자 나는 반대로 날카로운 관찰을 당하고 있는 듯한 긴장을 느꼈다.

그러나 그는 지극히 단순한 태도로,

"참 잘 왔어요. 집이 이렇게 너무 쓸쓸해서 아주 좋지 못했는데……."

하고, 한 손을 내밀어서 내 손을 잡았다.

나를 도무지 어린애로만 보았다는 증거일 게고 또 아마 엄마의 감정을 존중한 결과였을 것이다.

아닌게아니라 엄마의 얼굴에는 일순 안도와 만족의 표정이 물결처럼 퍼져갔다. 나는 이 청년이 엄마에게 어떤 존재인지를 짐작하였다. 말하자면 그들 인공적(?)인 모자 관계에 있어서는 항상 세심한 배려가 상호간에 베풀어져야 하는 것이다.

무슈 리는 매우 대범한 성질이어서 만사를 복잡하게 받아들이지는 않는 것 같았다. 그는 그저 미소를 띠고 우리를 바라다볼 뿐이었고, 내가 고단할 게라는 소리를 몇 번이나 하였다.

어쨌든 그는 그로부터 나를 숙희라고, 쉽고도 간단하게 불러오고 있다.

"헤이, 숙!"

하기도 한다. 그리고 나에게 무조건 관대하였다. 지나칠 만큼. 그래서 때로는 섭섭할 만큼.

그러므로 그가 이즈음 내 방에 와서 배가 고프다고 한다거나 손 같은 데에 약을 발라 달라고 하게 된 것은 나에게는 대단히 귀중한 변화인 것이다.

그것은 어쨌든 내 편에서는 그를 오빠라고는 도저히 부를 수 없었다. 처음에는 너무 생소하여서, 그리고 나중에는 또 다른 이유들로.

이것은 무슈 리를 아버지라고 부르기 어렵기보다는 몇 갑절이나 힘든 일이었다. 나는 자기가 대단한 고집쟁이인지, 또는 부끄럼쟁이인지 분간할 수 없다. 나의 이런 곤란을 그도 엄마도 어느 정도 알고 있는 모양으로 요즈음은 내가 그 말을 피하려고 이리저리 애를 쓰지 않고도 적당한 대답을 할 수 있도록 저편에서 고려하여 말을 걸어 준다. 이런 의미에서 사양없이 나를 곤경에 몰아 넣곤 하는 것은 그러니까 무슈 리 한 사람뿐이다.

서울 와서 일 년 남짓 지내는 새에 나는 여러 모로 조금씩 달라진 것 같다. 멋을 내는 방법도 배웠고 키가 커지고 살결도 희어졌다.

지난 사월에는 '미스 E여고'에 당선되어서 하룻동안 학교의 퀸 노릇을 하였다. 바스트가 약간 모자랄 거라고 나는 생각하고 있었는데 압도적으로 표가 많이 나와서 내가 오히려 놀랐다. 엄마는 좋아서 어쩔 줄 몰랐고 무슈 리는 기막히게 비싼 손목시계를 사 주었다.

그는 별말을 하지 않았다. 농담조차 하지 않았다. 축하한다고 한 번, 그것도 아주 거북살스런 투로 말하고는 무언지 수줍은 것 같은 얼굴을 하고 있었다. 그런 것을 보니까 나는 썩 기분이 좋았다.

나는 성질도 조금 달라진 것 같다. 동무도 많았고 노래도 잘 부르던 시골 시절보다 조용한 이곳에서 더 감정이 격렬해진 것 같다.

삶의 기쁨이란 말을 나는 이제 이해한다.

이 집의 공기는 안락하고 쾌적하고, 엄마와 무슈 리와의 관계로 하여 약간 로맨틱한 색채가 감돌고 있기도 하다. 서울의 중심에서 떨어진 S촌의 숲속의 환경도 내 마음에 들고 무슈 리가 오래 전부터 혼자 살아 왔다는 담쟁이덩굴로 온통 뒤덮인 낡은 벽돌집도 기분에 맞는다.

그는 엄마에게 예절바르고 친절하고, 무슈 리는 내가 건강하고 행복스런 얼굴만 하고 있으면 어느 때고 지극히 만족해 하고 있다. 그는 어느 사립대학의 경제학 교수인데 약간 뚱뚱하고 약간 호인다워 보인다. 불란서와 아무 관계도 없는 그를 무슈라고 내가 속으로 부르고 있는 까닭은 어느 불란서 영화에서 본 불쌍한 아버지의 모습과 그가 닮아 있기 때문이다. 무슈 리는 불쌍하지는 않다. 오히려 지금은 참 행복하다. 그러나 이렇게 호의덩어리 같은 사람은 자칫하면 —— 주위가 나쁘면 —— 엉망으로 불행해질 것같이 보이는 것이다.

괴테의 베르테르 같은 청년의 비극에는 날카로운 아름다움이 있다. 그러나 우리 무슈 리 같은 타입의 슬픔에는 오직 비참만이 있을 듯하다……. 우리 엄마가 그의 곁에 와 준 것은 하니까 얼마나 다행한 일이었을까!

엄마는 줄곧 집에만 들어앉아 있으나 행복해 보였고 옛부터의 특징이던 부드러운 목소리가 한층 더 부드러워진 것 같다. 다만 엄마는 엄마의 행복에 대해서 한편으로 죄스러움 같은 것을 느끼고 있는 듯한 눈치로서 그래서 바깥으로 나다니지도 않고 큰소리로 웃는 일도 없는 것 같았다. 그러나 그녀는 늘 고운 옷을 입고 있었고 엷게 화장을 하고 있었다. 이 일도 내 마음에 흡족하였다.

그러나 이곳에는 뜻하지 않은 괴로움이 또한 있었다. 현규에 대한 감정은 언제나 내 맘을 무겁게 하고 있다. 너무나 고통스럽게 여겨질 때에는 여기 오지를 말았더면, 하고 혼자 중얼대는 일도 있다. 그러나 그 생각은 오래 가지 않는다. 나는 만약 내 생애에서 한 번도 그를 만나는 일이 없고 죽고 말 경우라는 것을 생각해 보면 가슴이 서늘해지기까지 한다. 아무 일도 이루어지지 않아도 좋았다. 나는 그를 만났다는 일만으로 세상의 어느 여자보다도 행복한 것이다. 그의 곁에서 호흡하고 있는 기쁨을 무엇으로 바꿀 수 있을까?

그러나 나는 여전히 슬프고 초조한 것도 사실이다. 정직히 말한다면 내 기분은 일분마다 달라진다.

무슈 리가 요즘 외국을 여행중인 것은 내게는 하나의 구원과도 같다.

아침마다 행복 그것 같은 얼굴로 인사를 하지 않아도 좋고 저녁마다 시간에 식당에 내려가지 않아도 좋기 때문이다.

"돌아오실 때까지 눈감아 줘, 응 엄마. 시간 지키는 거 나 질색인 줄 알잖우? 먹고 싶은 때 먹고 안 먹고 싶은 때 안 먹고 그럴게, 응?"

무슈 리가 떠나는 즉시로 나는 엄마에게 이렇게 교섭을 하였다. 사실 현규의 얼굴을 보는 일이 두려운 때가 점점 잦아 오는 것만 같다.

그는 대개 엄마와 함께 저녁을 드는 모양이었다.

3

예절바른 그가 식당에서 엄마의 상대를 하고 있을 동안 나는 멍하니 창가에 앉아서 저물어 가는 하늘을 바라다보고 있었다.

군데군데 작은 집들이 몰려 있는 촌락과, 풀숲과 번득이는 연못 같은 것들이 있는 넓은 들판 너머에 무디게 빛나며 강이 흐르고 있다. 강은 날씨와 시간에 따라 푸라치나같이 반짝이기도 하고 안개처럼 온통 보얗게 흐려 버리기도 한다. 하늘이 보랏빛으로부터 연한 잿빛으로 변하여 가는 무렵이면 그 강도 부드러운 회색 구름과 한덩이가 되었다.

나는 여러 가지 감정이 뒤범벅이 된 혼란 상태에서 자기를 건져 내야 한다고 어두운 강물을 바라보며 늘 생각하는 것이었다. 마음 가는 대로 몸을 내맡길 수 없는 것이 나의 입장이고 또 그 마음 가는 일 자체에 대해서도 분열된 생각을 수습할 수가 없었다.

현규를 사랑한다는 일 가운데에 죄의식은 없다. 그런 것은 있을 수 없었다. 그러나 엄마와 무슈 리를 그런 의미에서 배반하는 것은 곧 네 사람 전부의 파멸을 의미하는 것이었다. 파멸이라는 말의 캄캄하고 무서운 음향 앞에 나는 떨었다.

이곳에 오기 전에 나는 시골 외할아버지의 집에 있었다. 삼사 년 전까지는 엄마와도 함께, 그리고 그 후로는 할머니 할아버지와 단 셋이서. 일하는 사람들은 여럿 있었고 과수원을 지키는 개도 여러 마리, 그 중에는 내가 특별히 귀여워한 진돗개 복동이도 있었지만 나는 언제나 못 견딜 만큼 적적하였다. 엄마가 서울로 떠난 후에는 마음이 막 쓰라린 것을 참아야 했지만, 그 엄마가 같이 있었을 때에라도 나는 우리의 생활에서 마음 든든하다거나 정말로 유쾌하다거나 하는 느낌을 가져 본 일은 없다.

젊고 아름다운 엄마가 언제나 조용히 집안에서 세월을 보내고 있는 일은 내게 어떤 고통을 주었다. 그 무릎 위에는 늘 내게 지어 입힐 고운 헝겊 조각이나 털실 같은 것이 얹혀 있었지만, 그리고 그 입에서는 늘 나에 관한 이야기가 흘러나왔지만 나는 그것이 불만이고 불안하기조차 하였다.

그런 걸 만들어 주지 않아도 좋으니 다른 애들 엄마처럼 집안 살림에 볶이어서 때로는 악도 쓰고 나에게 야단도 치고 어린애도 둘러업고 다니고 —— 말하자면 그녀 자신의 생활을 하고 있으면 나도 흐뭇할 것 같았다. 할머니도 할아버지도 나에게와 마찬가지로 엄마에게도 그저 유하고 부드럽기만 하였다.

엄마의 그림자 같은 생활은 언제부터 시작되었는지 기억할 수 없다. 사변과 함께 우리가 시골 할아버지댁으로 내려가던 때, 그러니까 지금부터 십 년쯤 전에도 이미 그랬었고 또 그보다 전 서울 초등학교에 입학하던 즈음에도 역시 그런 느낌이었던 것을 잊지 않고 있다.

'아버지'에 관하여 나는 아무것도 모른다. '돌아가셨다'는 설명을 언젠가 들은 적이 있었으나 어쩐지 정말 같지 않다는 인상으로 남아 있었다. 사변 후에, "너의 아버지는 돌아가셨다." 하고 할머니가 일러 주셨는데 이때의 말투에는 특별한 것이 깃들어 있어서 그후로는 그것이 진실이거니 여기고 있다. 아마 나의 엄마와 아버지는 내가 아주 어릴 때부터 별거하고 있었고 그러는 사이 그들은 다시 만나는 일도 없이 사별하고 만 모양이었다. 어쨌든 나는 내 부친에 관해서 아무런 지식도 관심도 감정도 갖고 있지 않다. '윤'이라는 내 성이 그로부터 물려받은 유일의 것이지만 흔한 성이라고 느낄 뿐이다.

무슈 리가 피난지에서 할아버지의 과수원을 찾아온 것은 어떤 경위를 거친 뒤였는지 나는 알 수 없다. 그날 나뭇가지에 걸터앉아서 사과를 베어먹고 있노라니까 좀 뚱뚱한 낯선 신사가 걸어왔다. 대문 앞에서 망설이듯이 멈추었다가 모자를 벗어 들고 걸어 들어왔다. 나무 밑을 지나갈 적에 사과씨를 떨구었더니 발을 멈추고 쳐다보았으나 웃지도 않고 그냥 가 버렸다. 도무지 어수선하기만 하다는 얼굴이었다. 나중에 방 안에서 정식으로 인사를 하였는데 그때의 판단으로는 나무 위로부터 환영받은 일을 까맣게 기억하지 못하는 것 같았다.

그는 하룻밤 체류하지도 않고 되돌아갔다. 그리고 할아버지와 할머니에게는 대단히 중요한 의논거리가 생긴 모양이었다. 밤에 가끔 사과밭 사이를 혼자 걷는 엄마를 보게 되었다.

무슈 리는 한 번 더 다녀갔다. 그리고 얼마 후에 엄마는 상경하였다.

"애초에 그렇게 혼인을 정했더면 애 고생을 안 시키는걸……."

어느 날 옆방에서 할머니가 우시며 수군수군 그런 소리를 하시는 걸 듣고 놀랐다.

"그럼 우리 숙희는 안 태어났을 것 아뇨? 공연한 소릴……."

"그저 팔자 소관이죠. 경애가 생각을 잘못 먹었었다느니보다도……."

애어멈이라고 하지 않고 그렇게 엄마의 이름을 대는 것을 듣고 나는 엄마의 젊은 시절을 생각하며 미소지었다.

그림자처럼 앉아서 내 블라우스 같은 것을 매만지는 엄마를 보는 서글픔은 이제는 없어졌다. 엄마가 그럭저럭 행복해진 듯한 것은 기뻤으나 뼈저리게 쓸쓸한 것도 사실이었다. 나는 밤낮 커단 소리로 노래를 부르고 있었다. 산모퉁이 길을 학교에서 돌아오는 때에도 사과나무의 흰 꽃 밑에서도 또 빨간 봉선화가 핀 마당에서도.

"이애야, 그렇게 큰 소릴 내면 남들이 웃는다."

할머니는 가끔 진정으로 그런 소리를 하셨다. 재작년 늦은 겨울 무슈 리가 내려와서 나를 데려가겠다고 우겨댔을 때에 제일 놀란 사람은 나 자신이었다. 두 분 노인네도 더러 망설였다. 그러나 무슈 리의 끈기 있는 태도에 양보를 하는 수밖에 없는 눈치여서, 노인네들은 그만 풀이 없었다. 나는 무슈 리가 할머니 할아버지에게,

"무엇보다 엄마가 그걸 원하고 있으니까요. 말은 안 하지만 절실히 바라고 있는 걸 제가 아니까요."

하고 열심히 이야기하는 것을 보다가 그만 싱그레 웃고 말았다. 나

보기에 할아버지 할머니는 이미 설복되어서, 무슈 리가 만약 그 연설을 잠시 끊기만 한다면 이내 대답을 할 것 같은데 그는 마치 그들이 결단코 나를 놓지는 않으리라고 굳이 믿는 사람처럼 애걸복걸을 하는 것이었다. 그가 말을 하면서도 나를 흘낏 보았을 때 나는 조그맣게 끄덕여 보였다. 그랬더니 그는 말을 뚝 끊고 벙글 웃더니 손수건을 꺼내서 이마를 닦았다.

이래서 나는 서울 E여고로 전학을 하였다.

나는 생각한다.

무슈 리와 엄마는 부부이다. 내가 그를 아버지라고 부르기 어려운 것은 거의 그런 말을 발음해 본 적이 없는 습관의 탓이 크다.

나는 그를 좋아할 뿐더러 할아버지 같은 이로부터 느끼던 것의 몇 갑절이나 강한 보호 감정 —— 부친다움 같은 것도 느끼고 있다.

그러나 나는 그의 혈족은 아니다.

현규와도 마찬가지다. 그와 나는 그런 의미에서는 순전한 타인이다. 스물두 살의 남성이고 열여덟 살의 계집아이라는 것이 진실의 전부이다. 왜 나는 이 일을 그대로 알아서는 안 되는가?

나는 그를 영원히 아무에게도 주기 싫다. 그리고 나 자신을 다른 누구에게 바치고 싶지도 않다. 그리고 우리를 비끄러매는 형식이 결코 '오누이'라는 것이어서는 안 될 것을 알고 있다.

나는 또 물론 그도 나와 마찬가지로 같은 일을 생각하고 있기를 바란다. 같은 일을 —— 같은 즐거움일 수는 없으나 같은 이 괴로움을.

이 괴롬과 상관이 있을 듯한 어떤 조그만 기억, 어떤 조그만 표정, 어떤 조그만 암시도 내 뇌리에서 사라지는 일은 없다. 아아, 나는 행복해질 수는 없는 걸까? 행복이란, 사람이 그것을 위하여 태어나는 그 일을 말함이 아닌가?

　초저녁의 불투명한 검은 장막에 싸여 짙은 꽃 향기가 흘러든다. 침대 위에 엎드려서 나는 마침내 흐느껴 울고 만다.

작 품 이 해

[저][자]
[소][개]
강신재 : 여류 소설가로서 서울 남대문로에서 의사의 장
녀로 태어났다. 1930년 함남 강진으로 이사하여 1937
년 부친이 별세하자 서울로 돌아왔다. 경기여고를 거쳐 1943년에
이화여전 가사과에 입학하였으나, 2학년 때 중퇴하고 결혼하였다.

1949년 김동리의 추천으로 단편 〈얼굴〉·〈정순이〉를 《문예》에
발표한 후 단편 소설을 꾸준히 발표하여 단편 작가로서 독특한 세
계를 개척하였다.

1960년경부터는 주로 중·단편을 쓰기 시작하여 〈임진강의 민들
레〉와, 펜클럽 작가 기금으로 쓰여진 〈오늘과 내일〉의 두 전작소설
(全作小說)이 있고, 그 밖에 《현대문학》에 연재된 장편 《파도》·《청
춘의 불문율》, 중편 〈이 찬란한 슬픔을〉·〈그대의 찬 손〉 등이 있
다.

기타 창작집으로 《회화》·《여정》·《신설》·《젊은 느티나무》 등
이 있고, 《현대문학》에 《북위 38도선》이라는 장편을 발표하기도 했
다. 1959년 단편 〈절벽〉으로 '한국문협상', 1967년 중편 《이 찬란
한 슬픔을》로 제3회 '여류문학상'을 수상했다. 수필집으로 《사랑의
아픔과 진실》, 희곡 《갈소리》가 있다.

〈젊은 느티나무〉는 남남이면서도 부부로 맺어진 부모님
에 의한 오누이라는 숙명 때문에, 고민하고 절규하는 숙
희와 현규의 서정어린 사랑이 간결하고도 극적인 구조로 형상화되
어 있다.

전격적이고 충동적인 주인공들의 사랑은 읽는 이로 하여금 원래
그들이 사랑을 하게 되어 있었다는 착각을 느끼게 할 정도로 아름
답게 보여진다. 그것은 숙희의 티없는 감수성 때문으로, 숙희는 감
각적인 사실로 사랑의 대상인 현규를 파악한다. 즉 현규를 휩싸고
있는 분위기, 자신의 감각으로만 파악할 수 있는 분위기로서 상대
를 파악하는 것이다. 이 소설의 서두는 '그에게서는 언제나 비누 냄
새가 난다.'로 시작하고 있는데, 이러한 문장을 보더라도 그것을 알
수 있다. 이 서두를 통해 드러나는 것은 숙희가 현규를 구체적인 인
간성이나 풍모 등으로 보는 것이 아니라 감각의 집산으로 본다는
것이다. 다시 말하면, 그런 사소한 감각적인 이미지를 통해 한 인물
을 부각시키는 기법이 이 작품 전편에 드러나고 있음을 알 수 있다.

결국 주인공들의 사랑에, 윤리의식에서 오는 심각한 고민 같은
것은 문제가 되지 않는다. 작자는 선(善)보다는 미(美)를 우위에 놓
고 있기 때문이다. 즉 아름다움이라면, 사소한 인간의 복잡한 윤리
나 도덕 따위는 큰 문제가 되지 않음을 이 작품에서 발견할 수 있는
것이다.

(1) 이 작품은 부모의 재혼으로 오누이가 된 남녀의 사랑 이야기를 그리고 있는데, 실제로 그런 일이 있다면, 우리 사회에서 용납이 되겠는가를 윤리적 측면에서 논해 보시오.

◐ 길라잡이

우리는 삼강오륜이 뿌리 깊이 박혀 있는 유교적 윤리관 속에서 살고 있다. 그런 점에서 본다면 그들의 관계는 엄연히 남매간이고, 우리 나라에서는 옛날부터 남매간이라도 일곱 살이 넘으면 한 자리에 앉아서도 안 된다고 가르쳤다. 그토록 남녀 관계는 조심해야 할 사항으로 보았던 것이다.

오늘날의 관점으로 보아도 그들의 사랑은 이루어질 수 없다. 물론 아무도 모르게 마음속으로 사랑할 수는 있으나, 연애를 한다거나 결혼을 한다는 것은 우리 사회에서는 거의 불가능하다. 그런 면으로 본다면, 이런 사랑은 불행을 전제로 하고 있는 것으로 보인다. 결국 마음속의 사랑으로 끝날 것이기 때문이다. 이 점은, 아름다운 사랑으로 이 작품을 예술적으로 승화시킨 것과는 다른 현실에서의 문제다.

(2) 주인공 숙희는 현규를 분위기로 파악하고 있는데, 그런 점이 두드러지게 나타나는 부분은 어디인지 예를 들어 보고, 그것은 심리적으로 어떤 문제를 유발하는지를 설명해 보시오.

◉ 길라잡이

그런 분위기를 느끼게 하는 부분은 여러 곳이 있는데, 그 예를 들어 보면 다음과 같다.

무엇을 생각하는지, 내가 곁에 있을 때는 보이지 않는, 조용히 가라앉은 눈초리를 하고 있다. 까무레한 피부와 꽤 센 윤곽을 가진 그의 얼굴을 이런 각도에서 볼 때 나는 참 좋아진다. 나에게는 보이려 하지 않는, 혼자만의 표정도 무언지 가슴에 와 부딪는다.

그의 머리통은 아폴로의 그것처럼 모양이 좋다. 아주 조금 곱슬거리는 머리카락이 몇 올 앞이마에 드리워 있다.

번들거리는 마룻바닥에 부연 발자국이 남아난다. 그렇게 마루가 더럽혀지는 것이 어쩐지 약간 기분 좋다. 몸을 씻고는 옷을 갈아입으면서 창으로 내다보았더니 그는 등나무 밑 걸상에 앉아 있었다. 무릎 위에 팔꿈을 짚고 월계숲께로 시선을 던진 모양이 무언지 고독한 자세 같아 보였다. 그도 조금은 괴로운 것일까? 흠, 그러나 무슨 도리가 있담. 까닭없이 그에 대해 잔인해지면서 나는 그렇게 혼잣말을 하였다.

작품 여러 곳에 드러나고 있는 것처럼 이렇게 분위기로 사람을 파악하다 보면, 현실적이고 실리적인 면에는 등한시할 가능성이 있다. 즉, 분위기나 감정에 빠져 앞으로 다가올 고난이나 불행을 생각할 여유를 가지지 못할 수도 있기 때문이다.

남녀 관계에서도 때로는 냉철한 판단이 필요하며, 위와 같은 경우는 우리 주위에서도 흔히 볼 수 있다.

◑ 엮은이 ◑

성낙수 / 문학 박사. 연세대학교 문과대학 국어국문학과, 동 대학원 졸업. 청주사범
　　　대학, 동덕여자대학 교수 역임. 현재 한국교원대학교 국어교육과 교수

김영현 / 고려대학교 사범대학 국어교육과, 한국교원대학교 대학원 국어교육과 졸
　　　업. 현 신일중학교 교사

오영애 / 충북대학교 사범대학 국어교육과, 한국교원대학교 대학원 국어교육과 졸
　　　업. 현 대천여자중학교 교사

김희영 / 한국교원대학교 제2대학 국어교육과, 한국교원대학교 대학원 국어교육과
　　　졸업. 현 대전 중리중학교 교사

엄명식 / 공주대학교 사범대학 국어교육과, 한국교원대학교 대학원 국어교육과 졸
　　　업. 현 수원 수성여자중학교 교사

엮은이와
협의하에
인지생략

중학생이 알아야 할 동서양 고전

한국 문학

엮은이 | 성낙수 외
펴낸이 | 신 원 영
펴낸곳 | (주)신원문화사

초판 1쇄 발행일 | 1998년 12월 26일
초판 4쇄 발행일 | 2007년 1월 20일

주소 | 서울시 강서구 등촌1동 636-25
전화 | 3664-2131~4
팩스 | 3664-2129~30
출판등록 | 1976. 9. 16　제5-68호

* 잘못된 책은 바꾸어 드립니다.

값 7,000원

ISBN　89-359-0826-6　04810
89-359-0828-2(세트)